长篇报告文学

仁义下关

郑旺盛◎著

作家出版社

图书在版编目（CIP）数据

仁义下关／郑旺盛著 . -- 北京：作家出版社，2025.7.

ISBN 978 – 7 – 5212 – 3408 – 4

Ⅰ. I25

中国国家版本馆 CIP 数据核字第 20253QY236 号

仁义下关

作　　者：郑旺盛

责任编辑：袁艺方

装帧设计：天行云翼・宋晓亮

出版发行：作家出版社有限公司

社　　址：北京农展馆南里 10 号　　　邮　　编：100125

电话传真：86 – 10 – 65067186（发行中心）

　　　　　86 – 10 – 65004079（总编室）

E – mail: zuojia@zuojia. net. cn

http: // www. zuojiachubanshe. com

印　　刷：唐山嘉德印刷有限公司

成品尺寸：152 × 230

字　　数：260 千

印　　张：19

版　　次：2025 年 7 月第 1 版

印　　次：2025 年 7 月第 1 次印刷

ISBN 978 – 7 – 5212 – 3408 – 4

定　　价：68.00 元

谨以此书

为新时代中国城中村和谐治理、繁荣发展呈现一个探索实践的典范！

《中国地方志集成·江苏府县志辑》
记载下关渡，下关得名下关渡。

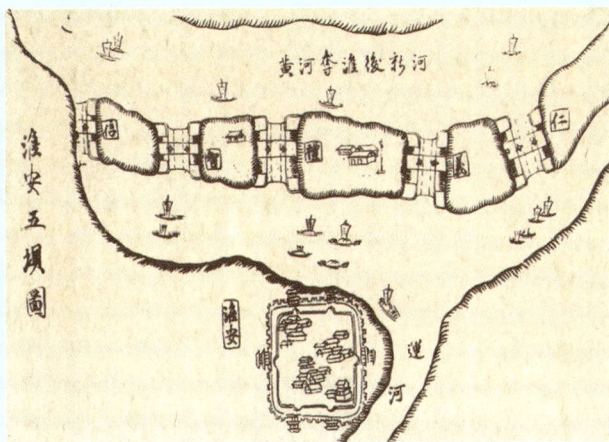

清代黄河夺淮后淮安五坝图。图中位于
下关的仁义二坝，史称"漕运津梁"。

2013 年，开始整体拆迁的城乡接合部——下关村。

历史上淮（黄）河运河交汇处的淮安城市之源、下关村落之根古末口遗址。

2016年，下关村民陈勇与王爱兵为留住乡愁，发起民间编纂《下关史话》的文化活动。

2019 年，下关村发起"仁义下关"主题文化社区建设总动员活动。

2016 年 12 月 18 日，《下关史话》一书发行仪式在下关金陵国际酒店举行。

2019 年 5 月 18 日下午，仁义二坝与下关文化座谈会在淮安市淮安区淮城街道下关村村委会会议室举行。区历史文化研究会会长金志庚、副会长刘怀玉，市文史办公室原副主任陈凤雏、淮城街道人大工委主任马国斌、党工委副书记贾武强以及下关村两委班子成员、村民代表等参加。

2020 年，下关村党总支书记蔡峦与村民杨成荣在一起协商化解历史遗留问题。

2020 年春，下关村党总支书记蔡峦与群众志愿者代表王爱兵、杨顶顺商议仁义下关项目提档升级事宜。

2020 年，下关党群自己动手建设美好新家园，创新打造了国内首家主题文化社区——仁义下关。此举，奠定下关村迈入高质量发展阶段。

2020 年 3 月 12 日上午，在下关香溢花城小区，举行了一场"颁奖典礼"。下关村的 10 名村民分别代表所在的 10 个小区和下关 3 万村民，向参加抗疫的社工赠送感谢信。

2020 年夏，村民张万松在家中呕心沥血创作了《盛世下关图》。

2022 年，下关村民自编自导自演"我爱家乡下关"文艺演出。

听党话，感党恩，跟党走。2021 年 7 月，下关村举行了庆祝中国共产党建党百年活动。

2022 年 7 月 25 日，江苏省政协主席张义珍来下关调研，淮安市委书记陈之常，淮安区委书记颜复，淮城街道党工委副书记、办事处主任徐爱春，淮城街道党工委副书记贾武强，下关村党总支书记蔡峦陪同。

2023 年，淮安区淮城街道党工委书记胡长荣专程来下关指导"仁义下关"主题文化社区建设工作。

下关村 2023 年学雷锋志愿服务表彰大会合影。

江苏卫视播出，台淮文化交流，线下万众参与，线上数亿流量。下关舞龙会发起的 2024 第四届淮安（下关）万众朝龙盛典在淮安区人民政府广场举行。

2024 年 3 月 12 日，淮台民间文化交流下关专场。

2024 第五届下关孝文化节·下关村 80 岁以上老人庆生专场。

崇仁重义，践行孝道。下关村敬老孝老活动现场。

定期不定期开集的下关志愿者集市——关爱集市。

肝胆相照的下关青年企业家，众志成城与家乡人民一起抗击疫情。

淮阴工学院商学院党委教工支部书记、挂职淮安区淮城街道下关村党总支第一书记张延爱，每年在下关帮助学子填报高考志愿。

三对即将新婚的下关青年慰问下关大妈志愿服务队。

下关群众在村史馆里寻找老家、再会乡亲、同叙乡情，共建家乡。

闲时舞龙表演，常态化参与社区治理的下关大妈志愿者服务队。

下关村党建活动现场。

新时代下关村这片土地生机勃勃，一片繁荣景象。

热情奔放的新时代下关青年。

淮安区委书记（时任区长）颜复参加（下关）校村党建共建活动。

淮安区委党建项目顾问、"仁义下关"主题文化社区项目总顾问金志庚接受作家郑旺盛专访。

2025年3月1日（农历二月初二），作家郑旺盛应邀参加2025第五届淮安（下关）万众朝龙盛典后，与下关村蔡峦书记（正中）、江苏省荣浩集团董事长余义伟（右一）、下关村王彦云副书记（左一）、下关村文化志愿者王爱兵（左二）合影。

目 录

引章

中国有个『仁义下关』村

　　下关村曾经名曰下关渡，后又称作下关古镇，历史上也有别名柳淮关，是一个具有悠远历史和厚重文化的地方。这里神奇的辉煌过往和当下的沧桑巨变，都有书写不尽的传奇经典，无论是其悠远的历史，还是荟萃的人文，都足以令人心向往之。今日的下关村，是淮安市乃至江苏省非常有名的城中村，是江苏省乃至中国第一家主题文化社区的成功建设者，是名扬江淮的和谐治理、繁荣发展的"仁义下关"村。中国有个"仁义下关"村，这个城中村不同凡响。

一

这是一片江河纵横湖泊密布的南船北马之地。

这是一片千年运河润泽恩惠的鱼米飘香之地。

这是一片大地如诗风景如画的人间大美之地。

这是一片历史悠远文化厚重的华夏文明之地。

这片土地从广义上来说，就是指淮河以南长江以北的富饶而广袤的土地；从狭义上来讲，是指淮河以南长江以北的苏北地区；而本书所要讲述的，则主要是地处苏北的淮安市淮安区淮城街道的下关村。

下关村曾经名曰下关渡，后又称作下关古镇，历史上也有别名柳淮关，是一个具有悠远历史和厚重文化的地方。这里神奇的辉煌过往和当下的沧桑巨变，都有书写不尽的传奇经典，无论是其悠远的历史，还是荟萃的人文，都足以令人心向往之。

今日的下关村，是淮安市乃至江苏省非常有名的城中村，是江苏省乃至中国第一家主题文化社区的成功建设者，是名扬江淮的和谐治理、繁荣发展的"仁义下关"村。

二

下关村位于淮安市的东南部，是江苏省社会治理最为有效最为典型的城中村，被有关人士赞誉为新时代中国城中村的治理典范，当之无愧是淮安市诸多城中村中最闪亮的一颗明珠。

淮安市，简称"淮"，北连齐鲁，东濒黄海，南接长江，西依洪泽湖。位于江苏省中北部、江淮平原东部、长江三角洲地区，是苏北重要的中心城市。古淮河与京杭大运河于此交汇，处中国南北分界线上，中国大运河淮安段入选世界文化遗产名录。境内有"青莲岗文化"遗址，是江淮流域古文化的重要发祥地之一。

淮安不仅在中国闻名，在世界上也很有知名度。意大利旅行家马可·波罗曾经到过淮安，在《马可·波罗游记》第 66 章中，他如此写道：淮安府是一座十分美丽而富饶的城市，位于东南和东方之间的方向，是蛮子国的门户，由于它的地理位置接近黄河的河岸，所以过境的船舶舟楫川流不息。淮安府是大批商品的集散地，通过运河将货物运销各地……

淮安在现代城市建设中也闻名全国，是全国文明城市、国家历史文化名城、国家卫生城市、国家园林城市、国家环境保护模范城市。淮安还是名扬海内外的淮扬菜的最重要的发源地之一，被联合国教科文组织授予"世界美食之都"称号，成为截至 2023 年全世界范围内的"十大美食之都"中的一座名城。

淮安的历史十分悠久，史料载，大秦一统天下后，于淮安置县，至今已有 2200 多年的建城史。历史上曾是"漕运枢纽""盐运要冲"，设有"江南河道总督府""漕运总督府"，与苏州、杭州、扬州并称运河沿岸"四大都市"，并有"南船北马交汇之地""中国运河之都"的美誉。诗人白居易称赞这里为"淮水东南第一州"；明代诗人姚广孝盛赞这里为"襟吴带楚客多游，壮丽东南第一州"。

特殊的地理位置，不仅带动了这里的经济繁荣发展，也使这里成为历史上自春秋战国至明清民国时代很多朝代的政治、经济、军事、文化要地。如此政治、经济、军事、文化要地，如此商贾云集、南来北往的繁华之地，必然人文荟萃，群星灿烂，传奇无数，令人向往。

李白、白居易、刘禹锡、欧阳修、苏东坡、杨万里、文天祥、关汉卿、施耐庵、罗贯中等名冠中国文化史的人物，都曾在这里驻足流连，并留下了脍炙人口的诗文；还有历代淮安名流才子枚乘、吴承恩、沈坤、刘鹗、罗振玉等数十人著述丰厚，不仅为淮安的历史文化增辉增色，也为中华文化的繁荣与发展做出了不可磨灭的贡献。

三

淮安钟灵毓秀，人杰地灵，是一代伟人——我们敬爱的周恩来总理的故乡。1898 年 3 月 5 日，周恩来出生于淮安城内驸马巷，并在这里度过了他少年时代的 12 个春秋。"为中华之崛起而读书"的呐喊，就是他少年时代的宏图大志，并激励他最终成为中国共产党、人民军队和共和国的创始人之一。周恩来总理一生为新中国的解放和建设鞠躬尽瘁，立下了不朽的丰功伟绩，他高尚的情操美德和伟大的人格魅力，赢得了全中国人民和世界人民的敬仰。

淮安当代名人还有：当代语言学家、著名学者，曾任全国人大常委会副委员长的许嘉璐，著名淮剧表演艺术家筱文艳，著名表演艺术家石维坚，中央电视台著名节目主持人陈铎，散文大家袁鹰，著名学者季镇怀，等等。

淮安历史上还诞生养育了西汉开国大军事家韩信、巾帼英雄梁红玉、抗英民族英雄关天培、抗日英雄左宝贵等英雄豪杰，还养育培养了周实、阮式、江来甫、颜承烈等辛亥革命志士，汉赋大家枚乘、唐代"大历十才子"之一的吉中孚、北宋天文历法家卫朴、南宋画坛奇士龚开、宋代文人画师廉布、《西游记》作者吴承恩和《老残游记》作者刘鹗等，也是土生土长的淮安人……

中国四大文学名著之《水浒传》的作者施耐庵，也是在明朝末年流落淮安，闭门写就此书；《三国演义》的作者罗贯中，是施耐庵的入门弟子，据说《水浒传》是二人合作完成于淮安，前七十回由施耐庵主写，后三十回由罗贯中续写；而《红楼梦》的作者曹雪芹，据说也与淮安有不解之缘，他书中的很多情节都源于大运河的文化积淀。比如，红楼梦第十一回和第七十六回，都写到了"十番"这种乐器。明末清初，十番这种音乐在宫中演奏，后传到宫外，达官贵人开始欣赏玩味十番乐器。淮安是大运河两岸城市中的一颗明珠，盐商多年在此经营聚居，十番乐器在他们中很是盛行。现在淮安的十番锣鼓，已被列为国家级非物质文化遗产。

淮安人说，中国古典文学四大名著与淮安都有不解之缘，淮安至少诞生了中国文学史上四大名著中的三部！

淮安区政协原主席、淮安区历史文化研究会会长金志庚先生对此颇有研究，他说："今天在淮安大香渠巷内，有一处淮安市市级文保单位——施耐庵著书处。这里虽曾有市民居住，但保护尚好，青砖黛瓦，砖刻木扇，古色古香，仍保留着明清建筑的风格。经过对有关资料的研究，可以肯定地说，除《西游记》为淮安人吴承恩在淮安所著外，《水浒传》《三国演义》两部大书也出自淮安无疑。中国四大古典名著竟有三部出自淮安，这在世界文学史上也是独树一帜的光彩。"

淮安也是一片红色的土地，这里有周恩来总理纪念馆、新四军刘老庄连纪念园、黄花塘新四军军部纪念馆、中共中央华中分局旧址等。

中国少年抗日宣讲先锋队——新安旅行团，也诞生于这里。1935年10月10日，在中华民族遭受日寇侵略的民族危亡时刻，淮安新安小学校长汪达之带领十几名新安学生组成了新安旅行团，积极响应中国共产党抗日救亡的号召，走向全国宣传抗日救国，他们历时数年，行程5万余里，足迹遍及全国22个省市区。新安旅行团后来受到了毛泽东、周恩来、刘少奇、朱德等老一辈革命家的亲切关怀和赞扬，在中国青少年抗战史上谱写了壮丽的篇章。

淮安的革命斗争史上还出现了一位杰出的女性，她就是被周恩来总理称赞为"中国共产党历史上第一位女县长"的孙兰。孙兰也成长战斗在淮安这片红色的土地上，为新中国的诞生书写了绚丽的革命篇章。

四

根据史料，淮安建城，至今已经有2200多年的历史；而下关村，据考证，至今已经有2500多年的历史。

作为"南船北马交汇之地"，自邗沟贯通南北到今天，下关在淮安的历史进程中有着浓墨重彩的一笔。秦代、汉代和隋、唐、宋、元、明以来，因交通之便利，这里千帆竞过，人声鼎沸，一片繁荣。特别是明代，为漕运之便，朝廷敕令在下关这里修筑了仁字坝、义字坝之后，成千上万下关人聚集在这里，靠盘坝南来北往的货物而生存，使这里的经济空前繁荣，商贸十分发达。

新中国成立之后，下关人坚定地紧跟共产党走社会主义大道，从合作化到社会主义集体经济，勤劳智慧的下关人不甘落后，一直走在社会主义新农村建设的前列，成为"农业学大寨"的典型村。

改革春风吹皱一池春水，敢闯敢干的下关人迎风而起，踏浪而歌，再次迎来了新时代经济的大繁荣，下关人家家有生意，户户有财源，到处生意兴隆，眼见得街街巷巷起新楼。人们说：下关人赚下的钱，多得可以从下关一直铺到淮阴，铺满一个来回。

地处富饶繁华的淮安，下关人一代一代见证着历史的沧桑和繁华。他们既是这片土地上的生存者，更是这片土地上的劳动者、守护者和创造者、奉献者，他们对淮安源远流长、灿烂生辉的历史和下关古镇古往今来不同凡响的一切过往，都会从内心深处感到无比的怀念、自豪和骄傲。

下关人骄傲自豪地说：自吴王夫差公元前 486 年开凿中国最早的人工大运河——邗沟，贯通长江与古淮河之后，邗沟末端的古末口这片土地就因其地理位置之重要，注定了它的繁荣和发展。从那时起，这里就开始不断有人聚集生息，或者可以说，那时下关村就已经开始在这里孕育诞生了。

　　下关人满是怀念地说：从那时起，下关人祖祖辈辈世世代代就在这片土地上生息繁衍，演绎了无数跌宕铿锵刻骨铭心的传奇与故事，浓浓的乡愁和乡情，也从此开始一点一滴地渗透扎根在这片土地的深处，并深深地根植于一代又一代下关人的内心深处。

　　这份浓浓的无与伦比的乡愁乡情，像撒落大地上的一粒种子一样，从发芽、生根、开花、结果，历经无数季节的更迭和千年的沧桑，经风沐雨长成了一棵古老的参天大树，成为这片土地上永远不可抹去的接天连地的地标，成为流淌在一代又一代下关人血液中感情中的永远的情结。

　　作为深入采访的作家，在此我要真诚热情地告诉读者：中国有个"仁义下关"村，这个村庄不同凡响！

五

　　这片土地有历史有文化，这里的人们崇仁而重义，勤劳而智慧。近年来，他们在新时代中国的大潮中，又创造了令人骄傲自豪的成就，他们实践探索的新时代中国城中村和谐共治、繁荣发展的"下关实践"，赢得了人民群众和社会各界的高度赞扬……

　　历史的车轮在滚滚前进，整个国家和社会都在不断地改变。在时代的震颤之中，淮安人也经历过阵痛。他们在阵痛之中，也有迷茫彷徨，也会忧心忡忡，也产生过种种误解和矛盾。

身处淮安的下关人就经历了这样的阵痛。

随着城市建设的不断发展和需要，拆迁成为不可避免的事实。1993 年，下关人不得不开始面对大拆迁。一想到下关的街街巷巷将不复存在，一想到家家户户的房屋将从此消失，一想到祖祖辈辈留下的产业将无影无踪，一想到子子孙孙的未来将从此改写……下关人不淡定了。

虽然政府在拆迁之前已经做了大量的宣传工作和安抚工作，但下关的老百姓对未来仍然没有底。很多下关人特别是老人们，他们怀念下关 2000 多年的历史，他们对下关的街街巷巷、一砖一瓦、一草一木都非常熟悉。他们熟悉下关的春夏秋冬变换的模样和每一次日出日落的模样，就连清晨公鸡的打鸣和月光下的树影他们都熟悉，都听得清、看得真，现在突然要拆迁了，要将这些记忆和影像一并拆除得无影无踪。

下关人舍不得。下关人心疼。一时之间，下关人不知所措。

这些年下关经济大发展，家家户户过上了富足的日子。现在突然要拆迁了，家里的房屋，家里的生意，家里的产业，家里的生活，不知道拆迁后会是什么样子？！下关人的心，突突跳，心慌意乱。

时代的脚步和城市的拆迁，不会因为下关人的担忧、迷茫、彷徨而改变。由此，下关人因为拆迁产生了种种误解和矛盾。为了留住乡愁，留住记忆，保护自己的根本利益，下关人因为拆迁与一个个拆迁组发生了矛盾，并因之不断上访告状，下关村甚至出现了一批专门上访告状的"下关义士"，成为淮安上访告状的热点、焦点、难点问题。

那时，负责下关村拆迁的有十几个拆迁组，现任下关党总支书记蔡峦也是负责下关村拆迁的一个拆迁组的组长。蔡峦在这里创造了一个奇迹。她所负责拆迁的居民没有上访告状的。她带领拆迁组，将所负责的拆迁户的工作做得无微不至，做到了他们的心里。

蔡峦真心实意地对群众说："请大家放心，我会执行好政府的拆迁政策，我是会计出身，你们每一家每一户有多少面积，有多少补偿，你们都不用操心，我会给你们算得清清楚楚。我不会让一家拆迁户比人家吃一点亏，而且会按照拆迁政策，给大家争取到最大的利益。"

日久见人心。下关的老百姓知道蔡峦这个拆迁组长是在真心地帮拆迁户的忙，是实实在在为大家办事的人。于是，大家不吵不闹不上访，吃亏占便宜都听蔡峦的了，几年之间，她负责的拆迁户平平安安地配合政府做好了拆迁工作。下关人也由此了解知道了蔡峦书记，他们认为，蔡峦就是一个为老百姓说话、为老百姓谋福利的好干部。

但她这一个拆迁组的顺利，不代表整个拆迁的顺利，下关村因为拆迁带来的遗留问题依然不少，村两委班子也近乎瘫痪，急需一个有能力的村党总支书记来领导这个村。

六

2016 年 7 月，淮安区淮城镇街道党组织经慎重考虑，将原本任职紫藤村党支部书记的蔡峦，调任下关村任党总支书记。

上级党组织对蔡峦寄予厚望，相信她能够治理好下关村。

面对下关村这个复杂的局面，临危受命的蔡峦心里也很惆怅，不知道自己到底能不能做一个合格的下关村党总支书记，带领下关人走上一条和谐发展的道路。

既来之，则安之。

上任后的蔡峦开村两委班子会，要求大家以村干部的身份和共产党员的身份严格要求自己，勇敢地去面对下关村遗留的一个个问题，把下关村存在的矛盾一个一个地解开。总之，就是一句核心的话：从服务入手，为下关老百姓实实在在办事情，为下关老百姓全心全意服好务，为下关老百姓尽心尽力谋福利。

身为下关村党总支书记的蔡峦说："我们工作的目标，就是要让老百姓从心里愿意说共产党好，这个事情就靠我们基层干部的努力。如果有一天，下关的老百姓能从心里说共产党好了，那就是我们的努力成功了，我们党员干部的服务到位了。"

统一了党员干部的思想和工作方向，蔡峦开始走访下关的群众，了解下关村民的思想和动向。她以女性的严谨、细腻、敏锐，观察、了解、倾听下关村各方面的基本情况，她要做到心里有底，有的放矢地开展工作。

在走访中，蔡峦发现下关村的村民陈勇、王爱兵、陈月松等人，正在发动下关村民编写下关村的村史《下关史话》。他们要通过这本书，把下关村的历史文化记录下来，把下关村的乡愁乡情记录下来，把下关村人的根脉延续下去。

他们通过编写《下关史话》这本书，把下关村民的热情和凝聚力激发起来了，村里的那些老人，那些年轻人，那些艺术家，包括与他们相关的淮安市各界的人士都动起来了。他们有钱的出钱，有力的出力，能说的回忆。一部关乎自己村庄历史的书，一下子把下关人的热情、感情和动力都激发起来、凝聚起来、调动起来了。

作为下关村新一任党总支书记，蔡峦一下子就被感动了。

下关人没有靠政府扶持，完全靠自发的力量，在为自己渐行渐远、就要消失的那个古老的村庄古镇，在无私无怨、尽心尽力地编辑一本关于自己村庄的文化和历史的书，找寻村庄曾经的荣耀、光荣、历史、文化和传统。

这是多么令人敬佩的精神和行动啊！

"下关村有希望。"蔡峦很激动地说，"有这样一群下关人在无私地为下关的事情劳心出力，有这样热爱自己村庄的下关村民，下关的事情就好办，下关的未来就大有可为。"

蔡峦惆怅的心一下子就被点燃了，紧紧地依靠下关村民、团结下关村民，按照党的路线方针政策，依靠群众、发动群众，下关一定有光明的未来。

蔡峦为此而激动，为此而信心倍增。

她觉得，从下关的文化历史入手，从乡情乡愁入手，就能把下关村民的人心凝聚起来，把他们潜藏的动力调动起来，改变下关今天的局面，让下关逐步走上新时代和谐共治繁荣发展的道路。

面对村民们自发编写下关村史的行动，作为村党总支书记，自己应该怎么做？蔡峦觉得，应该用心用情来支持这些对村庄怀有赤子之情的人们。她首先对陈勇、王爱兵、陈月松等人的行为和精神给予肯定和表扬，然后在村里给他们提供了编写《下关史话》的办公场所，并发动村两委的党员干部积极为群众自发编写村史捐款。同时，蔡峦又靠自己的社会关系，为《下关史话》这部书筹集了2万元的编辑经费。

蔡峦和村两委的这些行动，不仅改变了陈勇、王爱兵、陈月松等人对这位新任党总支书记和村两委的看法，也使下关很多群众包括"下关义士"们，看到了新一任村两委党员干部贴近群众、关爱群众的工作作风。通过支持编写《下关史话》这部书，村两委党员干部和下关群众一下子把关系拉近了很多。

群众感觉到，以蔡峦为书记和村主任的村两委党员干部，是值得群众信任的一班人。加之蔡峦原来拆迁时期，在下关村群众中留下的良好形象、打下的群众基础，很多群众开始主动与村两委干部交心，特别是几位老党员，甚至主动找到蔡峦书记，表达他们愿意为村里的发展出谋划策的决心和感情。

七

身为下关村党总支书记，蔡峦肩负着上级党组织交付的重任。如何在新时代城中村发展中探索一条和谐治理、繁荣发展的下关之路，既关乎着能否圆满完成党组织交给自己的任务，更关乎着下关村的前途命运和下关老百姓的福祉。

在长期的基层工作中，蔡峦特别了解老百姓的所想所求。蔡峦认为，要想做好下关村的工作，在这里探索一条和谐治理、繁荣发展的下关之路，有必要做到以下几方面：深入群众，走访群众；从群众中来，到群众中去；依靠群众，信任群众；一切以群众为中心，全心全意为群众服务。

这就是治理好下关村最好的路径。

于是，在蔡峦的带领下，下关村党支部和村委会围绕和谐治理的原则，从乡村文化入手，从乡愁乡情入手，从服务暖心入手，扎扎实实、行之有效地开展了一系列活动。探索一条适合下关发展的路径，在村两委党员干部中达成了共识，形成了一股激动人心的合力，成为下关人开拓进取的澎湃之力，在新时代城中村和谐治理中爆发出了无穷的力量。

就这样，以"党建领航＋乡愁融情＋文化铸魂＋和谐共治＋服务暖心"的新时代城中村社区治理的强村之路，在实践探索中开花结果逐步走向成熟。

下关村在党总支书记蔡峦的带领下，在广大干群的共同努力下，在社会各界人士的支持下，实践探索出的这条"党建领航＋乡愁融情＋文化铸魂＋和谐共治＋服务暖心"的城中村和谐治理的强村之路，使一个濒于文化断层、经济衰落、人心涣散的城中村，在几年之间涅槃重生为"仁义德馨"的新时代文化名村、文明新村、经济强村、平安好村，人民群众在这里享受到了社会安定、经济繁荣、和谐发展的各项建设成果，深深感受到了中国共产党的好和社会主义新时代的好。

八

今天，下关的老百姓，上自耄耋老人，下至中青年人，还有熟悉下关村的社会各界人士，对下关村都充满了热望。

大家热情评价道：下关有个好书记，有个好的领路人；下关村的党员干部一心为群众服务，下关的党员靠得住，人人都是一面旗帜；下关的群众有觉悟，下关的党群关系非常和谐，下关的党员干部和群众坐在一条板凳上……

下关村的老百姓发自肺腑地说："没有共产党，就没有新中国；没有共产党，就没有今天幸福安定的生活。"

下关村的所作所为，它的建设成就，它的面貌精神，它的和谐繁荣，它的民心所向，它的党群关系，都令人耳目一新。今日下关，呈现给世人的是震撼中的感动和温暖，是榜样中的澎湃和力量。

作为一个作家，在深入的采访中，我非常深切地感受到："仁义下关"村所探索实践的城中村社区治理经验和模式，应该是中国新时代城中村和谐治理繁荣发展的典范，是新时代学习践行"枫桥经验"的又一个成功案例。

"仁义下关"主题文化村社，2019年正式诞生于敬爱的周恩来总理故乡、全国历史文化名城——淮安市的一个城中村，这是在党的基层组织的引领下，众多党群志愿者和群众共同参与，创新运用与传承中华优秀传统文化的精髓，在新时期为城中村社会治理水平实现跨越提升，探索实践出的一条崭新路径。

2019年5月，"仁义下关"主题文化社区项目开始建设；2019年8月，"仁义下关"主题文化社区建设项目引起了淮安市各级领导部门的重视；2020年，"仁义下关"主题文化社区建设项目被提升为淮安区委书记党建项目。

2020年5月，下关村总结"仁义下关"主题文化社区建设过程中的经验和模式，委派村志愿者王爱兵等人援助邻区兄弟村庄，仅用三个月的时间，就帮助金牛村成功完成了"忠孝金牛"主题文化社区的先期打造工作。

此后，下关村又在淮安帮助朱庄村等村庄，成功打造了"忠勇朱庄""纤夫运南"等主题文化社区……

九

初心不忘，心系群众。

自2016年以来，作为淮安市淮安区淮城街道下关村党总支书记、村委会主任的蔡峦，没有辜负党组织对她的期望和重托。怀着奋斗的初心，勇担当，敢作为，能创新，带领下关村党员干部群众3万多人，以挖掘传承地方优秀历史文化为核心内容，赋能新时代城中村社区建设和治理的探索实践，成功打造了江苏省第一家主题文化社区——"仁义下关"村。不仅如此，他们还总结"仁义下关"村先进可行的经验做法在淮安推广，成功打造了"忠勇朱庄"等一批主题文化社区，在淮安市其他村庄成功复制了"仁义下关"主题文化社区的建设模式。

2020年以来，下关村先后被评为"江苏省民主法治示范村""江苏省科技志愿服务点先进典型"；党总支书记蔡峦也先后获得江苏省"三八红旗手"、江苏省"优秀女村官"等多项荣誉称号。

今日的下关村，村容村貌村风堪为典范，令人赞叹。

在这里，社区的道路坏了，就会有群众自觉地出钱出力去修复；在这里，经商的年轻人，会自觉自愿地出钱出力为村民办事，就连做烧饼的村民，抗疫时期也一次次为村民们捐献自己的烧饼；在这里，村里有"下关大妈舞龙队"和"下关村老年艺术团"表演节目，有人数众多的党群志愿者为村民们贴心服务。

在这里，逢年过节都有大型文艺演出，每年不仅要举办敬老爱老文化节，还要为老年人集体过生日；在这里，村里建有村史馆，广场上建有"榜样的力量"光荣榜；在这里，每一条道路都是用烈士或者先贤们的名字命名，每一个单元的门口都挂着一副富有文化内涵的楹联；在这里，邻里和谐，其乐融融，老年人生活得幸福美满，年轻人一片朝气蓬勃，到处是欣欣向荣的美好景象。

"仁义下关"村主题文化社区的成功打造，使下关村由乱到治走上了一条蓬勃发展之路。

随着中国城市化进程的不断推进，中国有那么多的城中村都要面对复杂的社区治理难题，如果下关村的探索实践经验能在更多的城中村社区治理中得以参考学习，那必将产生无穷的力量，并在实践探索中进一步丰富中国城中村社区治理的成果和经验。

中国有个"仁义下关"村，这个城中村不同凡响！

生动的事实，鲜活的例子，崭新的风貌，人民的幸福，无不证明着"仁义下关"村社区和谐治理的成功。

"仁义下关"，榜样力量。在中国当代乡村振兴的伟大进程中，"仁义下关"村在新时代中国城中村和谐治理中所探索的成功经验，值得当代中国诸多城市在社区治理中参考借鉴，更值得中国更多的乡村特别是城中村，以"仁义下关"为范例，进一步深入地探索与实践……

第一章

悠悠运河岁月，浩浩下关史话

　　下关是在春秋战国那个伟大时代，因古运河之水的孕育而诞生的一个古村落、一个古镇，是一个注定有着厚重文化和历史的地方。下关的荣辱兴衰，从此与邗沟结下了深深的厚厚的缘分，漫漫长长、曲曲折折、盛衰荣辱，一路铿锵跌宕地走过了2500多年的岁月之旅。直到今天，它由淮安一个知名的城郊村，一步一步变化发展成为苏北名城淮安的一个知名度很高的城中村。下关这样的村庄、古镇，或者说城中村，注定有写不尽的历史、文化、人物和故事……

第一节

一代吴王开邗沟，千年运河到末口

这是一片古老、神奇、富饶而美丽的土地。

无论是古末口、下关渡、柳淮关，还是下关村、下关驿、下关古镇，都演绎着、证明着它悠远的沧桑和历史。下关这片土地，是奉天承运、应运而生的那个伟大而动荡的时代的宠儿。

自春秋战国时代，绵绵不绝直到今天，下关村已经有2500多年的历史，它比拥有2200多年历史的淮安古城，还要久远数百年。自然而然，代代相传，下关人从骨子里、血液里，就深藏着那份对悠远而厚重的历史文化的骄傲和自豪。

这片土地湖泊相连，江河奔流；鱼虾肥美，稻香千里；号子声声，船帆如云；既有雄浑辽阔之水，亦有隽秀大美之地。放眼望去，天高地阔，大地如诗，江河如画，真乃上天恩赐人间的一块宝地。

2500多年前，随着闻名于世的中国最早的古运河——"邗沟"的开凿，下关就得天时地利，在苏北这片土地上应运而生了。

下关是在春秋战国那个伟大时代，因古运河之水的孕育而诞生的一个古村落、一个古镇，是一个注定有着厚重文化和历史的地方。下关的荣辱兴衰，从此与邗沟结下了深深的厚厚的缘分，漫漫长长、曲曲折折、盛衰荣辱，一路铿锵跌宕地走过了2500多年的岁月之旅。直到今天，它由淮安一个知名的城郊村，一步一步变化发展成为苏北名城淮安的一个知名度很高的城中村。

下关这样的村庄、古镇，或者说城中村，注定有写不尽的历史、文化、人物和故事……

很多人都知道中国的大运河，很多人认为大运河开挖于隋朝的杨坚、杨广父子时代。但历史地、客观地、准确地说，中国大运河的开凿开挖，最早并非始于隋朝，而始于 2500 多年前的春秋时期。

周敬王二十四年，即公元前 496 年，越王允常去世，吴国趁越国国丧，发动战争，双方在檇李交战，吴王阖闾负伤，于回师途中病逝。其子夫差继位，继承其父称霸遗志，继续扩张吴国的实力。

当时，吴国的水师比较强悍，在与楚国、越国的战争中屡次发挥优势。然而，长江与淮河之间尚无直接通道，吴国的水师北上以及水上运输有两条路：一是从长江入海，向北绕道进入淮河，再进入泗水，也就是《尚书·禹贡》所说的"沿于江海，达于淮泗"，但是海上风浪较大，尤其海上运输，危险系数较高；二是从长江逆流而上至濡须口入巢湖，再由巢湖入长江支流南淝水，经淮河支流东淝水入淮河，但是这条水道受地形影响，通航条件很差，又过于迂回遥远。

公元前 486 年，吴王夫差为北上与齐、晋争霸，在江北邗国故地修筑了邗城，并在邗城之下开凿了一条从扬州到淮安的人工河，沟通长江和淮河的水上通道，引长江之水一路穿山连湖、曲折向北到达淮水之岸，运送粮草兵马，以此避开了海上航运的风险和绕道濡须口的困难。这就是中国大运河最早的一段河道，因城而得名，史称"邗沟"。

邗沟作为最早见于史料记载的古运河，又名渠水、韩江、中渎水、山阳渎、淮扬运河、里运河。

邗沟贯通数年后，即公元前 482 年春天，吴王夫差亲率数万精兵北伐得胜，并会盟晋、鲁等国。几方在济水边的黄池（今河南封丘路南）会合，吴国夺得霸主地位。晋国方面由晋定公出面，吴国则由吴王夫差亲自带兵至黄池，鲁国鲁哀公也按约前来，另外还有周王派出的单平公作为会盟的见证人，这就是历史上著名的"黄池会盟"。

黄池之会，使得吴王夫差的霸业达到了鼎盛，夫差成为春秋时期新一代霸主。然而，穷兵黩武的夫差，其霸主地位却并没有给吴国带来实际利益，反而加速了吴国的灭亡。公元前473年十一月，越王勾践再次率军攻打吴国，此时的吴国国力衰败，气数已尽，面对越国的进攻屡战屡败。夫差羞愧交加，拔剑自刎，一代春秋霸主吴国，就此灭亡。

邗沟是联系长江和淮河的古运河，是古代中国人民以智慧和劳动创造的一项伟大水利工程，除了军事上的作用，也为两岸的繁荣与发展奠定了基础。

邗沟南起扬州以南的长江，北至淮安以北的淮河南岸，与淮水南岸相接处的末端，称古末口。下关村就在古末口这片土地上孕育、诞生、繁荣、发展，并在沧桑的历史中，见证了中国大运河的贯通与发展，并传承无数灿若星辰的运河文化和中华文化。

邗沟的开凿，不仅沟通了长江、淮河，并可经淮河到达泗水，由泗水北上至菏水，汇通济水，进入黄河，实际上起到了连接长江、淮河、济水、黄河四大水系的巨大作用，也奠定了京杭大运河的基本走向。

公元587年，杨广的父亲、隋朝开国皇帝杨坚对邗沟裁弯取直，用于漕运。杨广即位，开挖通济渠，又凿永济渠，南引沁水入黄河，北引运河通涿郡。两年后，杨广又开挖了800余里的江南运河，自镇江直达杭州。至此，以洛阳为中心，以北京和杭州为南北终点的中国南北大运河正式形成。从此之后，历代王朝不断对大运河疏浚，以利水运。到了元朝时代，又将绕道洛阳的大运河取直，修建了济州、会通、通惠等河，最终成就了闻名于世的京杭大运河。

中国大运河从公元前486年始凿，至公元1293年全线贯通，工程前后持续1779年，而它发挥的重要水运作用持续到清末民初，这是中华民族在世界水利史上创造的人间奇迹。

由这些文献记载可以知道，春秋时期吴王夫差当初之所以开凿邗沟，就是为方便运送兵马粮草攻打北方的齐国等国，夺取霸主地位。

等到1000多年后隋炀帝贯通南北运河时,江南已成为中国的经济中心,北方迫切需要南方的粮食、财物供应。在此背景下,漕运成为运河的主要功能。自隋朝之后的历朝历代,大运河除运输粮食外,南方及沿途的物产也不断经运河北上,大运河成为中国最繁忙的一条水上运输线。

大运河在古代的巨大水运价值无与伦比,生活在今天的人们已不能深切感触。其实,在没有公路、铁路和航空的古代社会,大运河就是当时的"高速公路""远洋巨轮""高铁列车",它对沿岸经济和文化的孕育、发展、繁荣起到了巨大的推进作用。

直到今天,在苏州、杭州、扬州一带,依然可以看到运河中"只见船儿走,不见河水流"的繁忙景象,而运河文化也早已融入中华文化并成为灿烂的一页……

古末口位于淮河下游南岸的一个河口对面,也是邗沟的北尽头处。

遥望2500多年前的古末口,邗沟贯通之初,这里还是一片少有人烟、比较荒凉的土地。邗沟贯通之后,这里很快就车船竞过、人声鼎沸了。

如今古末口遗址是全国重点文物保护单位,是淮安最古老的文化遗迹之一,并立有花岗岩石碑一座,上书"古末口"三个大字。在石碑的背面,刻有一篇《古末口碑记》,对其文化、历史、军事、政治地位和意义,进行了全面的追忆和深刻的表达。

碑文如下:

> 京杭运河之最早河段邗沟,系周敬王三十四年(前486年)吴王夫差为沟通江、淮,北上争霸而开。其南接长江茱萸湾,北连淮河山阳湾于末口。邗沟高而淮水低,故末口筑有北辰堰,以防水泄而舟滞也。
>
> 明初,于末口之两侧次第建仁、义、礼、智、信五坝,实乃北辰之延伸,以应盘驳舟楫剧增之需也。永乐十三年(1415年)平江伯陈瑄开清江浦通漕,然遇冬春运道浅阻,舟

船仍经淮安五坝。迫万历四年（1576年）开草湾河分洪，逐步取代故道，末口远离淮岸，始渐废而混为断垄残洫，是亦数也。

噫！古末口，实乃淮安城之根本也。设若无末口，则断无淮安之城市。而末口之彰显于史，乱世则缘于攻守之剧也，盛世则麇以舟车之繁也。

遥想夫差当年，待渡堰前，舳舻塞运，旌旗蔽日，干将寒光，风云霸气，威灵起于末口，怒潮直压淮泗。而人烟之聚，市井之繁，亦始于此也。

嗣后，若值烽烟笼罩，分淮对峙，南必得而进取有资，北必得而饷运无阻。一旦两淮失守，大江暴露，南国之气数亦尽矣。于是筑坚城，号银铸，立帅府，置严戍。舰阻北辰，周世宗蒯屠孳深；兵拒假道，宋赵立抱定丹忱；褚不华之困守，张士诚之强攻，几回血涨壕池，几多尸摞雉堞，虽扬州十日，嘉定三屠，亦无过矣。淮安地处平川，而不弃不舍者，实为争一末口也。长淮要害，无逾于此也。

然而浩劫难灭地灵，血火原草，春至愈青。每逢天下大统，四海一家，漕粮贡品，尽趋京华，物畅其流，货逐其价。则北辰上下，帆樯云集；末口东西，卒夫蚁聚。而塞北海南之产，江左岭表之生，关陇山陕之翘楚，川黔湘鄂之铺陈，燕赵齐鲁之特色，闽越浙赣之奇珍，多不惮艰远，五方辐辏，盘驳装卸于此，呈海涌山列之象也。而流连栖滞者，更有李太白行吟之楫，米元章书画之舫，扶桑国求法之僧，新罗坊侨聚之商。名城繁盛，实缘于此也。

噫！杨柳风横，城碑十洲烟岛路；芰荷香绕，寺临千顷夕阳川，此赵倚楼之乡思也；夹岸星垂，灯影半临淮运水，凌波歌艳，筝声多在客家船，此项之迁之夜泊也；月涌淮流，城头更鼓惊乌鹊，曦偕潮至，坝口风帆戏白鸥，此姚广孝之登览也。诸先贤之描摹，皆畴昔末口之丽景壮观也。

几番风雨，几度沧桑。今日末口已为华灯掩映之街衢，楼阁参差之市廛矣！

苟德麟撰，淮安市水利局立
公元二零零六年十二月岁在丙戌仲冬吉

从碑文中可以知道，邗沟的水位因为高于淮河的水位，邗沟与淮河并不能直接通航，于是，只得在此筑闸筑坝，聚水以利通行。而北去南来的船只人马，在此也必须人力盘坝，或者从淮水盘坝入邗沟，或者从邗沟盘坝入淮水。

于是，这里就需要为南来北往的人提供住宿饮食，需要不少人力在此盘坝装卸货物，古末口就日复一日繁华起来。由此，处于淮河下游河口的古末口的这片土地上，聚居的人烟越来越多，就慢慢形成了一个村落，因地处河口关渡之地，后来这地方就被称为"下关"。

据考证，下关村的地名，是从秦朝时正式命名的，算来历史久远矣！

下关村咽喉之地的地理位置，决定了它在大运河文化传承与发展中的重要作用，其经济、政治、军事地位，似乎远远超过了这个小村所能负载的能量。但历史就恰恰把这些重要的能量，都赋予了这片土地上的下关村，并在这片土地上孕育诞生了后来名扬天下的淮安古城。

下关人无不骄傲地说："下关村的历史，比我们淮安古城的历史还要早上几百年啊！"

下关村的历史与文化，下关村的繁华与沧桑，下关村的人物与故事，伴随着邗沟与大运河悠长的水系，穿越历史长河的朵朵浪花，自春秋战国直到今天，绵绵长长、厚厚重重、丰沛丰盈、多姿多彩地呈现给了世人，在苏北的大地上，如一颗灿烂之星，闪耀着自己独有的光芒。

下关村，一个有文化有历史的古村，一个独具个性非同凡响的地方。

第二节

南船北马淮阴驿，镇海中枢下关渡

因水而生，因水而盛。因邗沟的贯通，下关古镇应运而生。

淮安城也因邗沟和京杭大运河的贯通而诞生，成为名扬四海的一座城。

淮安人都知道，淮安城分为老城、夹城和新城。老城就是最早的古淮安城，随着人口的集聚和城市的发展，老城之外又建了一座城，是为当时的新城；再后来新城之外又建了一座新城，原来的新城就成为夹城，而最外面扩建的城就成了新城。老城住的都是富人，非商即贵，又被称为"地主城"；夹城住的主要是普通老百姓；新城大多数是驻军，用于防御。

下关村在新城的东北面。而在淮安新城的西北面，则是非常有名的河下古镇。其实，河下古镇也是因为邗沟和大运河的贯通而兴起，并成为明清时期重要的盐运中心。

作为明清时期盐漕转运中心，河下古镇既远离淮安城内的喧嚣，又与城内淮安本地士绅商贾隔城而居，既有城市的繁华热闹，又有古镇的悠闲舒适。因河下商贾云集，不仅催生了这里的经济繁荣，也催生了这里的文化繁荣。仅仅在明清两朝，河下古镇就走出了67名进士、123名举人，还有状元、榜眼、探花"三鼎甲"。河下也是《西游记》的作者、一代文学大师吴承恩的故乡。所以，河下有"文河下"之美誉。因为下关古镇军事位置重要，驻军多，下关人历史上养成了崇仁重义、豪侠尚武之风，而且这种风尚代代相传，演绎了无数传奇故事和人物。所以，下关有"武下关"之赞誉。

"文河下""武下关"，一文一武，分列淮安古城两厢，享誉古今。

淮安市地处淮河流域中下游，位于江苏省长江以北，境内河湖众多，水网密布，京杭运河、淮河入江水道，淮河入海水道，废黄河、盐河等河流纵贯横穿。坐落于古淮河与京杭大运河交点的淮安地区，为南下北上的交通要道，曾是漕运枢纽、盐运要冲，驻有漕运总督府、江南河道总督府。

历史上，下关村或者说下关古镇，在淮安有着极其重要的军事和漕运地位，有"南船北马""镇海中枢"之称。可以说，特殊的地理位置和厚重的漕运文化，奠定了下关在淮安历史发展中不可替代的重要地位。

在清江浦开筑之前很长的历史时期内，下关这里就是漕船入淮的重镇，朝廷先后在此设下关渡、下关递运所、淮阴驿等航运交通管理机构。唐宋元明时代，包括日本、朝鲜等很多国家的使臣朝贡中国皇帝，也是从淮安的下关登陆，下关是名副其实的南船北马换乘之地。

元朝和明朝时代，下关在地下开挖构筑了退可守、进可攻的防御工事"藏军洞"，据说这个"藏军洞"可以连接淮安三城的防御堡垒系统。公元1559年，倭寇自淮安城东庙湾沿岸对淮安东南沿海侵扰，淮安状元沈坤训练当地群众，组成了一支抗击倭寇的队伍，时人称为"状元兵"。沈坤带领"状元兵"与时任巡抚都御史李遂，利用"藏军洞"狠狠打击了倭寇，使倭寇损伤严重，从此再不敢轻易来犯。

淮安自古就是南北分水岭，北方人来到淮安，自淮水北岸齐车马坐船南下；而南方人到淮水后，则下船换乘马车，由此向北。说到南船北马的换乘之地，人们自然会说到清江浦。

淮安史学家陈凤雏老先生说："清江浦却有'南船北马，舍舟登陆'之历史，这确实是事实，在明清的大部分时间，清江浦以'南船北马，舍舟登陆'之地而闻名于世。然而，历史地客观地说，南船北马换乘之地，并非在清江浦开筑之后才出现，事实上早在隋唐宋元时期，典籍上就有旅人在楚州（淮安）登陆北上的记载。明洪武四年，即公元1371年，朝廷在下关开设淮安递运所，下关更成为旅人陆行辽东的起点。"

唐代时，日本和尚圆仁大师随遣唐使到中国。在其所著《入唐求法行礼巡记》一书中，就记载了一次随遣唐使归国在楚州登陆北上的历史。到了宋代和元代，大批北方人民因躲避战乱而迁往南方，下关这个南北交汇之地的地位更加重要，来往的行人、物资不计其数。故而，朝廷在此设立了下关渡，办理过往手续，亦收取数量不菲的税银。

明洪武二年，即公元1369年，朝廷便在下关设立淮阴驿。驿起始于人类早期，主要是用于往来交通。到了明清时代，则称驿站，当时除驿站以外，还设有与之并行的递运所。朝廷规定它们的任务是"专在递送使客，飞报军务，转运军需等物"。传送朝廷给各地的诏令，地方给朝廷的报告奏章，是驿站的本职工作。遇有战事，军情紧急，要加急飞报，如六百里加急、八百里加急，也是由驿站传递。因为驿站有补充传递人员住宿、给养、工具、资金的功能，又都设在水陆要道之上，因而又有着接待官员、递送使客的任务。传送给皇帝的贡品，转运军需物资，则是递运所的事。二者的职能有关联也有区别，所以它们一般都设在同一个地点。

据资料记载，下关淮阴驿全盛时期，配有驿马121匹，马夫121名，水夫200名，旱夫120名，每年需耗费白银1500余万两。直到明宣德六年，即公元1431年，淮阴驿因清江浦开通，才从下关迁至淮安府城西门外，前后共在下关设立61年。

因为下关的重要地理位置和朝廷对此地的重视，这里既设有淮阴驿，又设有递运所。当时除来往官员与递送公文的人在下关淮阴驿换乘外，一般往来百姓和商人，大多也在下关舍舟登陆或舍陆乘舟，南来北往的人每天络绎不绝。

下关淮阴驿还曾接待过外国的宾客。洪武二十二年，即公元1389年，朝鲜国一个使团来到南京朝拜大明皇帝，使臣权近回国后，将在中国的所见所闻，写成一本书《奉使录》。

八月初，朝鲜使团由东北入境，沿运河南下。经过淮安时，曾在淮阴驿过一宿，并作了一首诗《发淮阴驿》，抒发其对淮阴驿及淮安的赞美与感慨。

诗云：城郭连雄镇，舟车会要冲。地平家满岸，江阔浪掀空。转舰机轮壮，开河水驿重。买羊酤美酒，共醉橹声中。

此诗自注云：驿西筑堤为堰，其西边各置机轮，斡舟而转，以置开河之中，谓之坝。盖开河地高，水不得通淮故也。西有大河卫，南有淮安府，皆大城也。

朝鲜使团回程时，再次经过淮安，时间在八月十一二日。因遇风雨，风高浪急，不能及时翻坝北去，因而再次留住在淮阴驿，一连数日。使臣权近又作了一首诗《淮阴驿阻风雨诗》：古馆逢秋雨，长江急晚风。淹留归路阻，寥落客窗空。怀土情无极，登楼望欲穷。河流缘底急，日夜向天东。从诗中可知当时秋雨连绵，他们滞留异国他乡，内心寂寥，思乡情切，期盼雨过天晴，早日踏上归国之旅……

"南船北马，舍舟登陆"的换乘之地，自吴王夫差开邗沟以来，一直都在下关。直到明代平江伯陈瑄在淮安城西开凿清江浦而实现南北直接通航后，下关才逐渐失去了它"南船北马，舍舟登陆"的重要地位。即便如此，下关在南北通行中也一直保持着一定的地位，在清江浦的枯水期，下关依然是漕运重要的替代关口。

说到下关的另一个重要地位，那就是它的"镇海中枢"的地位。

古代，下关是一个濒海的地方，东望即是大海。历史上下关又被称作镇海庄，元代时在下关设立了海运管理机构，下关被更名为下关渡。下关渡管理机构虽不是河运和海运物资的唯一岸口，却是朝廷在苏北设立的唯一主管机构。下关沿岸河道码头，成为海运、盐运船队最可靠的中转站。

直到今天，在下关的原址上与航海有关的寺庙遗迹依然可寻。如，镇海金神庙、镇海中枢牌坊、淮安递运所、航海天文柱、淮阴驿、淮安五坝中的仁字坝和义字坝。

下关的镇海金神庙，建于明朝隆庆年间。由漕运总督王宗沐所建，供奉妈祖。因为下关比较小，在地图中很难标注，朝廷多用镇海金神庙来标志下关的区域所在。据说，镇海金神庙是苏北沿海规模最大的供奉妈祖的神庙。

为彰显下关在漕运中的功绩与地位，后来漕运总督上报朝廷拨付银两，在下关建起了雄伟高大的"镇海中枢"牌坊一座。这座牌坊设立在下关中市口与和合巷南侧处，砖木结构，高约7米，飞檐翘角，气势非凡。在牌坊的方形门洞上有一石板，左右对称刻着的是吉祥图案；在正当中的一块石板上，镶嵌着白底黑字的"镇海中枢"匾额。

"镇海中枢"匾额上的4个篆书大字，是由清朝道光年间的礼部尚书、大学士汪廷珍亲笔题写篆刻的。据说，汪廷珍回归故里省亲时，漕运总督登门拜见，恭请汪廷珍为"镇海中枢"牌坊赐字。于是，汪廷珍就提笔写下了这4个威严、古朴而庄重的大字。

"镇海中枢"牌坊虽然今天已经没有了，但下关的老辈人，对大学士汪廷珍篆书的"镇海中枢"4个大字，至今记忆犹新，"镇海中枢"4个大字连同这座经风沐雨的牌坊，已经深深地刻入了下关人的心中。

曾经的沧桑岁月与辉煌历史，铸就了下关人曾经的光荣与梦想。"南船北马""镇海中枢"之历史，早已随着时光的流逝而成为下关人心中的荣光和自豪，并伴随着淮阴驿、递运所、仁字坝和义字坝等等历史遗迹，深深地融入了下关人的乡愁和记忆。

第三节

仁义礼智信五坝，东南西北中交汇

在中国浩浩荡荡的漕运历史当中，淮安的地位举足轻重。

董树华先生在《淮安"古末口"及"五坝"的修筑与历史价值》一文中这样说：末口扼邗沟入淮之口，为长江、淮河、黄河、永济河四大水系的枢纽，不但是水上交通要冲，且江淮地区发生战争，淮安成为必争之地。长期以来，淮安一直是"南必得而后进取有资，北必得而后饷运无阻"的军事重镇。邗沟的开凿，最初出于军事需要，东汉时，即利用运河进行漕运，其后，经济中心逐步由东北移向东南，漕运任务日益繁重。

元末明初，漕运进入鼎盛时期。据史册记载，当时"江南全省，漕米什项居天下强半"。加上南北商货，运输量更大。这些物资，或由末口过闸入淮，或由末口盘坝至清江浦入淮。随着历史变迁，邗沟逐渐成为我国东部平原地区水上航运的大动脉的重要组成部分。东汉末年，漕运的兴起，邗沟成为保证漕粮运输的生命线，从此，淮安逐步成为漕运中心。明清时期，淮安有幸成为中央负责漕运的派出机构——漕运总督部院所在地，名副其实地成为漕运的主角。明清时期末口还是盐运要津，淮北盐商聚居于河下乃至整个淮安城市，至此，末口先后使用了2075年……

作为南船北马之地的下关，则是淮安漕运历史当中最为重要的关口。研究淮安历史的人都知道，朝廷曾经在淮安的下关筑有仁字坝和义字坝两座最重要的大坝，专供官船往来，每年有大量的漕船运送货物。

为保证南北运输方便，淮安筑有五坝，分别是仁字坝、义字坝、礼字坝、智字坝、信字坝。除位于下关的仁字坝义字坝独供官船行驶往来外，礼字坝、智字坝、信字坝三坝，则供民船和商船使用。据有关资料记载，光是每年通过仁字坝和义字坝的官船就有上万条，由此可以想象下关的繁忙和繁荣景象。

淮安史学研究者陈凤雏老先生，今年已经八十有余了，是个满腹经纶的学者。他是个老下关人，对下关充满了感情，对研究淮安的历史，倾注了大量心血，书写了不少很有价值的学术文章。

他在《当年的漕运要津——下关》一文中，对淮安五坝进行了考证，特别对处于下关的仁字坝和义字坝进行了深刻的解读：

明初，为适应漕运的需要，沿淮（黄）河在下关至河下、窑沟一线，设仁、义、礼、智、信五坝，五坝即运河五个入淮（黄）河口。仁、义二坝在新城东门外，坝东为纤路，西即新城城基。两坝在新城东门口附近时犹为一坝，上建东仁桥可进出城门，今为下关西大桥。过东仁桥后，分为两支入淮，分别命名为仁字坝、义字坝，引淮安城南的南湖水补给水源。礼字坝在新城西门外，今地名犹存。智字坝在礼字坝西，信字坝在今新闸一带。礼、智、信三坝则从淮安城西的西湖（管家湖）补给水源。

当时五坝过往船只有所分工，"漕船由新城东仁、义二坝入淮，官商民船由城西礼、智、信三坝入淮"。清光绪《重修山阳县志》记仁字坝、义字坝，称"运船由此盘坝入淮，坝东为纤路，坝西即城基"；记礼、智、信三坝云："官民商船经此盘坝入淮。""运船"，区别于"官民商船"，当指漕船无疑。所谓"盘坝"，是因为当时淮（黄）河河床高于运河河床，船只无法直接由运河坝口入淮，故需在坝上设绞关，船下垫滚木，将船只由坝口盘上淮（黄）河堤，再放入淮（黄）河中。一说盘坝前需将船只清舱，入淮（黄）河后，再将原货物放进船。看来，盘坝是件费时费力的苦差，所以陈瑄后来才有开凿清江浦之举，不仅可以使船只直接进入淮（黄）河，免去盘坝的烦琐，而且可以规避山阳湾风涛之险。

清江浦开凿后，运河船只不再由五坝入淮，下关的漕运要津地位丧失。明宣德五年（1430）五月，平江伯陈瑄上言："淮安府满浦五坝，闲废已久，其官吏坝夫，现无差役，迄今守视西湖（淮安城西管家湖）堤岸，遇有损坏，就令修治。"（引《大事志》）朝廷采纳了陈瑄的意见，然对五坝仍留人正常管理维护，遇清江浦淤塞，运船与官民商船经此"盘坝入淮"，这说明，自明永乐十三年（1415）至万历四年（1576

开草湾新河的 160 多年间，下关仁、义坝仍间或为漕运发挥作用。

草湾新河使山阳湾裁弯取直，淮安三城不再受淮（黄）河的威胁。山阳湾原河则改为盐河，此河床一直保存到新中国成立后，下关人称其为黄河引，笔者儿时曾见过，在下关大街北约一里，尚存一线清水。其南有金姓人家筑室一高垄上，人称"金小堆"，当地人传说其地即原淮（黄）河堤，至今尚存。

淮安史学研究者樊国栋先生，也在《邗沟入淮有五坝》一文中，对淮安的仁义礼智信五坝做了详细的描述，从中我们可以看出建在下关的仁字坝和义字坝的重要地位。

最初的邗沟，巧连扬州与淮安之间众多的湖泊，线路曲折迂回。后为避湖面疾风险浪，经三次裁弯取直形成邗沟西道，而经末口入淮地点却长期未变。宋初堰改石闸，并建南、北二斗门，成为现代船闸之雏形。

南宋以后，黄河经泗水夺淮入海。从此，淮水下游的水量陡增。泗水入淮的清口下游，紧连着 U 形的淮河山阳湾，哪里经得住黄、淮合流顺势而下的冲击？漕船经山阳湾最南端的末口石闸入淮，常因水流湍急而遭致覆溺之灾。

为确保漕运安全，必须设法避开山阳湾风涛之险。明洪武元年至三年（1368—1370），淮安知府姚斌选址于末口下游的新城东门外柳淮关（俗称下关），建筑仁字坝，将邗沟及老城南面的湖水引至坝口，坝东为牵路，西即城基。从南方北上的船只抵达仁字坝，卸下粮食或货物，借助坝两端的辘轳绞拉，将空船车盘过坝，复装船入淮。使用了 1800 多年的著名末口，被改作了新城北水关。

明成祖建都北京后，命平江伯陈瑄总理漕运，坐镇淮安。当时，"南粮岁漕四百万"。为减轻创建于34年前仁字坝的负担，保证漕船畅通，陈瑄在仁字坝西北的淮河南岸的下关，建造了义字坝，与仁字坝相连。随后又在末口上游相继兴建了礼、智、信三坝。

这五坝，并非我们熟知的拦河坝，而是坝体与水流方向平行或呈钝角的"顺河坝"，专选择凹岸建筑，避开河道主流的冲刷。所以五坝既是护岸工程，更是漕粮及大宗货物的转运码头。按漕运总督署规定，漕船由地处下关的仁、义二坝入淮，商船、民船则由礼、智、信三坝入淮。五坝并存，维系了南来北往交通大动脉的畅通。

陈瑄从访问故老中闻知：淮安城西的管家湖（亦称西湖）西北，距淮河鸭陈口仅二十里，与清口相值，宋乔维岳曾在两地之间凿"沙河"；如若沿着故沙河的旧渠影开掘深浚，引入湖水，定可减少过五坝需车盘入淮之劳费。陈瑄采纳了故老建议，于永乐十三年（1415）沿故沙河遗迹凿清江浦，并于管家湖"东北畔，界水筑堤砌石，自西门抵板闸，以便漕运，名谓'新路'"。还从板闸以西再分置四闸"严司启闭"，以阻黄淮内夺倒灌。"修五闸，复五坝"，一时传为盛事。

清江浦新水路避开了山阳湾湍急水流的危险，减少了车盘入淮的劳费。五坝逐渐衰落，但尚未达到放弃不用的地步，每"遇清江口淤塞，官民商船经此盘坝入淮"。

淮安的董树华先生对邗沟古末口及五坝很有研究，他在《淮安"古末口"及"五坝"的修筑与历史价值》一文中，详细介绍了古末口的历史和五坝修筑的历史价值。董树华先生在文章中说：

春秋末期，吴王夫差为争霸中原，于周敬王三十四年

（前486），南起扬州长江边邗江筑城穿沟，沿途拓沟穿湖开挖北至楚州（淮安）旧城北五里与古淮河连接。为防邗沟水流急、落差大，而直接入淮，故于沟、河相接处设堰坝，称"末口"，成为南北要冲、交通枢纽。

随着漕运的不断发展，历代在末口附近兴建了很多水工设施。北宋初，将北辰堰改为石闸、建立南北斗门，明代在末口两侧，相继修筑了仁、义、礼、智、信"五坝"。因此遐迩闻名，成为淮安城市的起源，至今仍有重要历史价值。

宋代以后，邗沟通称为运河。由于漕运的作用不断增大，随着经济重心逐步移向东南，漕运粮船不断增加，仅宋代漕粮运输量就达六百万石至八百万石，为当时最重要的水上航道。明清两代，邗沟的漕运地位更显重要，每到运粮季节，有12000艘漕船、12万漕军"帆樯衔尾，绵亘数省"。

为保证邗沟长期通航不淤塞，减少水流对堤岸的冲击、严重浸蚀，后来在运河大堤用巨石修筑了护石墙，并不断加固，特别是在末口附近兴建了堰坝、石闸、斗门等很多水工设施，进一步提高江淮之间货物的转运能力。北宋初年，在原北辰堰抵达城北淮河南侧沟、河相接处，将北辰堰修筑为石闸，建立南、北两个斗门。

所谓石闸，是用条石砌成水闸，上面架设桥面可通行车辆和行人，下面闸室两边有凹槽，可放置活动挡水板用来控制上下游水位，平时可直接通船。所谓斗门，是在河道中设置固定的拦河障碍，随时控制、抬高水位，让船只顺利通行，相似于现代船闸。

元朝末年，淮安旧城未修筑新城前，阻断了北辰堰，为确保漕船运粮安全，必须设法避开山阳湾遭遇规模较大的风浪之险。明洪武元年至三年（1368—1370），淮安知府姚斌选址于末口下游的新城东门外柳淮关（俗称下关）建筑仁字坝，将邗沟及老城南的湖水引至坝口。

南宋以后，黄河经泗水夺淮入海，从此淮水下游的水量陡增，紧连着U形的淮河山阳湾，经不起黄河、淮河合流顺势而下的严重冲击，漕船只有经山阳湾最南端的末口石闸入淮，常因水流湍急而遭致覆溺之灾。

明永乐二年（1404），命平江伯陈瑄总理漕政后，又建义字坝与仁字坝相连，随后又在末口上游兴建了礼、智、信三坝，合仁字坝为淮安"五坝"，均在末口东西一线排开，不论漕船和商船北上，不再过闸，而分别从不同坝口盘坝过淮。漕船由仁、义二坝登岸，商船由礼、智、信三坝登岸，盘坝经上马牌坊、下马牌楼，过板闸淮关至清江浦达淮安。

从南方北上的船只抵达坝口后，卸下粮食或货物，借助大坝两端的辘轳绞拉绳索，将空船通过绞盘过坝，再将粮食或货物重新装船入淮。为能使船只顺利过坝，在上下游修成较缓的平滑坡面，设有简易拖船设备，用人力或畜力拖拉，将船轻而易举地通过坝体滑上滑下。通常为两种方法，一是在航道水位落差小、堰坝高度不大时，利用人力改变推船支点，逐步来回向前推移，达到过坝目的。二是航道水位落差较大、船只载重量大时，以淤泥浆泼洒在坝面上作为润滑剂，并在堰坝两端设立支架辘轳，用人力绞拉绳索带动船只上下滑动实现过坝。船只过坝后，还要在水流湍急的淮河山阳湾逆行……

仁义礼智信五坝，铸就了淮安东西南北中交汇之地的重要的航运地位，也铸就了下关在中国漕运史上重要而辉煌的篇章。

今天，虽然五坝已不复存在，但淮安人提起仁义礼智信五坝来，可以说无人不晓；下关人提起仁字坝、义字坝来，则更有特殊的感情，因为，那曾经是他们辉煌和自豪的重要历史一页。

第二章

烟火繁华之地，文人雅士高歌

柳淮关上望沧海，浪波滚滚千帆竞。无论是曾经的河运还是海运，都证明着下关曾经的辉煌和荣光。遥想当年下关，乃长津古渡——南船北马之地，可见古运河和淮河之上漕船相连、一望无际，亦见大海之上浪波滚滚、千帆竞发，是何等之壮丽！何等之繁荣！何等之恢宏！下关人，永远难忘的历史，永远的骄傲和自豪。长淮古渡，南船北马；仁义二坝，漕运重地；河运海运，通江达海。这一切，都注定了历史上的下关，必定成为熙熙攘攘的繁华之地。

第一节

柳淮关上望沧海，浪波滚滚千帆竞

下关，在历史上很长一段时间里，也被称作柳淮关。北有淮河，南望长江，东临大海。邗沟的开凿，使下关成了淮河与邗沟的交汇之处，并因此有了通海达江之便。

明朝隆庆年间，漕运总督王宗沐倡导海运，以淮安为出海口，直达天津，漕运航程3300余里。淮安下关又成了海上漕运的出海口。为保证航运安全，总督还上书朝廷，在下关建了一座镇海金神庙和一座"镇海中枢"牌坊，后来又建天文柱和望海楼。河运与海运在下关并行，由此可见下关在漕运上的重要性。

明代之所以倡导海运并最终罢行海运，也是有历史缘由的。淮安史学研究者徐爱明先生深知其中的玄机。明中后期，由于黄河改道与决堤，运河时常淤塞不通，致使漕运无法顺利通行，京师给养得不到有效保障，因此朝廷之上关于治理漕运的议案层出不穷，更为重要的是在明朝议罢海运之后近一个半世纪（1415—1572）之时兴起了海运之议。

时任山东布政使的王宗沐提出了直接海运的详细方案《乞广饷道以备不虞疏》，阐述了对于漕运不通的忧虑与漕运并行的主张，也对对海运存有疑虑的言论予以反驳，并提出具体的海运规划，即所谓的"海运七事"：定运米、议船料、议官军、议防范、议起剥、议回货、崇祀典，得到朝廷的肯定。

隆庆五年（1571），王宗沐拜右副都御史，任漕运总督。十二月，王宗沐命官重建常盈仓仓厫80余间。次年正月，又将山东参政潘允端移驻淮安任漕储道，负责协理漕运。遂以六年二月运米自淮入海，五月抵天津。启运之前，王宗沐根据自己详细的海运规划，选材建造海船，循海调查海道情况，研究候风望气、占星祷验诸术，考核甚精……海运的所有准备工作都在按部就班、有条不紊地进行之中。其中一件重要的事情就是建镇海金神庙。

金神庙事关海运成败之大事，当然不可等闲视之。王宗沐就任漕运总督后，在其规划、统筹之下，朝廷敕建的金神庙工程于淮安新城东门外下关海口（今下关镇海庄，金陵宙辉大酒店旁）正式启动。勘察海口的地形地貌，选择建庙的地址；问讯、讨论、占卜，确定黄道吉日，择日开工；调集建造庙宇的各类工匠、技师，采购优质的建筑材料；制作金属模具，铸造海神像，一栋栋高大、壮丽、鲜亮的殿、堂、楼、阁拔地而起……一切进展得都非常顺利。当年，金神庙就顺利建成。建成后的金神庙，"为内外台门二，前后厅堂、寝殿凡八楹，而左右夹室、斋房与之相称"，规模宏大，气势非凡。

事实上，王宗沐"海运七事"中"崇祀典"的基础工作就是建造海神庙。而众所周知的是，中国古代的海神信仰就是妈祖信仰，妈祖是历代航海船工、海员、旅客、商人和渔民共同信奉的神祇，沿海地区大大小小的海神庙中供奉的都是妈祖（天妃娘娘）。汉族民间在海上航行在船舶起航前要先祭妈祖，祈求保佑顺风和安全，在船舶上立妈祖神位供奉。全国各地供奉妈祖的祠庙要么叫天妃宫、妈祖庙，要么叫海神庙。

隆庆六年，即公元1572年三月十八日，粉刷一新、修造完备的300余只海船，满载着12万石漕粮，惯熟海道的300名水手、岛人，以及各卫所旗军与原船舵工水手，全部齐集淮安新城外下关的镇海庄，准备从淮安的淮河中出发向东下海，拉开海运漕粮的大幕。按照惯例，出发前要在下关镇海金神庙举行隆重、盛大的祭祀典礼，祈求龙王保佑成功。王宗沐亲自"奉牲玉以祷","舟翩翩焉无育飙,龙蜿蜿焉有攸处,钲鼓铿铛,漕卒不骇而习"。千户鲁矿等人率领船队由淮安下关出海,装运漕粮12万石,途经淮安府云梯关、鹰游山等浅海海域……五月二十九日抵岸,船粮无失,隆万年间的第一次海运取得圆满成功。万历元年四月初八日,300艘海船,从淮安下关出发。结果因为风浪太大而折损7艘漕船。此事成为朝廷官员舆论的焦点,不少官员,包括首辅张居正在内的官员都支持暂停海运,仍以运河漕运为主。万历二年,海运被朝廷罢行。

徐爱明先生说:"明清时期漕粮由河运向海运的转变,是时代的进步与趋势,可惜的是封建王朝没能把握住难得的机遇并继续推行。但是,总督王宗沐推行海运的历史地位与贡献却值得肯定。对于下关来说,海运的罢行使下关失去了一次更好的发展机遇,但同时也恰恰说明了,通江达海的下关,在中国漕运历史上的重要性。"

除了朝廷的漕运,下关还是民间商船和朝鲜、日本等国与中国交往的进出地。唐代以来,当时的中国与亚洲一些国家在政治经济文化宗教等方面的交流日趋增多,滁州下关处在古运河与淮河交汇处,交通十分方便,成为沿海一带的交通枢纽和商贸中心。久而久之,外国侨民在这里因为经商等原因聚集越来越多,形成了下关新罗坊聚集地。

淮安文史研究者刘怀玉先生,在《下关新罗坊——古代朝鲜侨民的聚居区》一文中记述了这一盛况:

> 唐代与新罗的民间交往非常密切,而且得到官方的优待。新罗是个半岛国家,三面环海,在长期的对外交往中,他们的造船技术和航海技术,发展得很快,他们擅长海上运输和经营商业贸易活动。
>
> 下关新罗坊侨民中主体部分是朝鲜的商人、海外运输业者,以及船员、造船工匠。唐代新罗侨民选择楚州下关建立新罗坊,首先是因为楚州的地理条件。新罗人的主要职业是

造船、航海，和海上贸易，修造船只和停泊可供航海的大船，必须靠近淮河，以便很容易地通过淮河入海。

楚州下关地处近海，又在淮河之滨，具有通海、煮盐之利。自古以来，淮河就是我国重要的通海孔道。唐代东邻朝鲜、日本等国与中国政府的正常交往，往往都从淮河进出。特别是民间文化交流、经济商贸、交通运输方面，出入淮河更为频繁。下关又处在古运河与淮河交汇处，交通十分方便，成为沿海一带的交通枢纽、政治经济中心、商贸中心。楚州新罗坊拥有一批可供航海的水手和船只，圆仁法师回国的路线便是从楚州出海。

古末口是古运河与古淮河的连接处，是联系楚州城与淮河的良好位置，是天然的楚州良港。由此向西去，是北辰坊，向东是下关，均是繁华的商业区。据《圆仁法师入唐巡礼行记》记载，圆仁每次乘船离楚州时，总是头一天晚上将船进入淮河，第二天一早再由淮河出发。

下关新罗坊的规模应该是很大的。

据资料记载：圆仁法师雇用新罗人的海船，一次就从下关新罗坊雇用了9条船，并雇用新罗"谙海路者60余人"。从这件事情中我们可以窥知，当年下关新罗坊规模肯定是很大的，他们造船、修船、航海的技术和能力是具有当时的国际先进水平的。一次可雇水手60余人，一共有多少水手？如果加上修船造船的木工、铁工、油漆等匠人，还有行政管理、信息联络及配套服务等方面的人员，当年的楚州下关新罗坊的新罗侨民一定是非常多的。在这个侨民区内，应当有相当规模的修船造船的场地，还有停泊许多能在海上航行的海船的船坞。因此，它的规模一定是非常大的……

在此也有必要写一下望海楼。

望海楼建于明代，高三层，位于下关的海边。整座望海楼耸立在条石为基的高台之上，翘檐飞壁，雕梁画栋，四面回廊，气势非凡，有海防、航海、观景三作用。

日月变换，沧海桑田。数百年前，黄河泛滥，夺淮入海，泥沙沉积，下关东部的海岸线，因黄河夺淮入海而一步一步向东推进了约50公里。从此，望海楼东面的大片海水东移而变成了大片的土地，望海楼上再也看不到浪波滚滚、千帆竞发的磅礴景象了，望海楼也悄然湮没于岁月的烽烟之中而无影无踪了。

柳淮关上望沧海，浪波滚滚千帆竞。

无论是曾经的河运还是海运，都证明着下关村曾经的辉煌和荣光。遥想当年下关，乃长津古渡——南船北马之地，可见古运河和淮河之上漕船相连、一望无际，亦见大海之上浪波滚滚、千帆竞发，是何等之壮丽！何等之繁荣！何等之恢宏！

悠远的历史，厚重的文化，是下关人永远的骄傲与自豪……

第二节

街街巷巷尽烟火，熙熙攘攘多繁华

长淮古渡，南船北马；仁义二坝，漕运重地；河运海运，通江达海。这一切，都注定了历史上的下关，必定成为熙熙攘攘的繁华之地。下关村民朱炳洪老先生说："市河是下关的血脉，是下关的母亲河，她奠定了下关古镇的格局。"下关北濒淮河，东临大海，境内多沟、多浦。市河周边淮湖交溢，河环水绕，交汇成为市河干流，环绕下关古镇周边，并穿过下关中心，蜿蜒百里，东入马家荡、射阳湖。川流不息的市河水，源源不断地流淌了上千年，见证了下关这块土地的历史和变迁，哺育了这块土地上的百姓，使他们在这里世代繁衍，生生不息。

80多岁的淮安史学家陈凤雏老先生，对明清以来淮安的历史深有研究。他说："明初，是下关最繁荣的时期，当时仁、义二坝的坝夫及漕军至少数千人至上万人，再加上淮阴驿及淮安下关两个递运所人员，还有等候漕船盘坝的漕运军民，这是一个庞大的数字，他们都要在下关消费，这就造就了附食于漕驿的大批人群，形成了热闹的商业圈。"不难想象当时的客栈酒楼、店铺茶馆、书场戏院，一定是鳞次栉比，车马喧闹，人烟辐辏。

那天他还饶有兴趣地介绍说："陈瑄开凿清江浦之后，实现了运河与淮河的通航，南来北往的人和货物从此免去了盘坝之苦，漕运船只不再通过下关的仁义二坝，开始直走清江浦。由此，下关的漕、驿要津地位丧失，经济受到很大的影响。然而，下关的经济与生活，也并不是人们想象中的一落千丈，下关还是很有生机活力的，精明和勤劳的下关人不断寻找新的经济支点。"

明正德年间，下关已经发展成为山阳县15个贸易市场之一，商业形成了比较大的规模，下关人生计仍以为漕运、治河、盐业服务为主，并逐步发展起了服务业和手工业，成为明清两代维系下关经济民生的基础，成就了清末民初时代下关的再度繁荣。20世纪80年代以来，下关人更是利用自己的聪明才智和勤劳奋斗，创造了新时代的繁荣。人们说，从下关到清江浦，下关人可以用十元面额的人民币，铺一个来回，可见下关人靠国家好政策的支持，靠自己的聪明、智慧、劳动、奋斗，赚了多少财富！……

今年已经85岁的陈庆元老先生，一辈子生活在下关，这里的一草一木、一砖一瓦他都很熟悉。岁月的沧桑，时光的流逝，虽然使原来繁华无比的下关已成为过往，但直到今天，耳不聋、眼不花、头脑清醒的他，靠着超强的记忆力，却记下了下关很多很多宝贵的东西，多少人多少事都刻在他的心里，成为他一生的乡愁和记忆。

老先生讲起下关来，滔滔不绝，如数家珍，令人十分佩服和尊敬。

从他的讲述中，你会想象到下关有多繁荣、多热闹、多有人气，下关古镇的繁荣繁华令后人向往。

他说："下关是漕运重地，是南来北往必经之地，下关特殊的地理位置，注定了下关的繁荣。下关有 5 条主要街道，都是东西走向，下关大街是一条龙形主街，商铺鳞次栉比，一家挨一家，热闹非凡，市面非常繁荣。还有 4 条后街，南边一条后街在大街与市河之间，称市河后街，主要经营业有藕行、柴行、土行、木厂、扎匠店，市河沿河还有 5 个码头。下关大街以北还有 3 条后街，后街主要经营柴草，有 4 个柴草市，另外还有猪行、棺材店、汤锅（屠宰生猪），最南边一条后街，还有一座闻名淮安的'安乐园茶馆'。

"南北走向的巷子有 10 多条，巷名绝大多数是以姓氏来指称的，比如丁家巷、胡家巷、余家巷、王家巷、林家巷、陈家巷、陈家豆腐店巷、许家巷；其次有堂子巷、和合巷、土地庙巷、迎脸巷、关帝庙巷。堂子巷是因"日新池"澡堂子而命名的，迎脸巷是因巷子非常窄，仅够一个人行走，如果迎面来一个人，两人照面时必须都把身子侧过来，不然就过不去，所以当地人称此巷为迎脸巷，又叫水龙局巷。许家巷和关帝庙巷，分别在不同时期被人为地堵掉了。"

说到下关的各行各业，早已烂熟下关一切的陈庆元老先生，讲起来令人听得津津有味。

明清以来到民国，下关各行各业非常繁荣，是两淮之地的商业重镇。俗有"三百六十行"之说，其实三百六十行也只是一个约数，包括：肉肆、酒肆、药肆，海味、生鲜、酱料、粮行、棺、木、土、柴、珠宝、文房、铁器、巫相等。据徐珂（1869—1928，浙江杭县人）《清稗类钞》记载："三十六行，种种职业也，就其分工约计之，曰三十六行倍之，则七十二行，十倍则三百六十行。"可见三百六十行只是个约数，其实自古以来行业工种绝不止三百六十行，民间流传三百六十行是个统称，多年来习惯成自然，说起来方便，听起来也顺耳，所以把各种行业统称三百六十行。

下关有一条母亲河——市河，最少有40米宽，环绕下关古镇设有5个水陆大码头；河里的商船每天都是首尾相连，浩浩荡荡一眼望不到边；河的西面有东仁桥，中间有中市口桥，东面有东大桥，全是木制的大桥，可通往淮安城；从桥上出城进城的人，每天络绎不绝，这就造成了下关商业的繁华发达。

下关经商的小贩，算起来所经营的行业，统观也要有一二百种之多，而且在下关的街巷商铺之间，自古以来还建有大量的寺庙道庵，比如，关帝庙、火神庙、火星庙、玄帝庙、眼光庙、镇海金神庙、救建淮安八腊庙、土地庙，还有三元宫、东晋庵、地藏庵、如意庵、吉祥庵、福祥庵、白衣庵、狗投庵、霸王庙、大佛寺、昭道院等等，这就证明了下关曾经是个万商云集、百业兴隆、香火旺盛、熙熙攘攘的繁华之地。

说到下关的各行各业，老先生更是如数家珍。下关以"行"命名的有粮行、藕行、柴行、脚行、土行、勤行、猪行、牛行、皮毛行、车行；统称"店"的有烧饼店、饺面店、饭店、茶食店、药店、杂货店、广货店、旱烟店、银匠店、铁匠店、铜匠店、板鸭店、熏烧店、马桶店、棺材店、香店、鞋子店（皮匠）、纸扎店、石灰店、布店、酱园店、豆腐店、剃头店、糖果店、裁缝店、米店；还有称"坊"的有皮坊、槽坊、蜡烛坊、染坊、磨坊、粉坊。

其他的行业如木厂、茶馆、客栈、药室、诊所、兽医、澡堂子、戏园子、老虎灶、私塾馆、冶炼（铸造）、烧窑、烫锅（杀猪）、傧相、地理、算命、挑水、拉黄包车、打草鞋、糊骨子、补锅锯碗、吹手、轿夫、媒婆、稳婆（接生）、修脚、擦背、跑堂、账房、糖摊子、巫婆、拾粪、做佛事；还有木匠、瓦匠、笆匠、扎匠，以及卖肉、卖鱼、卖蔬菜、炸徽子、卖大粽、卖汤圆、卖糖粥、卖熟藕、卖糍粑、卖糖山芋、卖臭干、卖重阳糕的等等。

在诸多行业中，下关仅粮行就有37家，其中比较有名气的有"高聚盛"（高洪举）、"张同兴"（张云祥父亲）、"赵义通"（赵汝林）、"蔡广大"（蔡济龙父亲）、"久华"、"正通"（许、陈合开）、"义丰"（张春元）、"兴隆"（合伙）、"陈振泰"（陈希才）等。

饮食业有24家，如老字号"陈小楼""陈大楼"烧饼店、"东乐园"饺面店、陈占禄牛肉汤面店、张绍仁包子店、童长荣菜馆。其中老字号"陈小楼"，远在祖籍苏州时即挂此招牌，直到移民淮安下关陈氏烧饼店，仍然挂"陈小楼"的牌匾。同治年间，陈氏"登"字辈的子嗣析产，"希"字辈长房另起炉灶挂牌"陈大楼"，四房仍挂祖辈招牌"陈小楼"，"陈大楼"单传到"兆"字辈，"兆"字辈长房传至"庆"字辈老五，即目前健在的陈庆武老人。他是唯一继承了"切面"的手艺，可惜仅会跳面，不会切面。

下关杂货店有10多个名店，如老字号"陈和泰""汪仁泰"；酱园槽坊业老字号有"徐恒兴""汪仁泰""汪义泰""应继康"；果盒店（茶食店）有"协盛斋""何德泰""治云斋"；香店有"陈正泰""陈义和""刘全茂"；烟店有"田得和""黄煦寿"等。

豆腐店有八九家，最有名气的要数老字号陈登贤（人称"大老爹"）家的"陈玉镶"豆腐店，下关人说"大老爹"豆腐细嫩而筋道，小铺包豆腐干堪称一绝；还有张风庭豆腐店、刘占科豆腐店、胡鹤松豆腐店、陆氏三兄弟豆腐店、张正高豆腐店、张五奶豆腐店、李三奶豆腐店。

下关药店中，老字号的有"黄泰和药店""方同泰药店"。"黄泰和药店"历来就是药医兼营，黄伯魁医师医道精湛，药材货真价实，自制的丸散膏丹，誉满淮安，其中"黄泰和三妙膏"声名远播，家喻户晓。

老先生特别强调，下关还有一行，那就是"脚行"。脚行就是通过牲畜来运输的行业。据不完全统计，下关脚行有10多家。每户最少的有三头牲口，最多的有十头牲口，牲口主要是驴，也有少数的马和骡子。脚行主要为下关的粮行、豆腐店、磨坊服务。

清末民初时代，下关光是粮行就有30多家，进出的粮食可想而知。下关还有近10家豆腐店，每天用的黄豆都是用驴从行里驮回家，基本上某家豆腐店与某家脚行都是有固定交往的；另外还有 10 多家磨坊，磨坊虽有牲口，但往往也借助脚行，因为磨坊要向饮食行业运送面粉，更主要的是大宗的粮食搬运。下关的粮食来源很广，比如：里下河一带乡镇所产大米，要通过涧河、市河船运到下关，再用牲口运到各行；北方运来的小麦、玉米等粮食和其他行业的货物，也大都是依靠牲口驮运。因此，下关脚行的业务是很繁忙的，不但要运进来，有的还要运出去。

脚行大户是大名鼎鼎的郁占奎、郁林贵父子，他们也是下关脚行的首领，他家装粮的每条口袋上都印有"郁"字，不论外运多远，只要见到口袋上"郁"字，就知道这是下关"郁大爹"的驮队，没有人敢找他们的麻烦，因为郁占奎是下关"武行"名师。新中国成立后随着苏北灌溉总渠的开挖，下关粮行逐渐歇业；而木制小车、木制橡胶独轮车、平板车的出现，下关脚行也就随之颓败，并渐次退出历史舞台。

老先生还饶有兴趣地讲到下关行业中的两家店铺，一家是宋宗堂板鸭店，一家是陈占标熏烧店。板鸭店经营板鸭、火腿、香肠、小肚，在淮安东门外、北门外名气较大。陈占标经营的熏烧店，主要是卤菜（一般指猪头肉），他家烧制的猪头肉誉满两淮，闻名遐迩，可以说人人皆知。他家一般是经营晚市，上午进行生坯洗涤，下午烧煮，他进的货主要是猪头、杂碎（肠子）、猪蹄，有时也进一些兔子。

陈占标制作猪头肉工序非常严格，从不马虎，就连用的燃料都有讲究。陈占标熏烧店的猪头肉不但绵软可口，味道奇特，而且他的刀功可算一绝，每片肉切得很薄很薄，真正"通天照亮"。陈占标的猪头肉供不应求，有些人明明今天家里中午烧了肉或者还剩了肉，到晚上还是要买他的猪头肉吃。他的猪头肉的味道，没有品尝过的，你是无法想象的。下关猪头肉誉满淮安，陈占标算得上是开山鼻祖，下关猪头肉品牌也就这样延续下来了。

在下关行业中，不能不提到"范大生"铁匠店。下关在清中期就有冶市，可见下关的冶炼、铸造在淮安的历史地位。"范大生"兼营生、熟铁，尤其是生铁（即翻砂铸铁），不但铸造犁铧、铲头、铁矛，而且还能铸造铜钟、铁钟。淮安湖心寺内悬挂的一口大铁钟，重达千斤，就是"范大生"所造。"范大生"传人很多，"熟铁"几乎范氏没有不会的，"生铁"仅范松寿一人继承，新中国成立后进淮安农机厂工作，专搞翻砂铸造。另外，下关还有肉案子15家、中药铺子3家、猪牛行两家，以及"和睦堂"相馆、"安乐园"茶楼、"金牙五爹"茶馆等等。

老先生最后特别讲到了下关的"王记宝盛银匠店"，对下关这家百年老店竖起了大拇指，说值得写，一定要写写。他说村民王爱兵是王家的后人，在《下关史话》一书中写有文章记录此事，写得很详细很好，就不多说了。

我翻阅了《下关史话》这部下关村人自己采写的村史书，看到了下关文化志愿者、热心村民王爱兵所写的《下关的"王记宝盛银匠店"》这篇文章，事实清楚，人物生动：

> 明清时期下关冶炼制造业发达，达官显贵闻听下关金银饰品工艺精湛，价格公道，纷纷前来定做，再加上淮安城的普通百姓礼尚往来及小家碧玉和大家闺秀对银饰的喜爱，市场有大量需求，造就了下关银匠店的快速发展。至清朝末期下关古镇上尚有"王记宝盛银匠店""王记宝庆银匠店""张记银匠店""刘记银匠店""李记银匠店"等几家，其中尤以王氏家族的银匠店最具代表性。

> "王记宝盛银匠店"位于下关中市口西侧面北（原下关供销社处），该店于1898年前后由"王大爹"（下关人的尊称，名字不详）开设。王大爹是王氏家族银匠店的开山鼻祖，当时的王大爹已有60多岁，他弟兄八人，排行老大，人称王大爹，后来人们反而忘记了他的真名，直接就以王大爹称呼他。"王记宝盛银匠店"招牌是黑底金字，亮光闪闪，店堂中间上

口挂了一块"诚信铸金"横匾，因为金银匠最忌讳的就是缺分短毫，非常注重自己的技艺和名声，为人更要厚道讲诚信。

王大爹鼻梁上架一副老花镜，嘴上经常叼着一支手工卷的烟。桌子上摆放着酒精灯、银匠砧子、锤子、锉子、钳子、试金石、模子等工具。此外还有一把白铜戳子和一瓶白矾水。王大爹成年累月地用精致的小锤敲打着工作台上的银饰，看他打制金银器，绝对是一种艺术享受。划一根洋火（火柴）点燃酒精灯，气定神闲地将带弯头的吹管含在嘴里，深深吸上一口气，火焰顿时被吹成了一道细线，金块在蓝色的细火中渐渐变软，随后放进铜模子叮叮当当敲打一气，美轮美奂的花形脱颖而出，紧接着拿到小铁砧上轻轻锤一锤、锉一锉，去除毛边毛刺，再放进白矾水瓶，只听得"刺啦"一声，一件锃光闪亮的首饰便展现在客户面前。

王大爹的拉丝工艺最为拿手，在业界颇有名气。固体的块状银子熔化后倒入铁皮制的干槽后拉银丝，然后再锤打、煅烧。基本工序分为熔银、锤打、开片、倒模、压模、篆刻、编丝、清洗、组合等，最复杂的饰品要经过100多道工序才成。拉丝是基本功，却最是费力费神，做法是将粗拉成条的银丝前端削细，穿入模具中，用火钳从另一端拉出，如此反复拉长拉细才能达到需要的规格。

王大爹读过几年私塾，做什么都相当精明，他自己会画图制作模具。他大脑中收藏了各种模具的造型，所有的图案都在他自己的心里。"王记宝盛银匠店"的金银饰品价格要比别人家贵，但顾客主要都认可他的创新样式与工艺精湛。别人家的饰品基本上是一些老式的图案，但大爹能根据客户的要求，不断创新设计图案花纹。王大爹曾说过：饰品的精工与创新，在乎匠人的手法和心思。

"王记宝盛银匠店"远近闻名，主要的客人还是淮安城当地的大户人家与往来下关的达官显贵，至今淮安城里有的人家收藏的饰品中还有不少源自下关"王记宝盛"或者"王记宝庆"的印戳。王大爹就这样从早忙到晚，还是接不完的活。那时候手艺不会轻易传人，特别是银匠手艺，因为金银是比较珍贵的东西，如果碰到品行不端的学徒，中途将店里客户定制的饰品偷走了损失可就大了，你的生意就会因名誉受损而一落千丈。所以诚信非常重要。于是，王大爹只带他的嫡亲兄弟姐妹一起做。学徒初学的是"练手功"，比如给金银器铸铅、将金银砖打成薄片、打磨、拉丝、组装，然后师傅会点滴教一些基本刻花手艺，更多的学习要在一锤一锤的敲打和枯燥繁复的技工中度过。历经了几年时间的熟能生巧后才能出师，在王大爹"传帮带"的过程中，他的老兄弟们全部学会了银匠手艺。

民国末期，王氏家族的银匠业发展到鼎盛时期，王氏族人相继在淮安城乡开设了很多分店：王福荣（王大爹三子）在县市口开了"王记宝盛银匠店"；王二爹在珠市街开了"王记宝盛银匠店"；王三爹在府市口（今高公桥对面）开设"王记宝庆银匠店"；王四爹在响铺街（今酱园店东侧）开了"王记宝庆银匠店"；王五姑在东长街（今实验小学南侧）开了"王记宝盛银匠店"；王六爹在潘都巷（原南门零件厂）开了"王记宝盛银匠店"；王七爹在河下估衣街开了"王记宝盛银匠店"。

新中国成立后，下关"王记宝盛银匠店"的子孙们又在车桥、平桥、朱桥、钦工开设了"王记宝盛银匠店""王记宝庆银匠店"的分店。

可以这样说，民国末期与新中国成立初期，整个淮安城的金银饰品加工业，下关的王氏家族占据了大半个市场。在这个时期，王氏家族开银匠店的族人们为了发展方便，相继从下关迁出，大多数集聚在淮安城锅铁巷周边，少数迁居上海发展。改革开放初期，王四爹的儿子王寿君在朱桥开设了"王记宝庆银匠店"，再后来在老家锅铁巷、新城半坊家中（现金莺华庭处）经营。王福荣的儿子王朋年、孙子王彦云两父子在珠市街开设了"王记宝盛银匠店"。

到20世纪80年代末期，王福荣的重孙王跃武接手时，因为先辈没有知识产权保护意识，造成"宝盛""宝庆"百年老字号商标被人注册。王氏家族几代人辛苦创建的无形资产品牌无奈改名"王记天福珠宝店"。老店重开，他牢记祖训，肩担王氏家族产业传承的重任，承接了"宝盛""宝庆"饰品的所有售后服务，再次赢得了新老顾客的充分认可，生意蒸蒸日上。"王记天福珠宝店"，见证着下关"王记宝盛银匠店"的传奇……

下关这片土地得天独厚，物华天宝。因为历史的机缘，从一片荒无人烟的河岸之地，成为兵家必争之要地，成为朝廷漕运之重地，成为通江达海之宝地。天时地利人和，成就了下关南船北马、长津古渡的历史地位，并在岁月的长河中，滋养了下关街街巷巷的烟火、熙熙攘攘的繁华。

第三节
文人雅士留诗词，民间演艺多趣事

淮河是淮安的母亲河。俗语说："走千走万，不如淮河两岸。"正常年景，风调雨顺，五谷丰收。河中的鱼虾，两岸的稻麦，哺育着一代又一代的淮安人。

自元代以来，在淮河南岸的下关，有一家酒楼，名字叫王氏小楼。下关是南北物流的通衢要道，八方交通的水陆大码头，也是南来北往的官员、商贾和文人墨客驻足休闲、迎来送往、诗酒觞客的地方，许多文人在这里留下了赞美诗篇。比如元代诗人萨都剌（约 1305—1355）就多次经过淮安下关，每次都在王氏小楼饮酒赋诗，留下美丽的诗篇。

萨都剌是元代著名诗人，字天锡，号直斋，回族人。其先世是大食（今阿拉伯）人。其祖父与父亲于 13 世纪随蒙古军东来，先后镇守云、代诸地，后居代州雁门（今山西代县西北），故史称萨都剌为雁门人。萨都剌工诗善画，他的诗风格多样，体裁多种。写自然景物、边塞风光的诗，亲切动人，细致入微，气势奔放。他一生著述颇丰，著有《雁门集》等诗集。

元顺帝至元二年（1336）四月，诗人自京城到闽海福建道肃政廉访司任知事。途经淮安，作有 4 首绝句，题为《题淮安王氏小楼》，见其《雁门集》卷九。诗云：

（一）

江水粼粼鸭绿新，江头日日送行人。
南来北去年年事，岸草汀花自在春。

（二）

拂晓楼窗一半开，楼前昨夜浪如雷。
满江梅雨风吹散，无数青山渡水来。

（三）

江月满楼江水澄，胡床据坐忆吾曾。
解吟如练澄江句，未信玄晖独擅能。

（四）

雪满寒江压酒旗，江南无处不堪题。
小舟载得梅花去，渡领春风过水西。

淮安文化学者刘怀玉先生对这4首诗深有研究，解读得非常好。此处摘录他在《楼小名存七百载　诗美声闻千年香——王氏小楼的春夏秋冬》一文中精彩解读的文字：

第一首诗写春天淮河美景，细细的波纹，像鸭头绿那样清新。这儿的码头边，街道上，秦楼楚馆、酒肆饭店前，每天人头攒动，有许多人为亲友送行，或者迎接远归的友朋。就像那岸上的草，水边的花，生生不息，自由自在地，年复一年地生长和开放。这是一片既繁忙又十分恬静的和谐场景。

第二首诗是写初夏梅雨季节，诗人在王氏小楼所见实景。所写山水风光全是从一个楼窗中展示出来的。王氏小楼朝北面临淮河，窗户一打开，即可饱览淮河风光。前一天夜里风雨大作，淮河水流湍急，波涛汹涌，所激起的浪声，如同雷鸣一般。风声、雨声、浪涛声，搅破了诗人的清梦，给旅客游子带来的是烦闷惆怅。对物候最为敏感的诗人，心情骚动不安，因此，拂晓时即迫不及待地打开一扇楼窗，看看外面到底是什么样子。这时诗人所看到的完全是另一种情景：风住了，雨停了，天晴了，淮河已恢复它往日的平静。对岸的无数青山，经过一夜雨水清洗，郁郁葱葱，山下沟壑充满积水，和淮河连成一片。山像是浮在水面上的一艘艘绿舟，在隐隐的晓雾中正欲渡淮迎面而来。

第三首诗是秋天的一个夜晚，在月光洒满小楼的时候，诗人取一个凳子坐下来，静观澄清如练的淮河，陷入沉思，回想每次经过此处的往事。他还想些什么呢？诗人嘛，当然是作诗。面对如此美景，能不写点诗吗？他想起古人"澄江静如练"的诗句，与当前之景如此契合，抑制不住创作的冲动，要写一首同样意境的诗来。"余霞散成绮，澄江静如练"

出自南朝诗人谢朓的《晚登三山还望京邑》。谢朓（464—499）是南朝齐人，字玄晖，与谢灵运同族，世称"小谢"，是著名的山水诗人。写自然景物，清新秀丽，圆美流转，时有佳句，又平仄协调，对偶工整，开启唐代律绝之先河。这是千古名句，大诗人李白（701—762）就十分欣赏，他在《金陵城西楼月下吟》中说："解道澄江静如练，令人长忆谢玄晖。"同样，萨都剌也是如此，他说："解吟如练澄江句，未信玄晖独擅能。"他要与李白一样，与谢朓比一下，要写出更好的诗来。不能让谢朓单独擅美于前。

第四首诗写的是一个冬天雪景，天下了大雪，酒楼外面的酒帘招牌被积雪压着，淮河两岸一片雪的世界，傲雪的梅花盛开。我马上就要乘舟南下，载着梅花，迎着春风到远方去了。"水西"，如果坐实了，意思就是水边。实际上是诗人习惯使用的一种意象，并不一定有实指。语出唐刘长卿的《寄灵一山人初还云门》诗："竹径通城下，松风隔水西。"赵嘏《汾上宴别》诗也有"一樽花下酒，残日水西树"。

这一组诗前有小序，序说："王氏小楼，独占淮安一胜，予尝以迎饯至此。登斯楼，漫成四首，摹写其概。后之来者，其兴无穷。"也就是说，萨都剌以前曾于王氏小楼设酒迎接客人，或者送别友朋。他南来北往已不是第一次饮饯于此，他已是王氏小楼的常客了。这4首诗写了六七百年前王氏小楼春夏秋冬四季风光，是诗人多次领略这里的美景，久贮于胸，到此时方一次性地集中抒发出来。既丰富多彩，又铿锵多变，流淌着诗人对淮安和对下关王氏小楼的喜爱。

元顺帝至正三年（1343），诗人萨都剌赴杭州任江浙行中书省郎中，又一次经过淮安。渡过淮河时又作了一首诗，题为《初夏淮安道中》（又作《题淮安壁间》），描写他过淮河的见闻：

鱼虾泼泼初出网，梅杏青青已著枝。

满树嫩晴春雨歇，行人四月过淮时。

　　这是一首清新明快的田园山水诗，生动地描绘了淮安初夏的美丽风光：河中，渔人取鱼，刚出网的鱼虾在活泼泼地跳跃；岸上，青青的梅和杏已挂上枝头；雨后初晴，树枝上还沾着雨珠。来往行人经过淮安，正逢着这美好时刻。第一句选取的是刚出网的鱼虾掉尾的神态"泼泼"，第二句是枝头新蕾的"青青"，第三句是树上的雨珠，第四句是行人过淮。作者选景很小，几个特写镜头组成一幅美丽的风光画卷，清新隽永，耐人寻味，给人以深刻难忘的印象。他所题诗的"壁间"，说不定还是在王氏小楼之上。

　　刘怀玉先生提到，王氏小楼地处淮河南岸下关古镇，是当年淮安的一处胜境，是来往游人登临和筵客的佳处，随沧桑历史岁月变迁，今已不存。但是诗人留下的诗篇，却像一幅美丽的山水画卷，为我们展现了当年淮河的风貌和下关的风情，并永远定格在淮安人的记忆之中。

　　今天的下关，随时代变迁已经成为淮安古城的一个城中村，街道上建了不少古色古香的酒楼，但如果后人能选一址，袭用"王氏小楼"这一名称，恢复"王氏小楼"的经营和文化风格，肯定是一件十分风雅的事情。如此，既能穿越时光使萨都剌的诗歌情怀得以再现，也可回味"王氏小楼"昔日的风光风雅，传承下关乃至淮安悠久的历史文化和美食文化。

　　下关地处南北交通要地，商贾艺人会集，自然成为南腔北调之乐园，文化底蕴十分深厚，淮安境内流传的京剧、淮剧等戏剧，民间说唱小调与民间杂耍节目丰富多彩。

　　拿下关的民间杂耍来说，自古以来一直在淮安很有名气。下关龙灯众所周知，殊不知下关还有高跷、花船、花车、黑叫驴、钱伞、西瓜担子、顶石担子、卖药草糖等民间杂耍。这些娱乐项目不但丰富了下关人的娱乐生活，而且下关人还到城内及周边娱乐场所去表演，惠及了四村八庄十里八乡人的精神生活。

每年正月初二，下关民间杂耍开始上街或外出表演。一般是高跷第一个表演，其他依次是花船、花车、黑叫驴、钱伞、西瓜担子、顶石担子、卖药草糖，最后是舞龙。演出的队伍首先从下关东大桥（下关大街东首）起步，沿下关大街向西，直到东仁桥（下关大街西首）。

下关有个不成文的约定，民间称之为"接彩"，就是演出队伍行进时，到了某个商户家门口，商户要放鞭炮迎接，演出队伍才会依次表演。如果没有人家放鞭炮，表演队是不会演的。过去往往是家家户户一边燃放鞭炮，一边泡"炒米茶"赏给表演者；有的人家还用笆斗装满炒米送给表演队。整个表演队中除敲锣鼓的人员以外，还有好多"好闲"的人，比方说有商户送香烟、糕点，就由这些"好闲"的人一路帮着，抬炒米、背香烟、拿糕点等，真是有吃有喝，热闹非凡。

特别是出了下关东仁桥进新城东门，经过圆明寺，过昌明桥，出新城南门，沿马路头过夹城大街，再进老城北门，过章马桥沿北门大街向南，再通过下坂街出上坂街，转向响铺街，过牌坊进体育场；如果是走老城东门进的话，表演队就从中市口向南出"镇海中枢"，过红桥，绕"后行"进闸口大街，过鸡心闸，然后向南再绕向西北，经过梳子店门口进老东门，拐弯入水巷口，再经过胭脂汪进响铺街，过牌坊进体育场。

不论东门进还是北门进，一路之上演出队伍都是浩浩荡荡，锣鼓喧天，威风凛凛。沿途经过街市时，家家户户门口都挤满了人，"接彩"鞭炮声此起彼落，欢呼声不绝于耳，好不威风！

表演结束回来时，个个汗流浃背，这时"龙头""龙尾"就换人拿了，因为他们最累（沿途没有住户，"龙头""龙尾"一般都是所谓"二班"人拿）。表演队基本上是一个表演一个整月，过去雨雪天特别多，明明说玩一个月，其实也就是 10 到 20 次。

下关的杂耍都是下关人自发组织，自娱自乐，为下关和周边乡镇以及淮城人的业余生活、节日生活增添了光彩，也在各种民间演艺比赛中屡屡夺魁，受到赞誉，为下关人争了脸、争了光。

下关说唱曲目也是南腔北调传唱的产物，历代传唱人物很多，晚清民国时代，比较有名气的有邢寿仁、王金玉、吕正淮等人。尤其是吕正淮的说唱小调《竹木相争》，备受下关民众以及过往下关的客商欢迎，在两淮地区也很有声望。

吕正淮，下关大街人，人们尊称他吕大先生。他的说唱小调《竹木相争》，运用拟人的手法表达竹子和木材各自的作用，内容丰富多彩，富有教育意义，听来耐人寻味，百听不厌。

《竹木相争》的开头是道白，首先由木头扬扬得意自报家门，表白自己的身世，然后又有竹子毫不示弱表白自己的身世：

木头先是表白自己说：

> 丝鼓未响开了腔，听我木头表家乡。世代居住深山岭，叶茂枝繁挡大阳。银杏是我生身父，古柏是我养育娘。挺立苍松本是我，花梨紫檀二娇娘。狂风暴雨无所惧，子孙茁壮在山岗。不知何人将我砍，捆我成排下长江。

竹子也表白自己：

> 清影摇风在山岗，无垠像海似波浪。虚怀若谷本无心，节节高升乐无常。临风沐雨含滴翠，粗壮时节作了慌。漂泊歌唱凌空尽，利刃一落露胸膛。含悲忍泪辞故土，子孙后代更遭殃。我为人间造幸福，抱恨无憾济世长。

接着，竹子和木头发生了口角，木头和竹子就从皇帝的金銮宝殿直斗到平民百姓家，也就是从皇帝的龙案到百姓日用竹木器件，各表自己的价值和能耐。

木头首先说：

　　我木头下山岗，独坐金銮殿上，见了多少大臣，陪伴多少君王，利用我龙案，写多少谕旨，批阅多少奏章。

竹子接着说：

　　这算什么标榜，没有我这毛笔，怎能批阅奏章，你仰脸看看，我这竹子御笔，不是压在你这木头身上？

木头又唱：

　　拿我这木头做套桌椅，能放在厅堂，既供人家用餐，又供人家打打麻将。

竹子接着唱：

　　这又何妨，你供人用餐，我这筷子又压在你的木头身上，珍馐百味，还让我竹子先尝，汤汤水水滴在你木头身上。提起麻将，叫你木头发慌，只要手气不好，我这竹面子麻将，稀里哗啦，就猛砸在你这木头身上。

木头又唱：

　　拿我这木头做张雅床，放在闺房，陪伴多少娇娘。

竹子对唱：

这又何妨，拿我竹子做张凉席，供她纳凉，照样铺在你这木头身上。

……

竹木器具生活中比比皆是，不胜枚举，竹木编织内容当然就很多了。《竹木相争》段子当中好多内容，反映的都是竹木结构各自的作用，说的是你离不开我，我也离不开你，物虽各有所长，也各有所短。

吕大先生用日常生活中老百姓喜闻乐见的事例，采用拟人化的语言，鲜活生动地告诉人们一个做人的道理：人与人之间的关系是互相联系、互相作用的，彼此之间并没有长短优劣之分，大家既要各自发挥优势，也要取长补短，如此才能共荣共存。

《竹木相争》是吕大先生的拿手好戏，经常唱的段子。下关是万商云集的地方，吕大先生家又开着小有名气的"淮东客栈"，每天人来人往投宿就餐的商旅很多，每到晚上闲暇时，客栈都会请艺人给客人唱唱小曲，大家闻听吕大先生的名号，也都会请吕大先生唱两段，《竹木相争》自然是少不了的节目。

由此，《竹木相争》的唱段，就越传越远、越传越广，传遍了两淮大地。人们提起下关的吕大先生，可以说无人不知、无人不晓。

第三章

崇仁重义下关，义薄云天千秋

　　下关一战，淮安军民光是在下关，就歼灭倭寇八百余人，并将倭寇尸体就地埋葬，筑土城墩，老百姓叫作"埋倭墩"。后来，老百姓在官府的支持下，在这里建了一座"报功祠"，以此彰扬纪念这次抗倭的胜利。下关百姓在这次抗倭战争中，不畏牺牲，奋勇杀敌，一战成名。下关百姓与朝廷的官兵和沈坤的"状元兵"一起，狠杀了倭寇的威风，展现了下关人尚武勇悍、义薄云天的"镇海"威力，更展示了下关人崇仁重义、保家卫国的忠诚。

第一节

尚武侠义多仁风，豪杰辈出传古今

自古以来，下关民风强悍，有尚武之民风。

据史籍载，下关民间武术，起始于秦汉，发展于隋唐，兴于明，盛于清，至清朝中晚期，尚武之镇已形成，名扬淮安三城内外。

说到下关人的尚武之风，不能不提到下关人代代相传的石锁文化。

在下关，很多人家都有石锁，下关的男人，几乎人人会玩石锁，下关人谈起石锁，眉飞色舞，头头是道。毫无疑问，石锁文化在下关俨然成了一道风景。

石锁起源于古代的军营，本是士兵用来锻炼身体的器材，后来流传于民间，成为民间百姓强身健体的活动器材之一，同时也是练武者练习武术基本功的必备器具。练武人常常运用石锁来训练握力、腕力、臂力、腰力、腿力及爆发力与耐力，后来演变为一项集力量、技巧、强身于一体的传统竞技项目。

下关居民历代因何习练石锁成风呢？

据相关史料记载，下关地处淮安区新城东城门外，春秋战国时期为古末口所在地，是转运军兵的关口，是漕粮转运的中心。明清时期，下关地处漕运、盐运交通要道，是淮安城外人口聚居中心、繁华的商业中心和拱卫府城御敌军防的重镇。在政治、经济、军事、交通等因素的影响之下，出于生活、生存自卫的需要，下关民间武风益盛，形成了重商尚武的悍勇民风。

历史上，下关有宋太祖屯兵下关拳打镇关西、巾帼英雄梁红玉下关街力挽疯牛、明太祖登基前征讨下关失利二次征战等传说，也有民国时期"康千斤、吴八百，王小墩石磙抛过屋，陈五爹爹估不足"等传奇，更有抗战时期王小墩艺震日本武士、谢碧魁打擂力挫倭寇、小刀会组织抗击日伪军等故事。

石锁不单是民间习武者舞玩以练基本功，后来也被用于比武竞技与表演。表演以花锁为主，表演者竭尽所能，玩出纯熟花样，令观者赏心悦目。竞技则分两类：一比重量，看谁玩的石锁重，谁就最厉害；二比技巧，看谁玩的动作多、花样多、动作难度又大，谁就是英雄。比赛者斗智斗勇，虎虎生威，场面惊心动魄。近代以来，下关的康大爹，人称康大爷子，数他玩的石锁最重最出名，他玩的石锁最小最轻的就达110斤，创下关玩石锁的最高纪录，无人超越。

下关代代相传的石锁文化，奠定了下关武术的坚实根基。

下关武风之盛和武术之发展传承，也与特定的地理环境关系甚密。

淮安处南北之中，扼江控海，是南船北马的换乘之地，是兵家必争之地。自春秋战国以来，淮安的下关便是淮安城外围军事防御重镇。自吴王夫差开凿邗沟北上伐齐，各朝各代均有多次战争发生于淮安下关一带。频繁之战事，百姓涂炭，民生维艰，唯掌握一些攻防格斗之技，方能于乱世之中自救图存。

公元前486年，吴王夫差出于军事争霸的目的，开凿邗沟通江淮，古运河穿下关境内而过，辽京贡道、通京大道贯通南北，源源不断运输士兵粮草，拉开了漕运的传奇历史。

隋朝时期，下关是漕运的重要节点；唐朝时，下关既是漕运通道，也是唐朝中外交往的楚州港口所在地；宋时先为漕运要津，后为南宋、金国的边境线；明清时期，下关则是漕运之都淮安的闸坝、关口、津渡所在，使下关成为南北水旱交通要冲，成为南方商品流通必经之地或商品集散中心，亦成为官府巨富走镖要道。所以，自古以来，下关的镖行、旅店、装运等行业十分兴盛，各行各业在竞争中难免争斗，离开高强武艺，很难立足。

自唐宋以来，下关习武之风便世代相传，涌现了一大批的武术高手、民间武师。明清时，一些受朝廷缉拿之叛将，寻民众强悍喜武之下关，隐姓埋名以蔽其身，或化为僧道游侠，通常以传授武艺而谋生，这样使下关的武术，得到了内外的结合，取长补短，博采众长，不断发扬光大。

清江浦开凿以后，下关基本失去了漕运的重要地位。下关的经济形态也随之发生变化，下关人为谋生转向商业贸易及猪牛羊屠宰行业。古代外出经商，基本上都是马车或步行，经常是半夜三更行走在人烟稀少的荒山野岭，时常会遭遇匪患。为了安全起见，习武防身便成为下关商贩外出必要的本领，于是普通百姓也几乎家家户户开始练习武术。

明末甲申年（1644），为保障淮安五坝治安运营，漕督路振飞久闻下关是武术之乡，民风强悍，代代习武，他奉命进驻下关后，征招义勇四千人，整训后比武，结果下关坊、河北坊胜出。下关坊义勇武艺尤为精猛，一举夺冠。路振飞令下关坊义勇在总督军门过堂受赏，赏以花红，每人白银一两；并命其自领下关"盐搭手"三千人负责仁、义二坝的盐运与治安。

时年三月二十七日，匪患祸起，漕督路振飞下令淮安七十二坊，各出义兵参加清河剿匪，并规定：每坊出三至五人，刀杖俱自备。其中，下关坊共出义兵 40 余名，为人数最多。在剿匪中，下关义兵共擒匪 30 人，斩匪首侦探 7 人，下关坊义勇由此更是声名远扬。

明末清初，大批明朝移民从北方纷纷来到淮安，举起"反清复明"的大旗。他们在下关、河北、河下这一带，与淮安义士结交义友，训练义勇，共定大计，使下关、河下、河北民间武风益盛。

清朝晚期，下关人十分重视学武，出了不少民间武术高手，陈凤元、康怀义、谢碧魁等人便是代表性人物。今天，下关仍流传着"康千斤、吴八百，王小墩石磙抛过屋，陈五爹爹估不足"的美谈。

这里简要介绍陈凤元、康怀义、谢碧魁、郁占魁 4 位下关武术高手。

陈凤元（1874—1937），下关镇市河街人，少年时的陈凤元因受下关历代尚武之风与祖辈家学渊源熏陶。练就刀（春秋大刀）、弓（强弩巨弓）、石（石板硬气功）三门绝技，臂力惊人。他于光绪二十四年参加了恩科会试，被光绪帝宣进宣和殿亲自面试，过三级后又写武经过关，钦赐"进士及第"，赐二等侍卫，负责守卫皇宫后门，后升正三品武职，调任原籍淮安任淮阴王家营参将，负责镇守西坝流域淮河以北地区盐务和军务，因功绩显著，敕建将军府于下关。

有一年，陈凤元因守孝在家，与好友喝茶，府外来了帮强人，这帮强人多会些功夫，常年盘踞在下关镇周边，欺压百姓，因无命案，所以连官府也奈何不了。因屡屡受害，百姓请陈凤元出面，每次强人均闻名而退，并因此怀恨，有一天请来黑道顶尖人物找陈凤元比试，被陈凤元拒之门外。而匪首们不但不肯走，还嘲讽、挑衅陈凤元。陈凤元不屑与之计较，仰天长叹一声，故作一个趔趄，将脚尖踢在平时练功用的一块平平整整的青石板上（现仍在老宅门口当门台阶石用），竟把这块 300 余斤重的青石板，踢翻到院中三米远之外，随后又上前用脚把石板推放回原处。见此情状，群匪大惊，慌忙拱手作揖，作鸟兽散。自此，盘踞下关周边多年的强人便销声匿迹，再也不敢来骚扰百姓与客商，下关街镇才又恢复了昔日的繁华与祥和。

康怀义（1890—1966），下关镇宰牛巷人。少年的康怀义因身高体瘦（身高 1.90 米）不适合习武，但他生性倔强。少年时就随父辈们在下关"镇海中枢"南广场每日苦练，因为家里贫困，16 岁就为富户家做帮工。在帮东家杀牛时，从不用绳捆扎牛腿，依靠自身神力，双手抓牛头将牛活生生掼倒。1931 年 7 月，青岛举办国术比赛，康怀义在举重项目中力震群雄。民国初年，民间舞龙之风益盛，下关龙与车桥龙齐名，康怀义因神力过人由他掌龙头，舞得活灵活现，使围观者与其他舞龙队叹为观止。他曾经将重达 800 斤的石狮搬至胸前翻腕挺臂举过头顶走出五步，又转了一圈后，怒吼一声将石狮扔回原处。周边围观者纷纷上前赞扬他真乃神人"康千斤"。

谢碧魁（1885—1958），下关镇南社谢庄人氏，出生于武术世家。他的曾祖谢长生是当时的武学高手，谢家拳法在两淮地区自成一派，善以春秋刀、九节软鞭为武器。谢碧魁是谢家第六代衣钵传人。抗日战争时期，淮安沦陷，谢碧魁曾与日本武士松尾在淮安老体育场（今漕运广场漕运总督府遗址处）打擂比武，打败日本武士，大长中国人士气。

郁占魁（1880—1943），下关土地庙巷人，晚清时期淮安著名武术家。郁占魁是脚行出身，曾任民营镖局镖师，祖传的铁砂掌、猴拳练得出神入化。有一年，东乡顺河集逢集时，郁占魁与孙子郁树德在集市买驴时遇到一帮黑道人物收保护费，他们欺行霸市惯了，见郁师傅拒绝缴纳保护费，便要强行扣押郁师傅买下的两头牲口，郁师傅气愤难忍，想教训教训他们，但又怕自己一旦出手会伤人性命，情急之下灵机一动，将钱褡子（钱袋子）递到孙子郁树德手中，卷起袖子气运丹田，猛地一掌击向被牵走的毛驴，手掌硬生生切入毛驴腹中，然后猛一使力将驴肠子一把抓出，吓得这些黑道人物扔下倒地的毛驴一哄而散。此后，盘踞顺河集周边多年的强人销声匿迹，再也不敢骚扰当地百姓与来往客商。

第二节

同仇敌忾杀倭寇，荡气回肠写春秋

据《淮安府志·风俗志》记载：淮安之俗，淳实、尚义、勇悍、习战。

明嘉靖三十八年（1559），倭寇自庙湾海口登岸，至淮安城东樱桃园，杀伤不少军民，大河卫萧指挥、苏千户皆阵亡。淮安状元沈坤率领他训练的义兵与淮扬巡抚李遂，设伏于下关柳浦湾，又掘坑数百于姚家荡，然后令参将曹克新等出兵猛击，倭寇退至柳浦湾，伏兵齐起，长驱至姚家荡，遇坑即仆，倭人足不甚敏捷，既仆遂不能起，于是尽歼其众 800 余人，并就坑埋葬，筑土成墩，名"埋倭墩"，并建报功祠于其上。

关于悍勇尚武的下关人抗击倭寇的历史，值得在此特别书写。

明朝时代，在淮安东门外有一个风景名胜叫樱桃园，就在下关的地盘上。今天在淮安区的关天培路和永怀东路之间，有条东西向的路就叫樱桃园路，它沟通了淮安区的经八路、梁红玉路、铁云路、237 省道，是淮安区新城区建设中的一条重要干道。这块地方就是古时下关的樱桃园，在淮安的历史上非常有名。

桃园的声名远扬与淮安历史上发生在此处的两场战争有关。

一场战争发生在宋建炎年间。当年，贼寇李成派数万贼兵来攻淮安城。淮安守军巧设伏兵于樱桃园，等贼兵进攻淮安时，伏兵突然出击，喊杀声震天，大败贼寇，保护了淮安百姓的财产生命。明崇祯年间淮安的举人张奕颖写《樱桃园》诗一首：樱桃犹发昔年红，春色芬芳古郡东。花里藏兵能退贼，至今人说楚王功。

另一场战争就是发生在明嘉靖三十八年（1559）的抗倭战争。

日本自南朝元弘二年，即公元 1332 年以后，国内内战不断，南朝失利，战败的武士们流亡在海岛上，成为日本浪人。他们勾结一些流氓和奸商及部分破产农民，成群结队到中国沿海地区来，时而进行走私活动，时而进行抢劫，实际上就是一伙杀人越货的海盗。因为日本古称倭国，所以明代就称这些海盗为倭寇。

到了 15 世纪后期，日本倭寇人数越来越多，骚扰东南沿海更加猖獗。淮安是沿海重镇，其所属盐城是海防前线，淮安又是漕运要道，因此成为倭寇骚扰抢劫的重要目标。每遇东南风，倭寇便漂洋而来，奸淫杀戮，淮安人民受尽了倭寇的折磨，百姓对倭寇恨之入骨。

于是，就有了状元沈坤练兵自救，"状元兵"樱桃园设伏抗击倭寇的故事。

据史料记载：沈坤，字柏生，号十洲，明南直隶淮安府大河卫（今淮安市淮安区）军籍，居于河下竹巷街梅家巷，祖籍苏州府昆山县。沈坤自幼聪颖过人，嘉靖十年（1531），年仅25岁的沈坤就中了举人。嘉靖二十年（1541），35岁的沈坤中进士一甲第一名，嘉靖皇帝钦赐状元及第。

沈坤中了状元以后，被授予翰林院修撰一职。沈坤生来"任气违俗"，为人耿直，从不溜须拍马，他在北京翰林院整整待了13年，一直都没有被重用，直到嘉靖三十三年（1554）五月，才被升为右春坊右谕德，但不在北京任职，朝廷派他到南京署南京翰林院事。

淮安史学研究者曹智先生，对状元沈坤的事迹进行了深入的研究。他介绍，沈坤离开北京到南京去做官，路过淮安时，顺道将他年过七旬的老母接到南京去赡养。嘉靖三十五年（1556），沈坤升任南京国子监祭酒。不巧的是，这一年八月十五，其母在南京病故。按照封建礼制，沈坤要将母亲送回淮安老家安葬，并在家中丁忧守制三年。当年十二月二十一日，沈坤将其母亲与父亲合葬在淮安城东七里塘（今城东乡花庄村境内），并请他的同窗好友吴承恩为他的父母撰写了墓志铭。

沈坤一生中最大的业绩不是读书做官，不是中状元、做翰林，而是抗击倭寇。

倭寇闹得最凶的时候，正好是沈坤在家葬母守制的那几年。嘉靖三十五年秋，沈坤刚到家，倭寇就在瓜洲焚烧了一批漕运的官船。第二年春天，倭寇又从海门、如皋登陆，自南通、扬州、高邮、宝应、淮安一路烧杀抢掠。五月，另一路倭寇由天长、盱眙出发，抢掠泗州、淮安。在这几年中倭患不断，偏又不断闹水灾，淮安人民极端困苦，生活在水深火热中。

当时淮安驻扎着淮安、大河两个卫（邳州卫、宽河卫已调驻邳州和辽东），淮安卫7个千户所，大河卫5个，按编制兵力应有13000余人。而且还有镇守淮安的总兵、参将，军事力量还是比较强大的，抵御这些倭寇，应该说是绰绰有余。但因为政治腐败，又缺少应有的训练，这些官兵根本不是倭寇的对手，每战皆不力敌，溃不成军。

漕运总督兼淮安、凤阳、扬州、庐川四府及徐州、滁州、和州三州巡抚，一旦发生倭患，应当领兵抵御。但为了保证漕运畅通，漕运总督没有更多的精力抗倭。因此，朝廷不得不将漕抚分设，指派李遂来淮安以巡抚之职全权负责抗倭。李遂虽善于用兵，但他的军队战斗力不强，奈何不了倭寇，这使淮安人民时时处于倭寇的惊扰之中，生命和财产不断受到侵害。

忠君报国的沈坤，面对倭寇不断来犯淮安，屡屡烧杀抢掠这一残酷事实，感慨万千。他既痛恨官兵腐败无能，又同情家乡父老所遭受的痛苦。沈坤安葬母亲以后，毅然决定拿出家中全部积蓄，变卖家产，树起抗倭大旗。沈坤的抗倭举动，立时得到淮安各界的支持，不少人将家中所存储的粮食钱财捐献给沈坤作为粮饷军资，为抗倭贡献力量。

沈坤从河下、下关等地招收了1000多名青壮年，亲自组织训练。沈坤经常教导义兵将士：保卫大明江山，保卫自己家乡，要加强训练，奋勇杀敌，不怕流血牺牲。在他的训练和影响下，乡兵纪律严明，令行禁止，雷厉风行，很快就练就了一支英勇善战的抗倭义兵。算起来，沈坤练兵抗击倭寇，比戚继光组建戚家军抗击倭寇还要早一年多的时间。

这支队伍连续几次打败了来犯的倭寇，名声大振，被老百姓称赞为"状元兵"。

明嘉靖三十八年，即公元1559年，农历四月初六，倭寇组织了近2000人的队伍，从沿海登陆，再犯淮安，一来抢掠，二来报前几次被淮安军民打败的仇恨。他们这次仗着人多势众，一路气势汹汹，烧杀抢掠，无恶不作。沈坤早已掌握了倭寇入侵的规律，他提前派眼线在沿海监视倭寇的行动，提前打探到了倭寇这次侵犯的时间和人数。这次倭寇队伍庞大，沈坤非常重视，立即与淮扬巡抚李遂联系，双方达成了共同抗击倭寇入侵的战略计划。

双方将数千兵马埋伏于下关的樱桃园和宋代梁红玉、韩世忠抗金时所挖下的藏兵洞。下关百姓闻讯，也纷纷抄起刀枪棍，自发加入了抗击倭寇的队伍。这天早上，天蒙蒙亮时，一路烧杀抢掠的倭寇，就气势汹汹来到了樱桃园。

正当他们得意忘形的时候，沈坤一声令下，几名神箭手扣动弩机，倭寇匪首顿时毙命马下，倭寇大乱。沈坤见状，下令出击。刹那之间，牛角号声震天空，伏兵四起，喊杀声震天，倭寇很快被杀得大败，四散逃亡。淮安军民越杀越勇，很快将倭寇赶到了姚家荡的设伏地。

早在倭寇来犯之前，沈坤就发动军民在这里挖下了一个又一个深坑伏击倭寇。倭寇进入姚家荡之后，慌不择路，纷纷掉入坑中被军民斩杀，剩余的倭寇一路大败，狼狈逃窜。淮安人说，经此一战，倭寇大伤元气，数年不敢再犯淮安。

下关一战，淮安军民光是在下关，就歼灭倭寇800余人，并将倭寇尸体就地埋葬，筑土成墩，老百姓叫作"埋倭墩"。后来，老百姓在官府的支持下，在这里建了一座"报功祠"，以此彰扬纪念这次抗倭的胜利。

下关百姓在这次抗倭战争中，不畏牺牲，奋勇杀敌，一战成名。下关百姓与朝廷的官兵和沈坤的"状元兵"一起，狠杀了倭寇的威风，展现了下关人尚武勇悍、义薄云天的"镇海"威力，更展示了下关人崇仁重义、保家卫国的忠诚。

第三节

日本人耀武扬威，下关人横扫擂台

抗日战争时期，淮安曾经有一位武术大师，在日本人摆的擂台，将挑战的日本武士松尾，一脚踢于擂台之下。提及此人，当年淮安人无人不知，无人不晓，视之为英雄豪杰，赞不绝口。

此人就是享誉楚淮、名噪苏北的下关一代武师谢碧魁。谢碧魁生于1885年，他家是武术世家，他的曾祖谢长生是当时的武学高手，善以手持的竹烟袋杆为武器，舞动起来，无人能近其身。谢碧魁是谢家武术的第六代衣钵传人。

谢碧魁从少年时代就喜爱武术，一教就会，一学就精，人们说他生来就是练武的人。生长于武术世家，谢碧魁天生爱武如命，年轻时练就了一身的好身手好武艺。但他并不靠传徒授艺为生，而是专事修炼实战搏杀之手法，兼习春秋大刀、九节钢鞭等武术，他的拳法、腿法、步法、身法、功法、心法，中年时达到了炉火纯青的地步。今天下关人一提到谢碧魁的名字，就会肃然起敬，也会自然联想到武侠电影中那些功夫超群、行侠仗义的武林大侠，或是那些武功绝伦的武林掌门人。

淮安文化志愿者朱寿延和陈勇，曾经采访过谢碧魁的孙子谢伏康。据谢伏康讲述，他的爷爷谢碧魁从少小之时就酷爱武术，不满足于家传的武术，喜欢学习不同流派的武术技艺。他在下关小有名气后，并没有自我满足，而是外出闯荡，寻师访友，继续学习各派武学技艺，博采众长，融多家武术技艺于一身，练就了炉火纯青的好功夫。他外出学艺回来后，曾有位叫孙镗的拳师找上门来与之切磋武艺。交手中，谢碧魁冷不防中了孙镗的"扫堂腿"。交手过后，他不断揣摩孙师傅的腿法，并加以改进练习，使这个功夫在实战中更加厉害。后来，这腿法被纳入谢家的七星拳中，称为"磨盘腿"。渐渐地，谢碧魁成为淮安有名的一代武师。

1943年秋，日本人攻占了淮安城。淮安沦陷后，日本的一些武士也来到淮安城耀武扬威。为了以武力威慑中国人，进而从精神上打倒中国人的反抗意志，以日本武士松尾为主，日本人在淮安老体育场，即原淮安总督漕运官署那里的广场上，专门设下一座擂台，与中国人打擂比武。

当擂主松尾听说谢碧魁在淮安武术界很有名望，被淮安人赞誉为一代武术大师时，松尾冷笑一声，然后告诉手下的人："什么武术大师，死啦死啦的，我大日本武士，是天下第一英雄，一定要打败谢碧魁这个中国人。"他立即派人去谢碧魁家，发起挑战。

在松尾的授意下，日本人决定上门挑战。几个日本武士找到当地的伪保长，领着他们一起来到了谢碧魁的家。见到谢碧魁后，领头的一个日本武士满不在乎地说："你就是谢师傅？听说你会拳脚功夫！我们大日本武士来了，在淮安设下了比武的擂台，你敢不敢去应战？"

谢碧魁冷冷地说："什么大日本武士，你们的拳脚功夫，不都是跟中国人学的吗？我中国人的武术，何怕你们日本武士，比就比。"

谢碧魁就这样接下了日本武士的挑战，决定去老体育场的日本擂台，与不可一世的日本武士打擂比武，为淮安人、更为中国人争一口气。

日本人走后，谢碧魁在下关谢家大院里请来了下关的武术高手们，有外号"吴八百"的吴殿英，人称"康千斤"的康怀义，还有武术高手、黄埔军校十六期毕业生朱寿延，下关人徐正洪等人。大家商议后，决定一同去和日本人打擂台比武。

三日后，在康怀义、吴殿英、朱寿延、徐正洪等人陪同下，谢碧魁一行从下关出发，前去淮安城打擂。

谢碧魁儿子谢步考老人说："当时，日本人的嚣张气焰，激怒了很多有良知的中国人，淮安南门李和下关的陈波、吴三麻子、陈洪飞、徐正洪等人，都先后上台与日本武士搏斗，结果好几人被打伤，败下阵来，仅下关的徐正洪在擂台战胜了一个日本武士，而那个日本武士黔驴技穷拔枪就射，徐正洪见状跳下擂台而去。"

最后一场比武，由擂主松尾与谢碧魁对决。擂主松尾武功也确实了得，特别是腿上功夫，在日本可称武学高手，本次淮安摆擂又连伤数人，让他扬扬得意，一副不可一世的骄横嘴脸。

当谢碧魁走上擂台后，松尾扬扬得意地说："谢师傅，你觉得你能战胜大日本武士吗？你看他们几个，就知道你的下场了。"

谢碧魁强忍心里的怒火，斩钉截铁说道："松尾你可知道，文无第一、武无第二、天外有天的道理？今天我敢上擂台，就是要与你一决雌雄。"

谢碧魁深知此次比武的险恶，他坚持要在伪县长主持下，与松尾签订生死状，然后才正式比武打擂。谢碧魁说："比武场上，拳脚有轻有重，难保不受损伤。我愿与松尾武士签下生死状，一旦比武，生死由命，双方无责。"此时的谢碧魁已经59岁，虽已过壮年，但因武学功底深厚，看上去非常凌厉威风，说起话来，阳刚之气十足。

在谢碧魁的一再要求下，伪县长询问了松尾的意见，松尾同意与谢碧魁签订生死状。于是，在伪县长的主持下，在台下观众的见证下，谢碧魁与松尾两人正式签订了擂台比武的"生死状"。

然后，众人翘首以盼的擂台比武开始。

只见谢碧魁与松尾两人在擂台上你来我往，拳脚相加，恶斗多时，难分胜负。原本来说，谢碧魁凭自己一生练就的浑厚的武学功底与搏击经验，对付松尾应是游刃有余，然而日本武士松尾赤身光头并抹了油，让谢碧魁一时无从下手，擒拿手的功夫也很难发挥作用。于是，谢碧魁便静下心来游斗，细观松尾的攻击特点，在打斗中寻找松尾的软肋。面对松尾的多次猛扑，谢碧魁沉着应战，不断地消耗其体力。

果然，日本武士攻击无果后，疲态尽显，谢碧魁瞅准机会，使出"大力开碑手"，猛击松尾的头部，紧接着又用双肘猛击其肋部，很快将日本武士松尾打退到了擂台的边上。谢碧魁见机不可失，趁势使出了谢家的"磨盘腿"迅速出击，只是瞬间，一脚就将松尾踢下了擂台。

这一脚，谢碧魁心怀怒火和仇恨，运丹田之气将功夫用到了脚上，松尾被踢下擂台后，小腿被踢骨裂，倒地不起，疼痛难忍，嗷嗷直叫。见状，日本武士与皇协军大惊，忽地持枪冲上擂台，准备抓捕谢碧魁，被伪县长、绅士、伪保长等人劝阻。有生死状在，日本人自知理亏，只得任谢碧魁率众人乘乱离开。

第二天，淮安城内各大街小巷，淮安乡下各乡镇老百姓，都知道淮安武术大师谢碧魁，擂台上飞起一脚，踢飞日本武士松尾的特大新闻。谢碧魁打败日本武士，大长中国人的志气。淮安人欢欣鼓舞，纷纷燃放鞭炮庆贺这一大喜事。

第四节

革命者前赴后继，好儿女热血报国

江河东流去，英雄永流传。

在近代为民族解放和独立自由而奋斗的革命的征程中，在下关这片土地上涌现出了一位又一位的英雄儿女。其中，一位是女革命者、被周恩来总理称赞为"解放区第一位女县长"的孙兰，还有两位是父子同上沙场的英雄——父亲江来甫和儿子江琴苏，他们为民族为国家不惜牺牲的奋斗精神，永远令后人敬仰。

孙兰原名韦毓梅，1913 年出生于江苏盐城，7 岁时随父母迁居上海读书。"九一八事变"后，她愤然带领女中同学赴南京请愿，主张积极抗战。孙兰 1932 年考入复旦大学中文系，加入左翼作家联盟。她因组织学生参加"反对卖国投降，呼吁团结抗战"游行被捕入狱。父亲韦维清（上海知名律师）将女儿保释，希望她安心读书。孙兰于 1934 年夏赴北平，考进清华大学中文系。

在清华园，孙兰如鱼得水，融入抗日救亡运动，成为共产党领导的"民族武装自卫会"的女生领袖。领导"自卫会"的蒋南翔评价，孙兰"临事总是不慌不忙，很有大将风度，又善于接近群众……是女生宿舍的一颗火种，凭着自己的影响力，使全校 108 名女生的一半以上成为自卫会成员"。在一二·九运动中，孙兰积极配合蒋南翔，组织学生走上街头，成为青年爱国运动骨干。1936 年 7 月，孙兰加入中国共产党，并被党组织派回上海开展工作。

孙兰是天生的社会活动家，与民主人士交往密切。她与流亡作家萧红、萧军是鲁迅家中常客，《鲁迅日记》中多次提到苏北盐城来的"韦姑娘"。孙兰还深得朱自清赏识，校友赵芳瑛回忆：为躲避搜捕，孙兰深夜带同学到朱自清家避难，其中有日后知名作家韦君宜、翻译家王作民等。孙兰曾经在宋庆龄、许广平领导下做妇运工作，许广平喜爱"韦姑娘"的豪爽仗义，昵称她"野猫"。宋庆龄看她剪一头短发，工作洒脱利落，就说"小韦，你就改姓孙，叫孙男吧"。由此，"小韦"改姓"孙"。因为她特别喜爱英雄女杰花木兰，所以就以"兰"为名，改名孙兰。

"皖南事变"后，孙兰来到苏北，先后任涟东县（今涟水东部）文教科长、县政府秘书，建阳县（今建湖县）文教科长，苏北妇联筹委会主任。1945 年以后，孙兰担任淮安县副县长、县长，她一直住在下关村。

在县长任内，孙兰一手拿枪，一手拿笔，反"扫荡"，打游击，写文章，作演说，审汉奸，修水利，样样在行。因为她常穿一件红色上衣走基层、跑乡村，挨家挨户访贫问苦，和群众吃在一起、住在一起，老百姓啧啧夸赞："共产党，人才多，文武双全，红衣姑娘当县长。"从此，"红衣县长"孙兰的名字就在淮安大地传扬开来。

在日本侵占淮安期间，汉奸沙贵章、高必发一个任淮安伪县长，一个任大队长，他们丧失民族气节，助纣为虐，无恶不作。为了效忠他们的主子，他们抢劫、强奸、杀人、放火，坏事干尽，致使许多家庭妻离子散、家破人亡。

1945 年 12 月 26 日，在淮安城中心的体育场，孙兰主持召开了 3 万多人参加的公审大会，审判汉奸沙贵章、高必发。孙兰身着新四军制服，精神抖擞地站在一把椅子上，代表县政府讲话。她鼓励百姓诉苦申冤，举证报仇。根据群众的呼声和沙、高二犯的罪行，依据苏皖边区政府颁布的有关条例、条款，大会临时法庭决定，判处沙贵章、高必发死刑，立即执行。没收沙、高二犯抢劫、搜刮人民而来的全部财产，以作赔偿群众的损失，救济贫苦人民。

苏北的烽火淬炼，让孙兰思想成熟，才华展露。

淮安城内的文渠，全长8350米，贯通老城、夹城、新城之中，逶迤延伸城区各个主要街道和市民集中居住的地方，渠上建筑桥梁就有52座，不仅保证了人民生活用水，而且可供游人划着小船观赏两岸风光，幼时的周恩来常通过文渠往返于驸马巷和东岳庙之间。

国民党统治期间，文渠坡塌底浅，年久失修，不仅苍蝇、蚊子满天飞，而且断绝了人民饮用水之源。淮安解放后，人民群众迫切希望政府疏浚文渠，解决生活用水问题。孙兰勇挑重担，主动担任淮城文渠疏浚委员会主任。她选调知识分子、民主人士、社会贤达、开明绅士等专业人员制定疏浚方案，并多方面筹措所需款项，组织机关干部、职工、部队指战员等参加义务劳动。经过43天的艰苦努力，沿文渠周边，重现了往日肩挑盆舀取水，妇女们兴高采烈淘米、洗菜、洗衣的景象，文渠重又恢复了绵延千年的烟火气息。

当年美国报纸记者采访孙兰，描写孙兰"身材矮小但富于吸引力，如果她穿别的服装，简直是美国高等女校的老师，或都市职业女性、女企业家。然而此刻，她穿的是新四军制服，黑色短发精致地拢在蓝色的士兵帽里……她的干练才华与理想抱负，令人对中国知识女性刮目相看"。

在采访中，孙兰寄语美国妇女："我在清华念书时，就多有了解美国的民主生活和美国妇女的进步。我相信美国妇女将有行动，要求杜鲁门总统改变美国的对华政策。"女县长的风采、共产党人的气度跃然纸上。

1964年，周恩来总理到上海视察工作，在接见上海市领导干部和部分代表时，紧紧地拉着孙兰的手，向大家介绍说："你们上海的孙兰姑娘，是苏北解放区第一位女县长，是我家乡淮安县的父母官哪……"

听了周总理的一席话，在场的同志对孙兰交口称赞……

江来甫，名祖同，字乃辅，1878 年生。他 17 岁即离开下关外出经商，1902 年弃商从戎，并由著名革命党人赵生引荐，加入了孙中山先生领导的同盟会，走上民主革命的道路。

张法宇、江崇春两位先生在所著《辛亥革命先烈江来甫》一文中说：武昌起义后，各地纷纷响应。辛亥年九月中旬，新军第九镇统制官徐绍桢在同盟会员的策划支持下，于南京秣陵关宣布起义并攻打南京。江来甫率三十三标一营任中路前卫司令，其时陆军中学堂部分学生组成敢死队员加入江部，其中有其子江琴苏和韩德勤、郭大荣（后任蒋介石副官）、孔庆桂（后任国民党炮兵司令）等 30 多位进步学生。

在激烈的战斗中，战士们冒着敌人猛烈的炮火奋勇前进，在距雨花台一公里处，敌人突增三个营兵力，起义军每人仅五粒子弹，且多已射完。在各路起义军失去联络、弹药缺乏的情况下，无奈趁着大雾撤至镇江、高资、龙潭一带。由于南京一时难以攻下，革命党人和沪、苏、浙军政首脑在镇江开会，决定组织苏浙联军，脱离清廷的海军 13 艘舰艇亦驶至镇江江面助战，上海方面又运来大批弹药。联军士气高涨，取"分进合攻"方略径取南京。

江来甫率联军第一营为先锋，在龙潭激战半日，消灭敌人一个整营，大挫敌人锐气。敌军凭借南京城垣高厚，炮台林立，据险顽抗。江来甫组织敢死队、炸弹队，一马当先，冒着敌人枪林弹雨，英勇突击，一举攻下城外雨花台、乌龙山、幕府等制高点，并用重炮轰击张勋指挥部和两江总督署。张勋等见大势已去，率残部不足 2000 人败退徐州。义军歼灭清军的精锐，胜利光复南京，为推翻帝制建立民国政府奠定了坚实的基础。

1912 年 1 月 1 日，孙中山在南京就任中华民国临时大总统，下令北伐。镇军林述庆为北伐军总司令，江来甫任北伐军一师三团团长。平定两淮后，江来甫升任北伐军第一混成协协统（师长），奉命率部与中路皖军柏烈武部会师，挺进颖州（今安徽阜阳），并被任命为前敌指挥。战士们浴血奋战，江来甫亲临阵地，身先士卒。他手拿望远镜边观察战况，边指挥部队从两翼包抄。不料，敌人发现目标，朝他集中射击，江来甫不幸身中数弹，壮烈牺牲。此时，敌人气焰嚣张，派一队士兵夺得江来甫遗体，残酷地割下头颅悬于阵前。

"来甫平时待军士如子弟，严而有恩，军士号哭如丧父兄。"很快，革命军一个整旅及时赶来，与江部配合作战，打退敌人，一举攻下了颖州。战后，觅得江来甫烈士遗体并头颅，由其子江琴荪（时任江部敢死队员）亲自缝合，师部派副官一名协助其子护送烈士遗体回老家淮安祖茔安葬。

江崇其先生在《辛亥革命烈士江来甫》一文中说：噩耗传来，中华民国临时政府陆军总长黄兴极为悲痛，亲笔题写"江来甫烈士专祠"7个大字，并下令在淮安南门涧河边设专祠供人们祭祀，由大元帅府颁发书有"追赠陆军中将江来甫烈士之灵"牌位于祠内。淮安人民遵奉大总统孙中山和陆军总司令黄兴命令，从准提寺拨出3间房屋，另开大门，上悬黄兴亲笔题写的匾额"江来甫烈士专祠"，内供大总统府颁发的"追赠陆军中将江来甫烈士之灵"木主一方。

《革命先烈先进传》评曰："江来甫于1912年1月29日战死颖州，年仅三十四岁耳。未得尽其才智，以显于功业，惜哉。"和众多仁人志士一样，江来甫将身家性命付与革命事业，未留下些许财产，甚至连一张照片都未曾留下。

新中国成立后，贵州省人民政府追认江来甫为革命烈士。1984年，经民政部门批准，其子江琴荪及其家属出资，于篆香楼附近新建"辛亥革命烈士江来甫烈士纪念碑"。淮安市人民政府现已将江来甫烈士墓地列为"淮安市文物保护单位"，并立碑纪念，碑上刻着其子江琴荪的亲笔题词："神州万代国魂在，泪洒云山凭悼哀。血染中华封建史，帝王将相不再来。"

关于江来甫之子江琴荪的事迹，徐爱明先生在其文章《自幼随父征战的江琴荪》中，写得甚是感人。摘录如下：

江琴荪，生于 1894 年，江苏省淮安下关人，原名承训，辛亥革命先烈江来甫嗣子。清宣统二年（1910）毕业于江苏陆军小学，入陆军中学学习。自幼受其父江来甫影响，非常敬仰孙中山先生，在进入陆军学堂学习的最后阶段（1911），当时革命的爆发已成山雨欲来之势，十几岁的江琴荪便与韩德勤、曹笑萍、郭大荣等自发地联络志同道合的同学 30 余人，由江琴荪向其父、时任新军第三十三标第一营管带的江来甫提出加入该军，得到同意后被编入该标敢死队（炸弹队），从此投身于孙中山先生、黄兴先生领导的辛亥革命。

新军在秣陵起义后，江琴荪参加敢死队攻打雨花台，并参加了光复南京的战斗。1912 年元旦，从海外归来的孙中山先生由上海到南京，就任临时大总统时，江琴荪作为欢迎队伍中的一员，亲眼见到了中国民主革命的伟大先驱孙中山先生。

北伐战争中，江琴荪随父征战，在伍崇仁旅任一等差遣官等职。中华民国四年（1915），任西南护国军总司令黎天才部卫戍团营长，反对袁世凯称帝。民国十一年（1922），任苏北"淮（阴）、淮（安）、涟（水）、泗（阳）"四县联防淮安警备营管带，继而参加对北洋军阀的作战，历任团长、旅长等职。

抗日战争期间，江琴荪任国民革命军第一六七师参谋长。在长江天险马当要塞对日作战中，他耳朵被炸聋，身负重伤，吐血不止，但仍坚持战斗。伤愈后，任贵阳警备司令部参谋长、少将副司令等职。1945 年 11 月，调任国民革命军事委员会少将参议（未赴任）。1946 年7 月，叙任陆军少将后退役。

江琴荪自幼便跟随父亲江来甫南征北战，传下了"自幼随父征战，辛亥两代英雄"的佳话。

新中国成立后，江琴荪加入了民革组织，曾任民革贵阳市委员会顾问、民革贵州省委顾问、贵州省文史研究馆馆员、贵阳市对台工作组组员等职，并陆续为家乡江苏淮安和贵州等地撰写了 10 余万字的文史资料，用自己的亲身经历讴歌孙中山先生领导的辛亥革命，为爱国主义教育提供了丰富翔实的教材。

1986年，江琴荪将家中收藏的两件文物——一件是于右任先生写给江琴荪的草书七言联，另一件是张振余先生的小楷朱子格言条幅——无偿地捐给了贵州省博物馆。

他说："我这是为弘扬中华民族文化事业作一点小小的贡献。"

1986年，在纪念孙中山先生诞辰120周年时，《贵州日报》《贵阳晚报》记者在采访江琴荪时，他还牢牢记得孙中山先生就职宣言中的讲话："坚持民族团结，反对分裂割据。坚持中国统一，实现祖国统一。"并在《贵州日报》（1986年11月14日）上发表诗一首：

> 茹苦含辛四十春，卧薪尝胆创革命。
> 武昌霹雳惊天地，千年帝制一朝倾。
> 领导群英倡改组，神州面貌换一新。
> 光辉业绩重提起，民主革命先锋军。

坚持民族团结，实现中华民族的统一和伟大复兴，这是孙中山先生的愿望，也是全中国人民，包括台湾同胞、海外侨胞的共同愿望。江琴荪在担任民革贵州省委顾问、对台工作组成员期间，做了许多有利于大陆与台湾之间交流的事情，他不断给在台湾的大女儿江惟一，给老朋友胡佛、夏季平、谷正刚、王天明、彭孟缉等写信，介绍大陆日新月异的变化，向他们宣讲"一国两制"的方针政策。

江琴荪以毕生的精力反对台独、反对分裂，为祖国的统一富强做出了自己的贡献，他对祖国和人民的一片赤子之心，令人敬仰。

其实，在下关这片崇仁重义的红色的沃土上，不仅涌现了孙兰、江来甫、江琴荪这样的革命者，在争取民族独立、自由和解放的斗争中和抗美援朝的伟大战争中，下关还前赴后继涌现了一位又一位的革命先烈和英雄……

这些英雄儿女，是下关人永远的骄傲和自豪，为下关这片红色的土地注入了一往无前的澎湃的精神力量。

第五节

崇仁重义有高风，德馨下关代代荣

时光苍苍茫茫，历史浩浩荡荡。自从吴王开邗沟，至今已经2500多年。下关因水而生，因邗沟与淮河而兴盛，如江河之奔流不息，从那时到今天，也已经是2500多年漫漫长长的历史了。在这里，我们举几个下关老中医悬壶济世的例子，感受千百年来下关人崇仁重义的风尚和文化。

淮安的中医药文化在长期的实践、探索、传承、发展、积淀中，形成了自己的特点并自成一派，史称"山阳医派"。下关地域虽不大，但地处漕运、盐运的枢纽要道，乃人口聚居之中心，因政治、经济、军事、交通等因素的影响，历史上下关也是名医辈出之地，下关名医江杏农，就是淮安"山阳医派"最重要的代表人物之一。

江崇其先生在其《名医江杏农》一文中讲述：

> 江杏农，名江祖照，1879年生于下关，自幼聪明好学，悟性极好，且相貌奇伟，初入塾学，即能过目成诵。在自家学塾里与堂弟江来甫一道从学子中脱颖而出，老师曾赞曰："此二人日后必为社稷之栋梁。"

> 乡塾毕业后，江杏农巧遇"山阳医派"之淮城刘氏医家、享誉清末医界的名医刘小泉，相谈甚欢。刘氏见其天资聪颖，称其"孺子可教"，便纳入门下习医，成为"大方脉家"应金台的师弟，刘小泉见其有志于杏林，倾其平生所学，悉心教

授医道。刘氏医家原住淮城上坂街水洞巷，系从清乾隆年间延续至民国历时二百余年的医学世家，刘小泉的父亲刘紫楼因治愈漕运总督管某儿子的天花而名声大噪，刘小泉本人也以擅长小儿科而享誉两淮大地。投入刘氏门下后，江杏农全心投入，忘我学习。白天跟随师傅或坐堂诊疾，或出巡诊察；晚上或手不释卷攻读，或请教疑难问题……五年后，江杏农艺成满师，在位于下关大街的家中开设药室，挂牌行医。

江杏农在下关行医期间，淮城居民曾遇到两种典型病症：一是中老年人的失眠，二是小儿的积食。这两种病给一老一小带来了不少痛苦，尤其是小儿积食，时间久了影响儿童的发育，且得了积食的小孩由于抵抗力下降，稍微受点冷又会感冒发热，许多家长对此束手无策，万分无奈。鉴于此，江杏农精心研究，自配药方，免费赠送前来就诊的患者。这个小药方，既能治中老年人的失眠，又能治疗小儿的积食，真是一举两得。加上此方药系自配免费奉送，疗效颇佳，患者作义务广告，互相传播，闻名求治、索药者纷至沓来。当看着憔悴的失眠者精神焕发，看着黄瘦的幼儿呈现苹果般脸蛋，江老则露出会心的微笑。

1918 年，江杏农为了再攀医学高峰，在更大范围内实现自己悬壶济世的凤愿，携二女儿（后成为名中医汪济良的夫人）前往上海行医，在上海市闵行区新闸路悬壶坐诊，专研小儿科与内科。1922 年，江杏农年届四十，在上海中医界也已经是小有名气，但是他并不满足，主动进入上海中医馆悉心研习中医疗法。在此期间，他依然是每日天未亮就起床，研究疑难杂症至天亮，晚上也常常是焚膏继晷，不辍"夜耕"。

江杏农一生救人无数，行善无数，素有"善人"之称。在上海，江杏农曾把自己行医所得与四处"化缘"筹集来的资金，于上海闵行区新闸路街北修建了一所养老院，收容无依无靠、无处可归的老人。他常居于院里，前来医病者甚众，行医所得都舍于院中，用以赡养老人。

江杏农还重视培养中医人才，其中影响较大、成就较高的弟子有汪济良、蒋佩、江继农等名医。

徐爱明先生说："淮安中医源远流长，名医云集、世代延续，对中华医学做出了贡献，形成颇有影响的'山阳医派'。而在当代淮安中医界，江杏农的弟子汪济良，名播八方，他医术精，医德好，悬壶济世，慈悲为怀，仁义之风，有其师江杏农之风尚。"

汪济良1908年出生在淮安，17岁时拜下关名医江杏农先生为师学习中医，20岁在淮城老西门大街挂牌行医。1943年2月，汪先生迁居上海，住闸北川公路。

1945年8月，日寇投降，汪先生赴江宁，在东山镇裕康国药店悬壶应诊。为研究中医理论并推动中国医药事业发展，汪济良、张德培等人计划筹备发行《医药研究月刊》，汪济良先生担任社长兼月刊主编，聘请中央国医馆馆长焦易堂为名誉董事长，北京四大名医之一的施今墨为董事长，全国中医师公会联合会会长郑曼清和秘书长覃勤为副董事长。1946年7月1日，《医药研究月刊》创刊发行。《医药研究月刊》出版年余，在国内颇有声誉，销售也逐步增加到4000份。

为培养更多的中医人才，从1947年3月份起，汪济良开办了中华国医专修学院函授部，向全国各地招收学员，由汪济良、张德培、王健夫等分头编写函授讲义，油印后交付邮局寄发各地。后因国民党当局币制改革，经济陷入困境，1948年3月，《医药研究月刊》停办。此间，汪济良先生为了方便各地中医进修和学习有关中医业务的知识，曾编印《中医师手册》一种。20世纪60年代初，汪老回到家乡淮安县人民医院，1956年和江苏省名老中医章湘侯等创办了淮安县中医院和县人民医院中医科。

汪济良擅长中医内、妇、儿科，一生救人无数。汪老在悬壶济世、治病救人的过程中，留下许多佳话，为后世所传诵，现摘取一二以飨读者。

1988年秋的一天，涟水的一位患者，由三四位亲属陪同，慕名来到位于淮安区老西门大街上的汪老先生的住所。患者是一位中年农村妇女，坐定后一声不吭（这在过去常常是病人为了试探医生的医术是否高超的一种方法）。汪老时年八旬，见状略作观察，不作询问，只是让患者伸出右手，挽起袖口露出手腕。而后中、食指并拢，缓缓伸出，轻轻地搭在患者的脉搏之上。片刻之后，汪老向患者描述病情："你平时能吃而不能做。"

只此一句，下面的话还未说出，却见患者猛然下跪，放声大哭，泪如雨下，哽咽着说："谢谢先生，您为我洗清了八年的冤屈啊！这八年来，她们不是指责我，就是辱骂我，都说我好吃懒做，不求上进，我心里苦啊。"见此情景，婆婆、姑嫂们也终于明白了缘由，一行人嗟叹不已。先生说："非你之过，乃病也，三五剂草药保你病愈。"于是，汪老先生一边提笔开处方，一边嘱咐吃药禁忌，患者家属诺诺称是，最终高兴而归。半月后，病者全家特携锦旗一面，从涟水来淮至先生处致谢。

1989年夏天的一天，滨海县一位50岁左右的庄稼汉子，到淮安后一路打听来到西门大街先生住处。时值酷暑，汪老先生知其远道而来，让其吃了两片西瓜后坐定。这位汉子伸出左手让先生搭脉，无任何言语，先生照样搭脉，不作任何询问。

几分钟后，先生将病情细细道来："你肚子疼，时疼时不疼，饱腹时疼得厉害，空腹疼痛稍缓，放屁后疼痛感立减。"病人两眼圆睁，惊奇地说：先生所讲分毫不差，此病困扰我多年，痛苦万分。中西药吃遍了，终不见好，今天才找对了先生。先生见汉子贫寒，拒收任何费用，汉子照方抓药，携药归去。一月后，汉子病愈，致信汪老，表示终生不忘先生恩德。

陈勇与王勇在《传承祖传秘方的王氏中医》一文中曾提到，王氏中医诊所坐落在古镇下关市河街陈家码头旁，王氏中医是清代名医黄元御的第七代传人，凭借着积累的丰富经验与师传秘方经营数百年，造福一方。

王家本是淮安东乡顺河小王庄人氏。清朝道光年间，乾隆御医黄元系清代著名医学家，尊经派代表人物，被誉为"黄药师""一代宗师"，第六代传人在河下盐河北刘氏医家处坐诊。王氏的先祖经人介绍在医师家当伙计。这位医师膝下无子嗣，见小伙计勤快聪慧，品行兼优，在终老返乡时，将其积累的诊治口腔、淋巴、风湿性疾病、烫伤、妇科的独门偏方传授给王家先祖，收为记名弟子，并修函一封给下关亲友，望其安排坐诊之处。

王氏先祖落户下关后，在家坐诊，开始了王氏中医的杏林之旅。王氏中医的第五代传人王洪绪（1914—1980），少年时就继承祖业，18岁的时候就随父亲王如祥（王氏中医第四代传人）坐堂问诊。王氏中医祖传秘方历来是传子、传媳、不传女，其祖传治疗方法能彻底治愈口腔、扁桃体、淋巴、风湿病等疑难疾病。

20世纪80年代，王氏中医的传人仍严遵祖训，将家传的秘方奉献给社会上，王氏中医传人不管是富裕人家，还是穷苦人家求诊一概照常出诊。当时口腔、淋巴、风湿病等疑难疾病的患者不仅有内地的，还有来自港澳地区的。对贫困患者上门求医基本上不收取一分钱，这就是王氏中医历代家规。因此，周边四乡八镇以及盐城、阜宁、宝应、淮阴等地慕名而来求医者不计其数，经治好的病人一传十、十传百地宣传，王氏中医至今仍远近闻名。

下关除了这些悬壶济世的名医，长行仁义之风，各界还有很多行仁义之风的典范人物，如著名义商黄永生及其遗孀，还有民间广为流传的陈五太爷和郭三奶奶。

郭少方先生有《义商黄永生》一文，专门介绍黄永生。

黄永生，1894年出生于下关关帝庙巷一个书香之家。兄弟两人，兄长黄永年。少时的黄永生，聪颖异常，6岁时拜晚清秀才王驾禄为师。王驾禄见他读书勤奋，料其将来必成大器，便倾囊而授，后因社会动荡，黄永生才弃儒经商，往来于大江南北，经营皮毛生意，终成淮安一带著名皮毛商。

　　1940年，黄永生应泰州著名皮毛商石家驹邀请，在素有"皮毛之乡"的江都县庄桥联合投资创办"全聚皮庄"。庄桥集镇这条街上曾经同时存在70多家皮庄，走在集市上，能听到全国各地不同省市的方言，有时还能见到许许多多不同肤色、说着不同语言的外国人。其中日本皮货商还在庄桥集镇设了两座洋皮庄，专门收购皮毛、皮革产品，运销东北补充军需。在激烈的市场竞争中，全聚皮庄充分利用自己的天时、地利、人和的条件，不断发展壮大，他们在全国多个地方建有仓库，设立附属皮庄，随时都可运往各地进行销售，生意十分兴隆。

　　黄永生虽然在皮毛业经营上财运亨通，但是他始终牢记儒家的"仁、义、礼、智、信"，每次回家都没有忘记帮助邻里做些善事。有一次，黄永生回家过年，刚刚路过中市口，看到一户沈姓人家门口围着许多人，便上前打听出了什么事。一位老妇人哭哭啼啼地向大家诉说："先夫暴病身亡，俺葬了老爷之后，就依靠祖上留下的磨坊维持生计，母子相依为命。可是坐吃山空，加上连年灾荒，一男一女两个孩子，只有五岁的男孩月前又掉河溺死，家里一日不如一日，已经过不下去了。"

　　黄永生闻听后，连忙让随行的账房从钱褡里拿出50块大洋送给老妇人。回到家后，他找到平时比较吝啬的兄长，对他说："我们黄家祖上历来就以积德行善受人尊重，我们应当继承这个传统，钱这个东西，生不带来，死不带去，能为家乡人做点善事，这也是积德。"

于是，他就委托兄长黄永年与儿子黄宏庆，因为自己常年在外做生意，在家的日子很少，以后凡是街坊邻居无论哪家，只要人家真的有困难，黄家就要前去慰问、捐助，帮助解决困难。此后，黄家人施舍、救助邻居成为下关佳话，黄永生也因此被下关人称为"义商"。

黄永生与石家驹大规模的皮毛经营，引起了日本皮货商的关注和打压。为保住来之不易的实业，抵抗日本人的经济侵略，黄永生与日本皮货商斗智斗勇。后来，因日本军方的逼迫，石家驹不得不退出股份，全聚皮庄就此倒闭。

日本人不仅在江都庄桥垄断皮毛市场，且在上海还不择手段想逼迫黄永生与其合作，黄永生在中共地下党组织的帮助下巧妙地与日本人进行斗智斗勇的商战，并且在抗战最困难的时期，多次秘密向八路军捐助相当数量的后勤物资。

不曾预料的是，他的表弟王生经不住日本人威逼利诱，在上海与日本商人勾结，最终沦为汉奸，并向日方告发了黄永生捐助八路军后勤物资的事实。

1943年冬，因表弟王生的出卖，黄永生遭到日本人的打击和迫害，日本皮毛商伙同日本军方在上海将黄永生秘密绑架，一船皮毛货物被强行掠夺。不久，黄永生被日本人使用病毒注射而死，客死他乡。

一代义商黄永生，走完了他仁义大气、慷慨悲壮的一生，留给了下关人永远的崇敬和怀念。

苏北解放区的第一位女县长孙兰在淮安工作时，曾长期住在下关的黄家大院，就是一代义商黄永生的家里。孙兰在淮安开展的各项革命工作有声有色，赢得了老百姓的信任与尊重。孙兰很长一段时间居住在鞠济梅家中，孙兰经常带鞠济梅与她一起参加各种活动，两个人建立了很深的感情。

1946 年 5 月，中共中央发出《关于清算减租及土地问题的指示》，鞠济梅积极响应土改政策，倾力支持孙兰的工作，自愿拿出她家所有佃户的田契烧毁，并委托孙兰将东仁桥至东坝段的百余亩田交给政府。"黄家主动烧田契没被政府清算"的消息，对下关的土改工作起到很大的推动作用，下关的很多开明地主也开始主动响应土改政策。后来，孙兰将下关的土改经验向全县进行推广，淮安的土改工作从下关开始轰轰烈烈地开展起来。

淮安农民实现"耕者有其田"后，很多青年农民的革命积极性高涨，他们有的踊跃报名参加解放军，有的积极捐款捐粮支援前线、巩固解放区，下关的土改工作在鞠济梅等开明人士倾力支持下，成为整个淮安县的先进典型。

清末武进士陈凤元，一生为人宽容耿直，从不喜欢招摇张扬。在任期间，每次回家，总是令官轿、马队与护卫人员在下关西三里外礼字坝止步返回西坝，自己则独自下轿、下马，手挽长衫，徒步一人从螺蛳街进下关后街回家，从不惊动乡绅与近邻。每次回家后，总向家人打听乡邻谁家有难处，并吩咐家人及时去接济。因陈凤元在家排行老五，时历百年，下关百姓仍在传颂其品德，尊称为"陈五太爷"。

郭三奶奶，姓金名焕玉，下关人，生于 1900 年，1989 年辞世。民国至新中国成立期间，大凡乡人因贫苦实在揭不开锅的，大都会找她求助。郭三奶奶为顾及贫者颜面，每每于傍晚时分，悄悄地送粮送钱至石庄河边，即郭家后门处，让乡人趁夜色拿走。早期下关流传着一句口头禅："穷人只要开个口，傍晚粮食就到手。"说的就是郭三奶奶行善济贫、有难必帮的故事……

下关历史悠久，文化底蕴深厚，这里千百年来孕育的仁义文化，更是博大厚重，感人至深。一代一代下关人坚守着崇仁重义的风尚，让一代一代的下关人感受到先贤的荣光，他们令人感佩的事迹和崇高的品德，也滋养着一代一代的下关人……

第四章

沧海桑田变幻，精神文化永传

　　作为下关村的一位老人，宋兆和感慨万千地说："回忆社会主义集体化的建设时期，下关大队无论是生产还是学习，各项工作都走在了各大队的前列，多次赢得'农业学大寨'典型村、红旗村的光荣称号。在那个火热的年代，下关人以自己的劳动和创造，能够克服重重困难，实现粮食自给，不仅为集体赢得了无数荣誉，也推动了下关的经济发展和未来的繁荣。当改革开放的大潮到来时，下关人抢抓机遇，以敢为人先的精神，再次投入到市场经济的发展之中，又一次成为淮安乡村振兴、经济发展和社区治理的先进村。"

第一节

不要国家供应粮，垦荒造田广积粮

历史的车轮滚滚向前，当时代进入新中国建设时期时，下关人依然以他们的文化，以他们敢想敢干的创业精神，走在社会主义建设的大道上，自力更生，克难攻坚，创造出一项又一项突出的建设成就，成为"农业学大寨"的典型村、红旗村。

在这里，下关村老人宋兆和，深情而激动地回忆了当年下关大队开创"范集农场"时难忘的记忆……

这是 1972 年的春天。

沿着蜿蜒的石子公路，透过路旁稀稀拉拉的泡桐树荫，一望无垠的田野中麦苗正在吐穗；微风吹过，千顷绿浪，红花草（红花草是农民种植的一种绿肥）田鲜花盛开，散发出一阵又一阵苹果般的芳香。

丰收 -35 拖拉机，开足马力驶上了"团结桥"，国营江苏省白马湖农场被甩在了身后，砖木构成的"淮安县范集人民公社欢迎您"的拱门，显现在人们的眼前。

拖拉机继续前行 3 公里，在"范集桥"前成直角左拐弯，顺着永陆河东堤（范集公社东干道）一路颠簸、一路摇摆，前行了 10 多分钟，在一条十字路口的交叉点左转急弯，停在了几排破旧瓦房前的一片空地上——这里就是淮安县城郊人民公社下关大队"范集农场"，一个下关大队数百名社员新的战斗和生活的地方。

下关大队"范集农场"的由来

20世纪70年代初，在全国"我们也有一双手，不在城市吃闲饭"的一片宣传潮中，下关大队党支部"革委会"在老书记朱洪章的带领下，针对下关大队人多地少，吃饭要靠国家返销粮的现实，穷则思变，立志创新向全县所有吃国家供应粮的社队发出"我们也有一双手，不要国家供应粮，垦荒造田广积粮"的响亮倡议，在全县各界产生巨大反响。不久，在县"革委会"的安排下，将当年解放军在范集公社境内围垦的一片土地（部队已撤走，土地被撂荒），划拨给下关大队耕种知青农场（当时县"革委会"还给城郊公社的河北大队、新桥大队及淮城镇的各大队、居委会安排了一片土地耕种）。

这是一片荒凉的土地。东西十数里，南北五六里。1978年的城郊公社里没有人家，虽然紧邻路边，路上一天也难有三五（范集）知青农场人行走，偌大的一片土地只有一个坝口是通向外界的唯一出口。

这是一片广阔的土地。独立的圩田四周河水环抱，鱼游水底，蒲草挺拔，芦苇荡漾，岸边的洋槐、棘树花满枝头，芳香醉人，树梢的喜鹊、画眉、麻雀以及数不清、说不上名的其他鸟雀飞来飞去，叽叽喳喳，真正是一幅现实版的"鸟语花香"。

这是一片充满希望的土地。东西长1045米、南北宽521米的一方土地中，四百圩堤相连，堤高2米，宽2.5米，坚实平坦，手扶拖拉机可以自由通行（为便于排涝，南边的好堤比较矮小）。堤内37块条田整齐划一，平整如镜，每块条田平均21亩，田块之间渠系配套，排灌分明，保水保墒。

下关大队按副村级（大队）建制对范集农场进行管理，先后派出大队"革委会"主任胡正洪（任职4月余）、副大队长陈凤德（任职8月余）、共青团书记宋某（任职5年余）去负责农场管理，各生产队由一名副（或正）队长带队负责各队人员的生产生活。农场共有24间瓦房，每个生产队分得3间，3队和5队共分7间，剩余5间做场部和粮仓。农场按下关大队的指示对社员的生活予以充分的保证，实行"统一食宿、统一劳作、统一考勤"制度，并拿出一块地分给各生产队种植韭菜、冬瓜、辣椒等蔬菜，用以改善伙食。其余36块条田按两块田一组合由6个生产队依次平分，最东首的一块零星地的半条田划给第6生产队种植玉米、大麦、小麦、绿肥和水稻。

"友谊渠"和"反修洞"

范集公社地势低洼，易溃易涝，尤其是"七八方半"（范集东南一片区域的旧称）历来就有"癞蛤蟆撒泡尿，淹了北大堤（白马湖北堤）"的说法。一到雨季，那里一片汪洋，农家房倒屋塌是常有的事（过去农村家家户户都是烂草房），淮安历代素有"河西（运河西）出逃荒要饭"之说。

新中国成立后苏北灌溉总渠的建成，对运河西一片数百平方公里的大地灌溉发挥了巨大的作用，排涝的压力有很大缓解。合作社以后，特别是公社化以来，按毛主席"水利是农业的命脉"思想，范集公社在党委书记席青山的带领下，以"战天斗地"的信心和勇气，大掀农田水利建设热潮，按照"500米一纵，300米一横"的标准，使全公社河道相连，沟渠相通，排灌自如。

下关大队配合范集公社农田水利建设工作，为减少和化解农场与当地一些生产大队在灌排水方面的矛盾和纠纷（因为农场处于河道的上游，严重制约了大问大队的灌溉和加重了后高大队排涝的压力，因此相互间时有矛盾和冲突发生），在范集公社党委的安排下，由老书记朱洪章亲自出面，会同当地的大问大队和后高大队，分别就灌溉、排涝两问题拍板达成协议：1. 由下关大队出工在后高大队境内新挖一条700余米长的排水渠道，专门用于农场排水；2. 由大问大队提供青砖400夹，其余一切材料及人工由下关大队负责，重建和疏通农场的进水涵洞。

协议达成后，说干就干，下关大队 3 天内便组织了 60 名强壮劳动力进入工地，并运来了 70 节长 1 米、直径 0.5 米的水泥筒铺设出水口，经过 7 天的紧张奋战，一条渠口 2 米宽、1.2 米深、700 余米长的排水渠道挖成了。在完工验收的现场会上，被命名为"友谊渠"。开挖友谊渠的同时，农场对进水渠洞进行了彻底的根治，重新埋设了进水管道，并在进水口新建了节制小闸，为顺应当时的政治气候，还在闸墙上题下了"下关人民多奇志，敢将河道重安排""反修洞"的语句。"反修洞"的建成不仅提高了下关大队范集农场的灌溉能力，更为兄弟的范集公社大问大队的农田用水带来了方便。

文艺演出队叩开"外交"门

"友谊渠"和"反修洞"的建成为下关人在范集公社的土地上初步树立了良好形象。为了能更好地打破封闭受困的局面，农场利用那个年代人们文化生活贫乏的机会，经大队党支部批准后，将大队文艺演出队调来范集农场，到周边的各生产大队进行一次文艺慰问演出，以增强与当地群众的感情联络（其实这应是一种文艺"外交"）。

下关大队文艺演出队在当时属于半专职的演出队，虽然比不上县里的淮剧团，但是在全县的各社、场、镇演出时都是有口皆碑的。他们在演出队队长的带领下来到农场，经过简单的演前准备，下午就在场部前面的广场上进行了首场演出，吸引了当地好多群众前来观看，人们交口称赞，夸奖声、赞美声不绝于耳。

为了不影响当地生产大队正常的生产劳动，遵照当地的意见，农场决定一律采取在晚间演出的方式。每天傍晚由场领导带队，两名社员轮换挑着两盏汽油灯，演出队员带着道具，敲锣打鼓，徒步六七公里甚至 10 余公里前往演出地点。由于当年时代特殊，尤其是偏远农村的群众，能看一场淮剧演出，实在是不容易的。

当社员们听说演出队是来自下关的文艺演出队的消息后，男男女女早早地吃了晚饭，自带凳子来到演出场地。还有一些外大队社员也从老远赶来，或站或坐地将演出场地挤了个水泄不通。慰问演出的队员们在如此多热心群众的掌声中更是信心倍增，倾情敬献歌喉，原定3小时的演出在热情观众的一再要求下，往往被延长到3个半或4个小时。最难忘的是在后高大队的那场演出，从晚上7时开始，禁不住热情观众的一再鼓掌与要求，演出直到夜间近12时才结束。

文艺演出队在农场的一周里，先后给农场及周边的潘家屯、知识青年农场、永陆、大问、大花、后高等生产大队和范集公社驻地表演了8场演出，为当地人民送去了喜闻乐见的淮剧、歌舞等文艺节目，给人们留下了终生难忘的印象，更为增进和加强农场与当地人民群众的友谊与交往带来了积极和深远的影响。

勤劳的汗水洒在希望的田野上

开挖了"友谊渠"，修建了"反修洞"，展开了文艺"外交"，增强了与当地社员群众友谊。农场的生产、生活环境发生了根本性的变化，以前吵架争斗的情况没有了，庄稼被盗、被毁的现象消失了。在范集公社党委的关心下，范集供销社、食品站在不突破国家计划的前提下，对农场所需的生产、生活物资积极予以方便，云西（范集）拖拉机站也优先安排机械为农场耕作，"范集农场"在一派安定团结的气氛中"抬头看路，埋头拉车"，社员们用"上工急匆，干活如冲锋，宁可多流汗，绝不磨洋工"精神，践行着"大队关心我冷暖，我为大队争贡献"的诺言。

晴天一身汗，雨天一身泥，社员们每天辛勤耕耘在这一片土地上。为了让有限的肥料（在计划经济的那个时代，化肥供应特别紧张，被社员们称作"肥田粉"的化肥，其实叫碳酸氢铵、硫酸铵等）被庄稼最大限度地吸收，社员们日复一日地忙推耙，搞耘稻，战草荒，终日汗水伴着泥水奋战在田野上。

那时，每亩地的化肥供应量不超 20 斤，更没有化学除草一说，种田只能排绿肥，除草只能靠人工。每到四季大忙和秋收秋种，大队党支部按农场意见及时组织劳动力前来突击，农场有时也会向当地生产大队联系寻求支援。当地的大队领导常常以"龙江"精神为榜样，在自己任务很重的情况下，伸出援手，帮助农场渡过难关。辛勤的汗水结出了丰收的硕果，经过全场上下的艰苦奋斗，当年"珍珠矮"水稻就取得了亩产 330 斤的收成（过去没有杂交良种，能收 300 多斤已是很不错了）。

成绩面前不自满，继续前进不停步。农场社员不满足已有的收成，坚持一步一个脚印进行着新的长征，粮食生产一年一个台阶，粮食仓库里堆满了玉米、稻谷，大豆和小麦不仅满足了全场社员和各生产队前来参加突击劳动人员的全部口粮外，又解决了各队耕牛过冬的饲草和饲料，每年还运回数万斤的小麦和水稻，供各生产队对社员进行分配。仅 1975 年 12 月 30 日，接大队支部的意见，一次就运回水稻达 75569 斤分配给社员，生产队还常去农场将庄稼的秸秆运回去烧窑。

1978 年 2 月，因为闸口大队的大官荡一带（原为城郊公社知识青年农场）改建为城郊公社敬老院，公社决定将知青农场迁去范集，整体收回下关大队范集农场。从此，下关人完成了范集农场的历史使命，下关大队"范集农场"成为下关人永远的历史记忆，也成了范集人的历史记忆……

下关村老书记朱炳洪说："那个时代是激情如火的年代，人民群众对社会主义建设充满了信心。那时下关村也曾经有过困难的时候，但下关人敢想敢干，不怕困难，相信办法总比困难多。下关人听党的话，靠着艰苦奋斗、自力更生的精神，流血流汗开垦荒地，建设'范集农场'，最终把它变成了'米粮仓'。"

作为下关村的一位老人，宋兆和感慨万千地说："回忆社会主义集体化的建设时期，下关大队无论是生产还是学习，各项工作都走在了各大队的前列，多次赢得'农业学大寨'典型村、红旗村的光荣称号。

在那个火热的年代，下关人以自己的劳动和创造，能够克服重重困难，实现粮食自给，不仅为集体赢得了无数荣誉，也推动了下关的经济发展和未来的繁荣。当改革开放的大潮到来时，下关人抢抓机遇，以敢为人先的精神，再次投入到市场经济的发展之中，又一次成为淮安乡村振兴、经济发展和社区治理的先进村。"

第二节

生意兴隆人勤奋，苏北名村生产忙

下关人聪明、智慧、勤劳，下关人做事历来敢为人先。

历史上下关是有名的漕运重地、经济繁荣之地，新中国成立以后的很长时间里，特别是改革开放以后，下关人靠着不懈的努力和辛勤的劳动，创造了一个又一个非凡的成绩。下关也因此一直是苏北的名村，经济发展始终走在淮安乡村的前列。

陈勇和朱炳洪介绍说："改革开放后，随着国家的政策逐步放开，市场经济获得重大发展，下关农民获得了经营自主权，敢为人先的下关人，再次捕捉到市场的商机——面粉销售兑换。从事面粉经营的人员有陈姓、王姓、庄姓、徐姓、刘姓、谢姓等20余人，他们分别用自行车从宝应、淮阴将面粉运载回来销售。下关人为了能够适应更大的运输需求，他们改进自行车，使一辆普通的自行车从原来仅限100公斤的载重量，一下子提升到可以承载六七百斤的重量，使下关的这一行业得到了强力发展，繁荣了下关的经济。"

20世纪80年代初，下关屠宰业副产品得到快速发展，成为苏北著名的"屠宰专业村"。这时的下关，自行车已经进入了大众家庭，胡正林率先对载重自行车配套改进，在自行车上又配置了马达，再次推动了下关个体经济的发展，提高了经济效益，使下关的经济发展呈现出空前的繁荣。

当时下关村的经济发展，在全淮安都是首屈一指的。

这一时期，下关一队主要从事鸡、鸭、鹅行业的收购与鸡毛掸子的销售。凭借着一辆自行车，下关人走南闯北把业务做到了全国各地。

下关二队搞砖瓦厂。当时的通信技术还比较落后，砖瓦厂的业务大多依靠徒步去县城推销，自从有了自行车，砖瓦厂的效益明显提高，在村委会号召下，各生产队也先后都建起了窑厂，生产销售砖瓦。

下关三队社员主要负责宰牛业。因为经济条件的改善与做生意的需要，他们利用自行车的便捷性，去附近乡镇买牛，大大节约了时间和成本，提高了效率。

下关四队社员经营猪油生意。他们用自行车从淮阴肉联厂将毛猪头、猪肉运回家，将肥膘进行熬油加工，零售部分还是依靠自行车把熬制的油送往各大乡镇的饭店销售，油脂产业逐渐形成，仅仅两三年油脂行业已经增加到 50 多户。还有部分社员运用自行车或三轮车专业上门收购毛猪头、猪下水（猪内脏）与毛猪皮，收购的毛猪皮经过加工腌制后，将猪皮再一张张叠好绑在后包袱架上送到冷库进行储藏，等到江、浙、沪等地皮革厂家需要再运往销售。

下关五队主要负责农业生产。他们靠着自力更生的精神开垦荒田，建立范集农场，实现了粮食自给自足，并积极向国家交售爱国粮。

下关六队主要搞副业、炸馓子。下关是个"美食之乡"，土特产经营重点集中在下关大街周围，下关市民与六队村民一直在从事着数百年的面点、糖果行业，下关焅饼、烧饼、金刚脐、薄脆、麻花、糖果、馓子等远近闻名。

当时，下关的特色产业声名远播，有句口头禅这样说下关：一队忙鸡毛（猪毛），二队忙烧窑，三队忙杀牛，四队忙熬油（猪油），五队忙生产，六队忙炸馓。谈及这些，至今下关人仍引以为荣。

在那个年代，鸡毛掸子是下关人的重要收入之一。

鸡毛掸子又称鸡毛扫帚，是用来清扫家具、电器表面灰尘的一种工具，既方便实用，又美观轻巧，在市场上深受广大百姓的青睐，几乎供不应求。可别小看它，它既是人们生活的日用品，又是高档的奢侈品，千百年来人们一直用手工制作，即使科技发展到今天这样的地步，鸡毛掸子的制作，仍然沿袭手工制作的特点。

王安石的"爆竹声中一岁除，春风送暖入屠苏。千门万户曈曈日，总把新桃换旧符"是诗人对农历新年放爆竹、换新符、辞旧迎新的欢乐景象的描写，也表明过年时家家户户都有大扫除的习俗。大扫除中鸡毛掸子可是派上大用场的。公鸡尾巴上长的几根黑色长毛，又称甩子，被人们捆在2米左右长竹竿上面，就可成清除屋梁灰尘的鸡毛掸子。

说鸡毛掸子是奢侈品，是因为它深得皇亲国戚和文武百官的喜爱，在这些人家的厅堂上都有一席之地。皇亲国戚、达官贵人家的厅堂正中无论是花梨木条几，还是红木、榆木条几，主人都喜欢在条几前放一张八仙桌，桌两边放两把对应的太师椅，这是主人会贵宾品茶交谈的重要场所。而在条几上面主人总喜欢放两只花瓶，并将鸡毛掸子插在里面。它既是观赏品，又是打扫茶几、桌椅表面灰尘的理想工具。

朱炳洪老先生是下关发展的见证者、参与者，他说："下关鸡毛掸子的加工生产，历史比较悠久，数百年来，鸡毛掸子加工技术在下关代代相传。"在计划经济的年代里，由于下关特殊的地理位置，这里的人们既有定量户口，也有农业户口，有的一户人家有两种性质不同的户口；粮食供应，有吃定量的，有吃定销的，有吃通销的，还有吃返销粮的；在农业户口中，也因下关人多地少，而缺粮缺钱。

为了生计，下关人在社会主义大集体年代，把眼光定位在发展副业生产上。从20世纪60年代中期开始，整个下关大队有300户左右人家加工鸡毛掸子，出现了"男女老少齐上阵，家家户户搞鸡毛"的局面。鸡毛掸子从下关这个小村，源源不断地销往全国各大城市与乡镇，各地都可以见到走街过巷或翻山串庄的下关商贩的身影。

20世纪70—90年代末，出现骑自行车去卖鸡毛掸子的现象。后来，下关大队部办起了羽毛厂，每天有近200人上班，有几个生产队也办起了20人左右的鸡毛加工厂，有经营头脑的人出差跑销售，订到合同后，挨家挨户去收购，当年生产的鸡毛掸子销往除西藏、新疆以外全国大部分省市。

现在，曾养育了下关几代人的鸡毛掸子产业，鸡毛掸子制作工艺仍保留着历史原貌，而鸡毛掸子生产已如群众形容的"咸肉骨头，弃之可惜，啃啃还香"，成为下关小商小户小企业的加工项目，经营上已经走上了现代网络托运连锁销售的模式。

猪毛生意也是下关人的一大生意。

王爱兵、杨志和介绍说："一百多年以来，江苏做猪毛生意的商人都知道，苏北的猪毛采购到淮安，淮安的猪毛交易到下关。"在解放前后，淮安商人称下关有三大行"猪行""牛行""皮毛行"，尤其下关"皮毛行"的猪毛交易量，占据苏北市场的首席之地。

下关人将猪毛的原料行话称为"生货"，制作成成品的称为"熟货"。猪毛质量最佳的是猪脖颈上的毛叫猪暴，优质的猪暴色泽一致而富光泽，岔尖不深且富弹性，根条粗而壮实，毛尖不带黄色或其他颜色。下关制鬃业分两个阶段，清末民初至20世纪40年代为出售原料猪毛阶段。

猪鬃的主要用途是制刷，到了第二次世界大战时期，更是重要的战略物资，所有参战国要想给他们的军舰、武器、军工设备刷上油漆，那就一定要用中国的猪鬃。全世界唯有中国的猪鬃产量最大、质量最好。当时的政府大力鼓励民间猪鬃的交易与加工，全国各地纷纷兴办猪鬃加工企业。

据下关的老人们回忆，下关的"黄记皮毛行"大概成立在清末民初，而之前的下关皮毛行已经无从考证了，因为下关的猪毛品质高、价格公道，淮安本地及淮安周边县城的猪毛商人大多数集中到此交易。因为交易吞吐量大，吸引了江南的南京、苏州、无锡、常州等地的客户，常年住在下关采购。

下关老人杨志和回忆："在 1900 年前后，我的爷爷杨锦富与邻居任美荣爷爷、王才爷爷等十几家就从事收购原料猪毛，下关行话叫'收生货'。20 世纪 20 年代前后，我的父亲杨永贵及张步桐、张步銮、张步云、张鹤年、熊留元、熊国元、熊庆元、陈玉顺等父辈几十人都开始接手从业。"

新中国成立初期，随着国内外制刷市场对成品猪鬃的大量需求，1950 年 5 月 21 日，下关人刘渭牵头创办了下关大队的淮安县总工会下关制鬃工会。20 世纪 50 年代后期，下关人杨锦富、杨永贵、李文俊兄弟创办了团结制鬃厂，熊文元等人分别创办了工农猪鬃厂等近 10 家猪鬃厂。

当时，淮安县成立了淮安地毯厂，淮安地毯厂从下关一次就抽调 30 名成熟技工，他们是金松生、金荣生、徐锦文、徐锦朗、赵长庆、王井生、张友年、王士月、陈宝文、赵永康、张家驹、陈步渠、赵学荣、季伯生、张井发、葛寿来、胡罗松、刘渭、杨志和、郑开元、刁飞国、刁飞路、杨寿祥、丁长贵、丁兆富、卜凤才、夏雨青、任兆林、陈锦富、徐锦喜等人。

20 世纪七八十年代，下关产生了张永飞、张永祥、熊应举等几十家"生货"收购大户，下关皮毛行里收购的猪毛原料，已经不能满足下关制鬃企业的加工需求量。下关人的部分"熟货"加工大户走出下关，到周边县城与农村，先后在各地兴办了许多猪鬃加工企业。如徐锦喜在泗洪的青阳，张家驹、夏雨青在淮安的七洞（上河），朱炳新在淮安席桥的董邱，杨志和与赵永康、朱家荣、金松生在宿迁的土产公司经理部综合厂等处，创办了几十家大小猪鬃厂，每家用工少则几十人，多则百余人。所有的猪鬃成品，都供应扬州、南京、上海、天津、北京等外贸公司收购，用来出口创汇。

这段时间，下关成为苏北最大的猪毛交易集散地，下关的企业年产猪鬃成品达几十万箱，培养了近千名制鬃技工，下关的制鬃业的发展进入了鼎盛时期。

直到 20 世纪 80 年代末及 90 年代初期，因为尼龙制品对猪鬃制品的替代，再加上欧洲各国及美国停止从中国进口猪鬃成品，中国制鬃业整体受到严重冲击，价格一落千丈，拥有几百人规模的下关制鬃厂不得不大量裁人，转型做丝毯，这个行业在下关才走入了没落时代。

但这些并不能影响下关人市场经济发展的步伐，聪明勤劳的下关人，总是会在一个行业的没落到来之际，就果断转型到另外一个更有潜力和前途的行业，他们总是在经济发展之中走在时代的潮头。

在市场经济的大潮之中，下关人家家有生意，人人跑市场，经济发展出现了空前的繁荣。走进下关，街街巷巷尽是生意铺面；放眼望去，琳琅满目的商品铺满一街两行。

20 世纪 90 年代前后，下关人赚的钱太多太多了。那时的下关人，户户有小车，家家起新房。人们形容下关人赚的钱多时，会这样说：下关人赚的钱，多得可以从下关，一直铺到清江浦，铺一个来回也铺不完！

老下关人、淮安市地方志办公室原副主任陈凤雏老先生在给《下关史话》作序时，有一段话说得好："是党的改革开放政策使下关恢复了生机和活力。（市场经济之初）敢为人先的下关人大多做猪头肉的生意，并将周围五省废弃的肉皮，收购进来炸制皮肚，使下关成为周围几省著名的肉制品基地，一时饭店业风生水起，以其物美价廉吸引了淮安城内外及淮阴市区（今淮安市清江浦区）的众多食客。"

"下关那时节真是繁荣，真是出名，周围城里的人、乡里的人，都来下关吃饭，又好又便宜，又有面子，下关人由此赚了很多钱。"陈凤雏老先生说，"下关的万元户、十万元户，乃至百万元户纷纷涌现，淮阴人说下关人的钱，用十元一张连接起来，可以从下关连到淮阴，再从淮阴连到下关（这指国家还未发行一百元纸币的时期）。下关人有钱，遂纷纷改扩建房屋，一时三层楼房带院子的建筑争奇斗丽，人们走进下关，都在森森的楼群中穿行。下关大街也恢复了往日的繁华，车水马龙，人流如潮。农村的旱田也改成了水田，产量翻番，居民的饮食从此以大米为主。地方政府还大力发展乡镇工业，羽绒厂、丝毯厂、拉丝厂等相继建立……"

在下关村诸多赚钱的生意当中，下关的餐饮业独具特色，在整个淮安都是首屈一指的。下关的厨师多，下关的美食更多，可以说，下关的名厨与美食，名扬天下。

第三节

淮安美食在下关，下关美食美名扬

淮安不仅是水韵之乡，更是美食之都。淮扬菜的很多名厨都出自淮安，而淮安的美食和名厨，又多出自淮安的下关。民间自古有"淮扬名厨出淮安，淮安美食在下关"的说法。

2021年，联合国教科文组织官宣了一条重要消息：中国江苏省淮安市成功入选新一批"世界美食之都"，这是继成都、顺德、澳门、扬州之后的第五座中国城市获得此项美誉。

淮扬菜自古以来就受到人们的欢迎，到了明清时期，由于淮扬地区的漕运、治河、盐务、榷税、交通五大支柱萃聚，南来北往的盐商大贾，将淮扬菜文化传播至各地，皇家显贵也纷纷以引进淮扬菜厨师为荣。而淮扬菜也成为"中国四大菜系"和"八大菜系"之一。

淮扬菜还是著名的国宴菜。淮扬菜走入国宴，始于新中国成立前后的招待宴会。1949年9月30日，全国政协第一届全体会议闭幕，当晚在中南海勤政殿举行招待晚宴，就是张文显等淮扬菜烹饪大师备料进京主理。据说筹备这场晚宴时，有人建议使用京菜，有人建议用川菜，而淮扬菜以口味平和最终中选。

1949年10月1日，新成立的中央人民政府在北京饭店举行600余位宾客参加的第一次国庆招待会，由北京饭店和淮扬风味"玉华台"

饭庄的厨师制作，依然使用了以淮扬菜为主的菜品。淮安名厨张文显的弟子——淮扬菜名厨吴明千回忆说："当时选择淮扬菜应是因为其口味适中，北方人、南方人都可以接受。"

下关文化志愿者、《下关史话》编纂倡导人之一陈月松先生，对下关的美食非常熟悉，他专门就下关特别有名的"全牛宴"，写了一篇文章《淮扬名宴——下关全牛宴》。本书在此引用，特别介绍这道下关名菜，也是淮扬名菜。

　　下关全牛宴，是下关众多美食菜谱中最具特色的一道大菜肴，传承数百年，随着季节轮换而变换口味。此道大菜，春天淡雅，夏天清爽，秋令进补，冬季麻辣，四季宴席变化灵活，深受广大美食爱好者的追捧。但偌大的淮安市，"全牛宴"何以诞生在下关呢？

　　这与下关的历史、地理、经济、文化是分不开的。据史料记载，公元前486年，吴王夫差开凿了沟通长江和淮河的邗沟，下关附近的末口与淮河相接。明洪武四年（1371），朝廷开辟辽京贡道，设淮安递运所于下关，下关成为南船北马的交通枢纽之地、商业集散中心，文人幕僚、巨贾富商云集。不仅如此，下关自古以来尚武之风盛行，习武之人多以牛肉及其汤汁滋补体能，体格强壮远近皆知，下关坊青壮年除经商外，多充当纤夫或"盐搭手"（搬运工），参与漕运、盐运与治安。下关又是苏北屠宰产业的源头，杀猪宰牛是下关的传统产业。因此种种，催生了下关的饮食服务业，形成独具下关特色的牛肉美食文化。

　　下关全牛宴的来历，还有个传说。传说乾隆当年下江南，微服私访过山阳县（今淮安区）河北镇、下关镇。在河北镇，乾隆所见村民无不面黄肌瘦，唯有下关镇的村民多面色红润，神采奕奕，尤其是一位百岁老人银须飘飘，端坐在门口的石凳上翻晒胡须，有如神仙一般。乾隆甚是好奇，便上前作揖，请教老人的养生之道。

老人哈哈大笑，声若洪钟："老夫年轻的时候是个屠户，整天在下关中市口宰牛卖肉，哪懂什么养生之道喽，只是家境贫寒，每次宰牛后，都将好肉卖与客官，自己只是啃些牛尾，吃些牛杂碎，以骨头炖汤度日而已。"

乾隆悟出其中道理，回京之后命御膳房把一头整牛制成上百道菜，供其享用。乾隆吃了全牛后，感觉记忆力大大增强，而且晚上牛劲十足。一次宴后，乾隆龙颜大悦，挥毫赐书："南巡淮安，品醉全牛。强身健体，劲道十足。"这就是传说的全牛宴的来历。

全牛宴取材是从牛吻到牛尾，自牛眼到牛蹄，从牛肉到牛骨，再到牛内脏。牛除了牛毛、牛蹄壳、牛角不能吃外，其他东西都能做成精美的菜肴，以牛身上各个不同部位的牛肉以及器官为原料进行烹制，名曰全牛宴。

牛的不同部位不仅口感不一样，营养价值也各有千秋。比如像牛筋，蛋白非常高，用来煲汤就很不错，既美容养颜，而且口感很滑很嫩，胶质也很好。或者，凉着吃口感又很脆，自有一番风味。另外如牛皮，一般天气热的时候，就用制作泡椒凤爪的方法，香辣清爽；天气冷时考虑顾客进补的需要，可以效仿猪脚姜，把牛皮拿来煮，也是一道上好佳肴。牛鞭对男士具有强肾、益髓精等功效；对女士皮肤柔嫩光泽富有弹性、延缓衰老具有效用，是现代人健康的绿色美食。

全牛宴的制作取料极其讲究，首先对肉色要把关，牛不仅有"水牛""黄牛""奶牛"之分，还有"牒牯子""洼子"的区别。从色、香、味、形着手进行烹饪，然后进行富有创意的有序编排，做到汤色淡青、鲜爽可口、辣而不燥、味不沾身、不易上火！整席原料全部由"牛"制品加工而成，再辅以五谷杂粮、蔬菜水果加工烹制，突出一个"牛"字和一个"全"字，寓意"牛气冲天，五谷丰登"。

经过多年对菜肴的丰富，全牛宴在淮扬菜中脱颖而出，自成一席，成为绿色、健康饮食观念的典范，即使是高档餐馆，名厨大师们也要选择几道全牛宴中的牛肉菜肴来提高宴席品位。全牛宴中最具代表性的菜肴有五香牛肉、鲍汁牛眼、雪菜牛尾、胎盘菊花饺、牛鞭大三元等。

鲍汁牛眼是全牛宴中的一道美菜。牛眼肉是牛身上不可多得的美味。牛眼下锅灼烧至五成熟，起锅冷却，用刀切成片状，锅烧开放油，香叶、豆蔻、白芷等与牛眼一起下锅翻烧，放水烧开，转中火。牛眼八成熟时加入鲍汁收紧，调味，勾芡起锅，放入青菜盘中。小青菜焯水后围在盘边，色彩亮丽，口感鲜香浓郁。

雪菜牛尾是全牛宴中不可或缺的一道菜。雪菜又称雪里蕻，性味凉，能祛风散血，消肿止痛，与牛尾之强健筋骨、补血养气相配，既不上火又能补筋骨。牛尾下锅灼煮一会儿，撇净沫子，沥干，斩成段状，下锅翻炒加入干辣椒、姜、葱香辛料等红烧，大火烧开转小火。腌制的雪里蕻进清水泡一会儿，切成细菜，下锅炒干水分，放进八成熟的牛尾锅里，大火烧开转小火至熟烂起锅。牛尾香腥，雪菜清香，色泽油润，肉烂汁浓，鲜美醇厚。用铁板加热或明炉亦可，热吃最佳。

胎盘菊花饺是不可多得的一道名菜。菊花脑性苦、辛、凉，有清热凉血、调中开胃和降血压之功效。牛胎盘洗净后用水煮熟沥干，切成丁状，与焯好的菊花脑一起放入锅中，加调料炒制而成。用牛胎盘与菊花脑做成的馅包成的饺子，阴阳互补，清肝补肾。因为遇到母牛腹中没形成小牛之胎盘而被淘汰的机会极少，所以做成一道菜，你吃到不仅仅是口福，而且牛胎盘有补充身体亏空之效，对于虚劳羸瘦、虚喘劳嗽、气虚无力、血虚面黄等都有一定的治疗作用，补肾壮阳功效很好。

牛鞭大三元是一道价值很高的菜。由牛鞭、黄鳝段、猪尾（下关全牛宴正常用野生大黄鳝，正宗淮黑猪尾巴）这三样主料制作而成。用锅把牛鞭与猪尾煨熟备用，然后切成段状，紫砂煲加入牛鞭与猪尾汤烧开，加入牛鞭、猪尾与焯好洗净的黄鳝段一起小火慢炖，加入少许黄酒、葱白段、姜片、野山椒、枸杞，滴入几许熟豆油，炖好后，滴入麻油，撒上胡椒即可上桌。大三元最适宜信心不足、体力不济的人食用。

在下关历史上，曾经经营或正在经营全牛宴的老字号有：三友饭店、下关饮食店、下关东桥饮食店、张记饭店、唐记饭店、大林饭店、金山饭店、和庆饭店、淮东饭店、817饭店、金华饭店、黄记大酒店、喜嘉饭店、下关牛肉馆等。

下关全牛宴是下关奉献给淮扬美食的精美佳肴，已在下关人民心中扎根。除了全牛宴，下关还有很多特色美食，比如，下关的五香牛肉、下关的老卤水猪头肉、下关的皮肚、下关的薄脆等等。

下关文化志愿者、《下关史话》编纂发起人之一王爱兵先生，对下关五香牛肉很有见地。据他介绍，下关徐氏第五代后人徐风飞听他父亲讲，曾祖父在世的时候说过，下关自古以来就是淮安历朝官府淘汰耕牛指定屠宰处。因为牛是大牲口，需英勇胆大的勇士才能宰牛，下关既是尚武之镇，又靠近淮安城，这些优势让下关成为屠宰的优选之地。那时牛的屠宰量相当小，下关镇宰的牛好的肉专供当时的官府指定单位食用。这一阶段，逐渐形成了下关镇宰牛烀肉的雏形。

随着清末民初政府逐渐放开屠宰耕牛的禁令，下关镇出现了以宰牛巷人——"大力士"康怀义、身材魁梧的徐长友三兄弟等宰牛烀肉领头人，他们将山东临沂及淮安周边的农村市场的淘汰牛买下，无论远近都是步行牵绳赶回家。当时下关镇日宰牛量已有几十头，宰牛烀肉的人家做事分工很明确，男的负责买牛、宰牛，女的负责剔骨、去油、处理下水及烀肉，在长时间的加工实践过程中，积累了很多宝贵的卤肉经验。

他们秉承传统技艺，吸收了淮扬菜的肉制品腌制技术和淮安民间的肉制品卤烧技艺，并借鉴中医"药食同源"的传统养生理论，将牛肉所具有的重要滋补功能，与具有健身价值的药材与香辛料有效结合，创造了下关独特的烀肉技艺，形成了具有地方鲜明特色的下关五香牛肉。这一阶段，下关的五香牛肉进入了形成期。

下关的五香牛肉，以康氏、徐氏最具代表性，据徐风飞讲："我们下关及徐家的烀肉的技艺，高祖父徐长友称之为'三精三绝'，即'选料精良，绝不搭次；配方精贵，绝不省钱；制作精细，绝不省工'。在卤制技艺上，讲究的是'三味'，即旺火煮味、文火煨味、余火焖味。老祖宗规定：老卤大汤锅（俗称大巅子）中加的水，必须是用明矾沉淀过的市河水。说河水水质软，煮出的东西口感醇厚；井水水质硬，煮出的东西口感稍有点柴；炭火一定要用杂木材，或者植物秸秆，煮出的东西有炭木香气。"

清末民初，淮安城的商业经济相当繁荣，城里的达官显贵非常爱吃下关五香牛肉。著名的文楼、宴乐、老莲莱、小沧洲、北裕乐等酒楼菜馆，纷纷到下关与康氏、徐氏长期定购包销生牛肉与五香牛肉。文人骚客、大户人家，无不以能品尝到下关五香牛肉为荣耀。淮安城南来北往的、走亲访友的，无不视下关五香牛肉为稀贵特产，想方设法都要带点回家。

此时的下关，因为宰牛量大，再加上牛全身是宝，各种牛下水价廉物美，下关镇的酒楼菜馆、精明厨师，纷纷利用优势，迎合中低阶层大众消费需求，研发创新制牛菜品种，逐渐形成了闻名淮安城的全牛宴，而全牛宴中又以冷盘五香牛肉最为出名，因其色泽与味道有独特之处，又便于流通与食用，从而声名鹊起。这时期下关镇的从业人员有百人左右，有力推动了下关五香牛肉的发展，奠定了下关五香牛肉在淮安城的知名度。这一阶段，下关镇的五香牛肉进入了发展期。

新中国成立后，下关镇又新添了邱姓、刘姓、许姓、黄姓、周姓等宰牛炜肉的从业者。下关大街上的陈步宽等人，用小蒲包装上下关五香牛肉，从淮安城西门乘民船沿运河线，运往江南一带销售多年，受到了当地市场空前的欢迎。

改革开放后，因为平民百姓经济条件好转，一般家庭已经吃得起牛肉，下关的宰牛炜肉业迎来了新一轮的春天，在老前辈的带动下，又涌现了丁姓、宋姓、王姓、张姓、马姓、陈姓等新的宰牛煮肉专业户。因为他们都是亲戚邻里相互带动，信息技术资金互通有无，远奔云贵川、近到鲁徽豫买牛，冬季旺季日屠宰牛近百头。

这么多年以来，他们将下关的五香牛肉远销到上海、安徽、浙江及省内各市，近销到淮安城早期著名的酒楼菜馆，如文楼、震丰园、山阳春、实验饭店、淮安饭店、淮安宾馆、楚州宾馆、静都大酒店、电力宾馆，近期著名的酒楼菜馆如金陵国际酒店、天时晋大酒店、普京大酒店及淮安城的各大小酒店菜馆，他们所用的各种牛肉，无不是下关供应。

2000年前后，淮安市场中已经出现了下关五香牛肉精加工小包礼盒产品，作为淮安知名特产，在各大旅游景点、土特产专卖店、大型商业超市及机场专卖店销售，相当畅销。一盒盒下关五香牛肉，承载着下关人的梦想，代表着淮安城的形象，被带往全国各地。

市场的大量需求，有力地推动了下关五香牛肉产业的高速发展，这个时期的下关宰牛产业链从业人员超百人，年宰牛5000头以上，养活下关人口近千人。这一阶段，下关的五香牛肉进入了发展兴盛期。据江苏人民出版社1998年2月出版的《淮安市志》记载："下关村是著名的宰牛村，几乎户户从事牛业，年宰牛5000头以上，是淮安市牛肉供应基地。"

2013年，下关整体拆迁，下关五香牛肉从业者，有的已经改行。

康氏、徐氏的后人，还有许姓、刘姓、黄姓、马姓、宋姓、王姓、陈姓大部分在淮安新城区的东南、东北或其他城乡接合部，目前尚在经营着下关牛肉。

下关的五香牛肉出名，下关的老卤肉也出名。

张玲敏先生说："如果说下关是一杯美味香浓的美酒，那么著名的下关老卤猪头肉便是与之绝配的佳肴。因此，淮安城里流传着一句顺口溜：要吃猪头肉，必往下关购！"

猪头肉的美味，于民间早就声誉鹊起，距今600多年前的明朝初期，当时的淮安府，下关老卤猪头肉就是道久负盛名的美味。古人云："要吃肉，肥间瘦。"这六个字，总结了漫长的中国吃肉史。猪肉的部位决定好吃与否。五花肉是一层肥一层瘦，条理清楚、层次分明，好吃；另一块便是猪头肉。猪头肉大气浑成，肥瘦一体，肥中有瘦，瘦中有肥；最肥的地方，长出一块精肉疙瘩；最精的所在，忽然又有一线肥膘。最妙的地方，便是猪鼻，似肥不肥，似精不精，活肉也。

下关是古镇，猪头肉制作的历史悠久，店家众多。直到今天，下关的猪头肉，依然是淮安人餐桌上的一道美食。

下关的皮肚，也是声名远扬。

徐爱明、章来福两位先生写了一篇《下关皮肚香飘华夏》的文章，对下关美食皮肚，进行了详细的介绍。

> 下关皮肚，又称干肉皮，是将鲜猪肉皮晒干而成，用猪后腿皮及背皮制成的肉皮再制品。皮肚是地处城乡接合部的下关人民的伟大创造，现已成为淮安区著名的土特产品。
>
> 据科学测定，皮肚中含有人体所必需的蛋白质、氨基酸，其碳水化合物含量比猪肉高4倍多，脂肪的含量却是猪肉的1/2，皮肚中还含有大量的微量元素，能促进新陈代谢，又能滋颜润肤。经常食用猪皮制品有延缓衰老和抗癌的作用，也可使皮肤丰润饱满，富有弹性，平整光滑，防瘪减皱，靓人

肌肤，美人毛发。

皮肚不是菜，但皮肚经涨发后，可切丝、片等形状，适宜于拌、烧、扒、做汤等烹调方法，能够制作出多种美味佳肴。

烩皮肚是淮扬菜中一道经典菜肴。淮安正式的宴席中，常常有"头菜"的说法。所谓"头菜"指的是在冷盘之后的第一道主菜、第一道热菜。头菜上桌后，主人一番客气话后，宾客方可动筷吃菜，这一古老的饮食习俗至今还在淮安流行。

改革开放前，烩山药羹作为头菜曾一统宴席多年。改革开放后，烩乌贼、烩海参、烩蹄筋、烩甲鱼等，也先后作为头菜登上淮安宴会的舞台。但乌贼、海参、蹄筋、甲鱼等因为食品安全和食材来源等问题，这几道头菜先后退出了淮安宴会的头菜行列。精明的、讲究的、善于烹饪的淮安人权衡利弊，最终返璞归真，选择烩皮肚作为头菜。20世纪80年代末至90年代初，烩皮肚被推上淮安宴席的头菜，皮肚美食大放异彩。

烩皮肚选用金黄色的皮肚、鲜红色的火腿片、翠绿色的笆菜头、乌黑色的木耳。将皮肚冷水泡发后切成长4厘米、宽2厘米的菱形，沸水中焯20秒捞出待用。山药、菜花都切成2厘米长的丁备用。取锅加入高汤，加猪油、豆油，小火熬至乳白色，加入皮肚、鹌鹑蛋、山药、木耳、香菇、花菜、小肉丸，小火烧至皮肚绵软即可放盐、味精、鸡精、胡椒粉调味出锅。装在长腰形的盘中，这色香味形俱全的美味"大杂烩"顿时便让人垂涎欲滴。

炒皮肚是淮安人贡献的又一道皮肚美食。选择金黄色的油炸好的皮肚，放入温水中发透，洗净，切成小条；将葱、姜、蒜切片，红辣椒切丝，木耳泡发撕小朵，胡萝卜切片；点火炒香葱、姜、蒜、干红辣椒，倒入皮肚、木耳、胡萝卜，放一点糖炒匀；放盐、胡椒粉、生抽、水，焖一会儿让皮肚和木耳入味更好吃，汁水焖得差不多，勾芡，放点鸡精，装盘。如果喜欢再酸一点的，最后可以放点香醋和香油。一盘热气腾腾、色彩绚丽、质感诱人、香味扑鼻的炒皮肚就可以食用了。炒皮肚的灵活性较大，可以根据自己的喜好加入芹菜、青椒、莴笋、蒜薹、香菇等进行炒制，变身成为芹菜炒皮肚、青椒炒皮肚、莴笋炒皮肚、蒜薹炒皮肚、香菇炒皮肚，进一步丰富餐桌文化。

徐爱明先生说："皮肚作为一种食材，如今已经走遍大江南北，长城内外，进入华夏大地的千家万户，丰富了国人的餐桌，给众多美食爱好者提供了一道色香味美的佳肴。"

下关还有另一个美食，就是薄脆。郭汝会老先生在他的文章《下关薄脆》中介绍说："下关薄脆的历史悠久，品质优良，具有酥脆甜香的特点——酥则入口成屑，脆则脆而不硬，甜则绵绵不绝，香则回味无穷。下关薄脆是淮安传统面食的代表，是下关一种特色名点。"

下关薄脆是一种长约七八厘米、宽约三四厘米、厚一厘米左右的长方形脆饼。它通身饱满、金黄，中央一个凹痕，便于一掰两半，面上粘满一层密密白芝麻。下关的薄脆既薄又脆，薄而不碎，酥脆焦香，可以存放5个月而不变软，是人们非常喜爱的小吃。

下关的薄脆好吃，是一个不争的事实，淮安人乃至很多外地人都知道。而且下关薄脆的制作，全部是纯手工劳动，油料全部采用植物油，不含任何添加剂，是真正的绿色食品。

如今，下关大街上的小吃店、饮食店几乎家家生产薄脆，常常是供不应求，甚至有人要提前预订才能买到下关薄脆。淮安城里的零食店卖的薄脆，正宗的都是从下关进的货。近年来淮安的宾馆宴席上，也常常以薄脆为点心，思乡的游子也常常以品尝此点心为骄傲，海内外游客亲朋每次探访故里时，总忘不了带此点心回去品尝。

下关薄脆是下关传统历史文化的经典名片，是淮安传统美食的重要代表之一。

在长期的历史演变之中，下关人依靠自己特有的历史地理地位，传承发展了美食行业，形成了独到的餐饮文化。下关的美食多、名厨多，在下关的每个饭店里，都有自己拿手的好菜。说到美食，说到厨艺，下关人自有骄傲和自豪的资本。有人说，淮扬菜的大部分菜品，就源于淮安，甚至源于下关。此话，不无道理。

第四节

淮扬名厨出淮安，淮安名厨出下关

下关美食多，餐饮饭店多，名厨自然也多，很多饭店、很多厨师在淮安乃至全国都很有名。

三友饭店是下关众多饭店中最有代表性的一家。本书在此摘编引用陈勇、王炳军所写的《三友饭店》进行介绍：

> 下关古镇不仅是历史文化古镇，也是名城淮安的美食名镇。下关历史上名厨辈出，各领风骚，许多色香味俱全的淮扬名肴在这些厨师的巧手雕琢之下享誉至今，名厨们的趣事也让我们津津乐道，历久难忘。
>
> 民国时期，下关古镇的下关大街82号有一家饭店，蓝底的幌子飘摇在楼檐口，上面书写着四个白字：三友饭店。"三友"者，三位老朋友也。这个饭店就是三位老朋友金焕珠、徐贵成、陈步堂合资创办的。这三个人在下关都是知名的厨师。三位名厨合伙开一个饭店，饭店从开业伊始，就受到下关市民的关注。

三友饭店的三位掌柜，在饭店营业的过程中，频频施展他们各自的烹饪绝技，诚信经营，友善待客，三友饭店很快声名鹊起。

　　金焕珠，下关金小堆人氏，清末名厨金德方次子，因善做淮扬菜而远近闻名。金焕珠有一道百吃不腻的名菜——下关扣肉（又称虎皮肉、梳子肉），是该店叫得响的名菜，一直传承至今。该菜以带皮五花猪肉、腌雪里蕻为主材制作而成。纹似虎皮，油光发亮，肥而不腻，香甜可口，软烂醇香。光绪年间，金焕珠曾随父亲入宫做帮厨，慈禧太后吃了金焕珠做的虎皮肉，赞不绝口。光绪帝见状下旨御赐金御厨黄金百两、青花瓷瓶一对。金焕珠回乡后将虎皮肉在原来做法上又进行改进，称为下关扣肉。

　　陈步堂，下关关帝庙巷人氏，淮扬名厨。鱼脑烩豆腐是其拿手菜，其味道堪称一绝，可与驰名中外的平桥豆腐相媲美。制作鱼脑烩豆腐，选料十分考究，制作工艺也十分复杂。选白嫩的豆腐，用快刀细细切碎。这里要求很严，豆腐要嫩而不软，刀口要锋利无比，刀工要娴熟老练，就像一位天才的音乐家，在弹奏一首经典名曲，又像一位武艺超群的剑客，在舞剑之时，飘出阵阵雪花，只有好的刀工，才能切出细如雪花、如麦芒般细小的豆腐来。

　　制作鱼脑烩豆腐，配料和制作过程也十分考究。要选用现杀的活猪的油，切碎后放入锅中，用文火慢烧，在烧热油之时，依次放入精盐、姜末少许；油烧沸后，根据各人需要，放入蟹黄或者鸡汤、鱼汤；再烧开后轻轻放入切好的豆腐，并放入淀粉水勾芡，用猛火烧开，当锅沸腾时，立即用大碗装起，这时碗中猪油盖顶，连一丝热气都看不见，只有扑鼻的香味飘出，刺激你的食欲，吊起你的胃口。

　　食用时也很讲究，一般由坐在上席的年长者先品尝。只见长者拿起小勺，轻轻拨开碗上的油面，慢慢舀上一勺。长者先用嘴轻轻吹掉热气，缓缓放入口中咂咂之后，其他人才能享用。此刻鱼脑豆腐如银耳燕窝，似琼浆玉液，不知不觉就滑入口中，细细品味，嫩而不腻，嫩中带爽，鲜美无比，令人拍案叫绝。鱼脑烩豆腐的奥妙在于"鲜活"，这就是它的神韵所在。

徐贵成，下关宰牛巷人氏，徐家祖传的厨艺在淮安比较出名。徐贵成最著名的菜是鱼舌豆腐羹。鱼舌豆腐羹的制作工艺很简单，易学易做。后来的原料有土豆、鱼舌、口菇、荸荠、豆腐，选择一样或几样，切成细丁，用鸡汤或者肉汤作为底料，烧开后放入切好的细丁，配以虾米或木耳，猛火浇至沸腾，倒入一些和好的淀粉水勾芡后烧开，这时一碗稀稠适中、爽口不腻的鱼舌豆腐羹就做成了。

吃鱼舌豆腐羹绝不能性急，一定要细细地品，慢慢地尝，否则你要上当挨烫。曾有一位小年轻不知礼节，一大碗鱼舌豆腐羹刚端上桌来，他就经不住美味的诱惑，拿起勺子就舀入口中，结果被热豆腐烫得吐也不是，咽也不是，眼泪都烫出来了，当场出丑不算，还烫伤了食道，什么菜也没有吃成。鱼舌豆腐羹最绝的就是"一把刀"和"一口气"，因而人们常说"心急吃不了热豆腐"，讲的就是这个理。每当有喜事临门或贵客进府，人们总少不了做上"羹"来款待客人，祝愿大家根根相连，根深叶茂，也祈望在外的人们不要忘记根本，要叶落归根，不忘家乡的养育之恩。

传说这道菜与明朝开国皇帝朱元璋有关。当年领兵造反的朱元璋，战场失利，沦落他乡，暂避一时。他在一个磨豆腐的农家住了下来，当时他身上负伤，又饥又饿，农家人没有什么可口的饭菜招待他，只能用家里的土豆、口菇、豆腐切成碎丁，放在锅里一起烩煮，给朱元璋充饥。在那落魄时期，是这土菜丁救了朱元璋的命。他的身体也慢慢地恢复起来。

重返战场临别之际，这位后来的朱皇帝，给土菜烩丁起了个名，叫作"羹"，寓意为根，他把平民百姓当作了他兴国安邦的根本，正因为有平民百姓的支持，才成就了他的一番霸业，成为明朝开国皇帝。功成名就后，他还念念不忘鱼舌豆腐羹，时常让马皇后安排御膳房做一些"羹"，让文武百官和他一起品尝，让大明世代不忘根本、不忘百姓，实在是难能可贵，这道菜因此在苏北一带流传开来。

三友饭店虽然只是经营家常菜的店肆，由于饮食业的竞争，造就了他们精妙卓绝的烹饪技艺——刀工之精，配菜之巧，火候之当，调味之妙，装盘之能，品种之丰。三友饭店成为下关以及周边乡镇的名店，淮安城里很多人慕名而来，都以能够品尝三友饭店的三道名菜为荣。

三友饭店虽已成历史，但他们精妙的烹饪技艺却在这方土地扎根，近年来从下关走出的大厨遍及大江南北，体现了下关厨师在淮扬菜中占据的地位。

下关的厨师可以说名扬淮安，名扬淮扬大地，也可以骄傲地说，名扬全中国，他们在中国餐饮界和社会上，有很高的地位和美誉度。

陈勇、郭正东在为《下关史话》的编纂采访过程中，对来自下关的名厨有详细介绍。

20世纪近百年时间里，下关金家三代人，代代都有淮扬名厨，个个都厨艺绝伦。一代御厨金德方（1871—1950）、二代大师金焕珠（1892—1970）、三代名厨金干生（1920—1995），下关人尊称金氏三代均为"金二爹"！

金德方为下关金家的第一代名厨，曾经进入清代皇宫司职御膳房，是当年慈禧老佛爷御用厨师的嫡传弟子，在御膳房工作多年，直至清廷被推翻后，才归隐返乡，因此下关人都称他为"金御厨"。小时候常听父辈们说，金御厨如果还在世，现在已经是100多岁了。据说，金御厨在世时，每当回家团聚时，总要亲临厨房指导，或亲自掌勺。只要是在金御厨的指挥下烧出来的菜，那味道绝对顶呱呱。

金德方在清宫中虽然不是御膳房头牌掌勺，但是地位不低。最让金德方自豪的，莫过于每隔两周就会宣报一次菜单。他知道慈禧太后的口味、喜欢吃的菜品，所以每一次上报的菜单，总是深得慈禧太后的欢心。

金德方最拿手的菜是虎皮扣肉。将进贡的五花肉的皮刮净，放入汤锅中煮至七成熟，捞出控净汤水，用净布擦干皮上油水，在皮上抹一层酱油；将锅烧热，放净油旺火烧至七八成热时，把肉皮朝下放漏勺内，再放入油内炸（盖上锅盖，防油溅出），待肉皮上起泡发黄时，捞出用凉水泡40分钟，至肉皮起皱备用；将肉块捞出，沥净水分，修齐边角，用刀（原料皮朝下）切成厚0.5厘米、长13厘米左右的大片；然后皮朝下码入蒸碗内，加入料酒、酱油、盐、味精、葱、姜、白酒和糖色，放入高汤，上屉用旺火蒸1.5小时，待肉酥烂入味取下；将肉上的葱、姜拣出，原汤汁滗入勺内，肉复扣入大盘子内，将原汤汁旺火收浓汁，勾少许水淀粉芡，将香油浇在扣肉上即成。

金德方深知慈禧爱吃虎皮扣肉，自己又擅长御用扣肉秘诀，加上自己独家配料方法烧出来的扣肉，色如虎皮，肉质酥软，口味醇厚，肥而不腻，很合慈禧太后的胃口。

1900年八国联军打进北京城。慈禧太后与光绪帝避国难，仓皇出逃西安，数月后才回北京宫中。为苟安天下，慈禧与各国求和，在宫中设宴款待外国使者。光绪帝遵从太后之命，想起那避乱途中拿酸豆浆拌剩粥剩饭当美味，不禁十分向往，便下口谕命御膳房金掌厨在菜单中除虎皮肉外另加此道菜。金掌厨因没听过有此菜，又不敢违旨，便费尽心思琢磨皇帝心理。挖空心思才想出用糯米碎粉煮炖，上堆凤眼（鱼眼）才制作成功这道菜，取名"凤珠玉脂羹"，太后尝罢，赞不绝口。光绪帝见状忙下旨御赐金御厨黄金百两、青花瓷瓶一对。1900 年，金德方在老家淮安区下关金小堆盖起了一座数十间房屋的华美庭院。

1912 年 1 月 1 日中华民国临时政府诞生，孙中山把政权交给了袁世凯。当时中华民国的创始人孙中山从时局出发，致电清朝旧臣袁世凯见谈国事。1912 年 7 月底，孙中山乘专列前往北京。8 月，在不到一个月的时间里，孙中山与袁世凯进行了 13 次会谈。金德方在袁世凯府中掌厨，当时金焕珠已随父亲掌勺。在招待孙中山的宴席中特加一道袁世凯最爱吃的凤珠玉脂羹。

金德方在袁府厨房配菜时，却发现鱼眼主料被猫偷吃一空。金德方焦急之下，责骂了儿子几句后，因无多余备料，只得挖空心思地思索原料特点，在厨房来回走动寻思，忽然将目光定在几口大水缸上。然后，他灵机一动，喊来手下人搬开几口大水缸，并将水缸下潮湿的土壤挖开，将钻出的足有小手指粗的蚯蚓拣出来。清洗干净后，将其余入沸水后煮半熟取出，再将蚯蚓按鱼眼睛厚度切片配盘后点上糯玉珠，又进行精心烹制。

此菜品烧制完成后，金德方父子亲口尝试后两眼发直，吓得厨房众人脸色俱变，慌忙追问。而金德方却不禁仰天大笑道：不承想，天下还有如此美味啊！情急生智，此菜不仅大功告成，而且远胜原味数倍！

金德方虽为御厨在宫中掌勺，对儿子金焕珠要求极其严厉，金焕珠也成为淮扬菜厨艺大师，年纪轻轻的金焕珠，就跟随父亲在皇宫掌厨，后进入袁世凯府中负责掌厨做饭，还被邀请至广州为国父孙中山掌勺。新中国成立后，因机缘巧合又来到著名抗日将领张治中家做饭。

每次回来探亲，金德方总要讲些宫廷故事给下关人听。他常说：为啥淮扬菜入宫受到皇家这么赏识？每一道菜都是慢工出细活啊，尤其那些原材料、配料，都是贡品，不是寻常百姓能够享用得起的。

下关金氏，代代有名厨，这是下关尽人皆知的。但很少有人知道，淮扬名厨——下关金氏父子与历史上很多著名人物，都有着千丝万缕的联系。

这里，听陈勇与郭正东再讲讲下关名厨金焕珠的故事：

金焕珠，今淮安区下关金小堆人氏，是清光绪年间御厨金德方的次子，自幼聪慧，从私塾出来后就随父学习厨师手艺，厨艺满师后开始随父亲金德方到宫中帮厨，是位经历了历史沧桑巨变的淮扬菜厨艺大师。辛亥革命爆发后不久，金焕珠即入袁世凯总统府掌勺。

据金洪雷（金焕珠嫡孙）述说，1925年冬，袁府为掌上明珠袁家第与苏州费家次子费巩举办定亲仪式，在拟订嫁妆与陪嫁人员时，身为袁世凯嫡出的孙女向父亲袁克定点名让金焕珠随同陪嫁。在传统习俗中这也属正常，但是袁府上下为何单单点到金焕珠呢？这就要从袁家第说起。

袁家第（1903—1989），又名袁慧泉，是袁世凯嫡出的长孙女，父亲是袁世凯的大儿子袁克定，母亲是晚清湖南巡抚、著名书法家、金石学家吴大澂的六小姐吴本娴。袁家第小时候在天津袁府里读私塾，闲时跟母亲学布艺（刺绣和贴花）

的同时又研究美食文化。袁家的私塾规模很不一般，一同读书的孩子也很多，袁家第虽出身豪门，但她却是位现代女性，与家里用人打成一片。袁家第特爱吃金焕珠做的淮扬菜，知道金焕珠曾经念过私塾，就利用学塾休息时间常与未婚夫费巩去厨房找金焕珠探讨美食。因此，金焕珠深受袁家大小姐的赏识。

1925年12月26日是袁家第成亲的日子，由于袁府上下很宠爱这个掌上明珠，都舍不得其远嫁，以致20多岁才晚嫁，所以她所提出的事无不允诺。结婚之日，金焕珠作为陪嫁厨师随袁府小姐到苏州，负责将从河南项城点燃的大红蜡烛一路点着送到苏州。丰厚的嫁妆到苏州后，从桃花坞一直排到了拙政园（苏州市姑苏区东北街），足足有几里路。费家在苏州可是个豪门望族，袁家第嫁给费家次子费巩，新房在桃花坞，即被称为桃坞别院的唐寅（唐伯虎）故居。当时参加婚宴的国民党著名军政人物与资深望重将领基本到场。抗战时期，费巩积极参与抗日救国的斗争，费家被迫离开苏州，身为浙江大学名教授的费巩随校西迁，家境衰落，疏散家佣，只得将妻子、孩子、母亲移居上海。

1945年费巩被军统秘密绑架，后投入硝酸池里杀害，金焕珠让儿子金干生（后来在南京军事学院后勤部工作）帮袁家小姐多方打听，最终袁家第迎来的却是费巩"失踪"的噩耗。新中国成立后，周恩来特许照顾费巩家属，给予"教授待遇"，后来政府还追认费巩为革命烈士。袁家第在上海居委会当起了妇女主任，过起了几近隐居的生活。

1920年金焕珠曾被请到广州，进入国父孙中山府中掌厨，陈庭荣（1876—1953，淮安下关人）为帮厨，两人在孙中山厨房做了很多年才离开。1924年6月16日，孙中山在广州黄埔长洲岛创办了"中国国民党陆军军官学校"，1924年8

月周恩来任黄埔军校政治部主任。在此期间周恩来在孙府做客时，意外吃到家乡淮扬菜：红烧狮子头与虎皮扣肉。询问得知，孙中山夫妇知道周恩来是淮安人，才特意从袁家请来淮扬名厨金焕珠烹制这两道淮扬菜。经国父介绍，周恩来得知金焕珠是御厨的嫡子、传人，又是淮安老乡，便请来相见，见到金焕珠，特别细聊了一些有关家乡的情况，言谈中坦露了自己的思乡之情。

1949 年 4 月，张治中作为国共谈判国民政府代表团首席代表，率团赴北京与以周恩来为首的中共代表团谈判。当和平协定被拒绝后，张治中留在北京。周总理了解张治中将军特爱吃淮扬菜，便想起了老乡金焕珠。为了更加妥善地安排张治中将军食宿，周总理了解到张将军口味，便请人多方联系才找到金焕珠。经周总理介绍，安排金焕珠、陈庭荣两人专门为张治中做饭，直至 1969 年张治中将军去世后才离开张将军府。后来，金焕珠与兄弟姊妹多数定居北京工作。

1969 年，归乡心切的金焕珠，辞别兄弟姊妹从北京回淮安老家，加入好友陈步堂、徐贵成的行列，改造陈步堂、徐贵成经营的下关大街饭店，重新取名为"三友饭店"。如今，金氏御厨子孙虽然多数已经改行，但依然还有人愿意坚守厨师职业，继续演绎传承着金氏淮扬菜的传奇。

如今，淮扬菜已成为中国美食的一个符号，除了国庆招待会，招待外宾、驻外大使馆及领事馆举办宴会时也经常采用淮扬菜风格。淮安对淮扬菜的推广也是不遗余力。自 2002 年以来，淮安连续举办了多届中国淮扬菜美食文化节，2008 年，淮安建设了国内第一座淮扬菜主题性菜系博物馆，淮安市人民政府一直支持民间弘扬传承淮扬菜。

第五章

拆迁难难拆迁，下关人爱下关

　　下关是一个历史悠久的古村落，也是一个商业十分发达的城郊村。在市场经济的大潮中，下关人家家户户都走上了富裕路，家家户户都盖起了新房新楼。正当他们安安稳稳做生意、家家户户都发财的时候，政府突然说，要拆掉他们的房子，拆掉他们的店铺，拆掉整个下关村，拆掉下关村的一切，下关人一下子就蒙了。可以说，每一个下关人都不舍得。不舍得下关村被拆掉，不舍得自己的家园被拆掉，不舍得自家的生意被毁掉。他们不知道，下关村整个拆迁后会变成什么样。

第一节

大拆迁，让下关人迷茫彷徨不知所措

时代在前进，社会在发展，中国城市化进程的脚步势不可挡。在城市发展的进程中，千年古城淮安，像中国众多城市一样，面临着一次又一次拆迁建设。

2013年，随着淮安城不断东扩的步伐，千年古村下关，迎来了大拆迁的时代。实际上，从2012年开始，政府就已经将下关村列入了拆迁的重点村镇。

进入2013年，大拆迁势不可挡地来到了下关村。

为了做好下关村的拆迁工作，政府先后组织了30个工作队进驻下关村，逐户分片包干做村民的工作。虽然政府下了很大的力气，做了大量的工作，但下关村的村民面对突然而至的大拆迁，大多数人还是不理解，不情愿，内心一片迷茫和彷徨。

村民们之所以如此，也是有根源的。

下关是一个历史悠久的古村落，也是一个商业十分发达的城郊村。街街巷巷，这里到处是文物古迹，到处是商业店铺，随便走到哪里，都是琳琅满目的商品，都是车水马龙的人流。在市场经济的大潮中，下关人家家户户都走上了富裕路，家家户户都盖起了新房新楼。正当他们安安稳稳做生意、家家户户都发财的时候，政府突然说，要拆掉他们的房子，拆掉他们的店铺，拆掉整个下关村，拆掉下关村的一切，下关人一下子就蒙了。

可以说，每一个下关人都不舍得。不舍得下关村被拆掉，不舍得自己的家园被拆掉，不舍得自家的生意被毁掉。他们不知道，下关村整个拆迁后会变成什么样。

很多下关人内心都很担忧，甚至迷茫彷徨，不知所措。

"下关拆迁后，我们的房没有了，地没有了，生意没有了，我们下关人下一步如何生存？"

"我们下关人杀猪宰牛做生意，有院子，有场地，有钱赚，虽然院子有些脏乱差，但在情感上，我们一代又一代人在这里生存，舍不得拆。拆迁后我们就没有生存之本了，我们靠什么养活自己？"

"我们现在做生意赚钱，舒舒服服，快快乐乐，一旦拆迁后盖了房子，我们住进楼里，生意没有了，我们不踏实。我们这代人，还有后代人怎么办？政府能不能为我们负责任，让我们拆迁后，没有后顾之忧？！"

"下关现在要整个拆迁，拆迁之后建设住宅时，还能不能让下关人住在一起，保留这个村子的完整性？能不能将下关的地名和下关村道路的名字都保留下来，让下关人有个念想？"

"拆迁就面临着赔偿，按照国家政策，我们下关人能不能得到合理的赔偿？政府能不能按国家政策赔偿到位？能够赔偿多少？"

"村子拆了，家拆了，赔偿一笔钱，我们该干什么去？这笔钱能让我们养老，能让我们以后生活无忧吗？"

"如果这次下关彻底拆迁了，下关人是不是从此就七零八落，这个村子就永远没有了？"

围绕这次大拆迁，下关人的想法、疑问、担忧、焦虑太多了。

一想到这个绵延2000多年的村庄，就要灰飞烟灭了，就要无影无踪了，就要从他们的眼前彻底消失了，下关人就有点心痛，就越发舍不得。

尤其是上了年岁的人，下关的一草一木、一景一物、一切的一切，早已融进了他们的血液里、感情里、灵魂里，一想到这一切都将突然消失殆尽，他们怎么会舍得呢？于是他们日思夜想这件事，聚在一起谈论拆迁这事情，你一言我一语，越说越舍不得。

时任下关拆迁指挥部指挥长的马国斌，深有感慨地说："下关村的拆迁计划，是一年半的时间要全部拆完，这么大一个古村，要彻底干净地拆掉，确实是时间紧、任务重、难度大。如果在拆迁中做不好工作，出现一个所谓的'钉子户'，就会影响三五户，影响一大片群众，给拆迁工作造成很大的阻力。掌握好拆迁政策，运用好拆迁政策，照顾好下关群众的根本利益，是搞好拆迁工作的生命力。"

"拆迁是个出力不容易讨好的事情，天下第一难，就是拆迁，我们搞拆迁的人难啊。拆迁工作中只有你想不到的问题，没有什么事情不会发生。尤其是下关村的拆迁，情况特殊复杂，因为这个村的群众特别有乡愁乡情，他们的内心和骨子里不舍得拆迁自己的村庄和家园，所以一开始做工作也就特别难。"马国斌说，"要想搞好拆迁工作，就要实实在在与群众打成一片。为此，我们30个工作组，分头进入家家户户做工作，可谓是苦口婆心，把政策讲尽，把他们的担忧一一解读解答，但仍然不能取得大多数群众的支持。工作组的人员，只能不厌其烦一趟又一趟走村入户做群众的工作，宣传拆迁政策和补偿标准，争取群众的理解和支持。"

马国斌还说："即便这样，因为拆迁的特殊性和有关政策的规定，加之我们的部分工作人员缺少耐心，对政策解读不到位，致使部分群众不能满意，产生了分歧、意见和矛盾。群众一时不能够理解和配合，这也是拆迁中正常的情况，但无疑会给拆迁工作带来阻力，也会延迟拆迁建设的步伐。加快工作进度，我们发动下关党员干部的力量，去帮助我们做群众的工作，收到了比较好的效果。在我们30个拆迁工作组当中，第五组的工作做得最好，组长是女同志，是紫藤村的党支部书记，名字叫蔡峦。"

蔡峦是下关村邻村紫藤村的党支部书记，这次被淮城镇政府抽调进入拆迁工作组，任第五组组长。作为村党支部书记，她有丰富的工作经验，更有与村民打交道的机动灵活的工作方法。她带领第五工作组进入下关村之后，对工作组所包片区群众入家逐户进行走访，宣传有关拆迁政策，询问群众对拆迁的意见。她要求工作组的成员，一定要有耐心，有责任心，有服务意识，一定要把拆迁政策宣讲清楚，要让每一户群众都清楚明白。对于有不同意见的群众，她亲自上门做政策解读，直到他们理解为止。

蔡峦说："我们在拆迁工作中，除了入门入户，逐家逐户做工作，对于找上门儿的群众，一定为他们解惑答疑，做到让群众满意。对于群众普遍担心的拆迁会不会吃亏的问题，我明确告诉每一户群众：凡我第五工作组所包的下关村民，绝对不会让一家一户吃一点亏。如果发现补偿标准比其他下关群众少一点，你们都可以来找第五工作组，来找我蔡峦，我以人格和党性保证，绝对为大家的利益负责到底，不会让群众吃一分一厘的亏；凡是能够在政策范围内争取到的利益，我们一定给每家每户争取到位，并请大家监督我们第五工作组的工作，如果有违规违纪、不足的地方，请一定指出来，我们一定会立即纠错改正。"

第五工作组在蔡峦的带领下，在拆迁工作中有策略、有耐心、有责任、有担当，而且说到做到，受到了所包片区拆迁群众的欢迎。在整个拆迁过程中，他们所包的片区，没有一个群众上访告状，没有一个群众成为"钉子户"，所有群众都签字按手印，同意了拆迁。群众对第五工作组，对组长蔡峦都给予了高度的评价。

拆迁户们说："第五工作组的人，对群众有耐心、有服务意识，把我们真正当成了服务对象，对我们内心担忧的问题，能够一一解答，给出方案，让我们扫去了心头的乌云，对未来的生活也有了信心。特别是工作组组长蔡峦，虽然是个女同志，工作却有魄力，对群众特别亲切，群众在拆迁中遇到的困难，都能一一帮助解决，这样的好干部不多见。时间长了，我们就理解了工作组的难处，也就主动地配合他们的工作，支持他们的工作，并帮助他们做其他群众的工作。"

蔡峦还说："群众都是好群众，有问题是我们自己工作不到位。只要我们抱着为群众服务的心，去为群众谋福利，真心实意帮助他们解决困难、解决问题，天长日久，群众就会理解我们、信任我们。即便有了矛盾，在群众的帮助下，也能够很快化解矛盾，使工作顺利进行。"

在第五组所包的群众当中，有一户姓冯的住户，有一天找到蔡峦，想让蔡书记帮他将安置房调整一下。蔡峦立即问有关部门的同志，了解安置房的情况。然后告诉这个姓冯的住户，可以根据他的实际情况，帮他调整一下安置房，但不能保证给他调整到他最理想的房子，努力调整到比原来的位置更理想一些。

听到这样的答复，这个姓冯的住户很满意。过了一段时间，果然给他调整了一个他认为比较满意的楼层。后来，他逢人便夸蔡峦书记："第五组的蔡组长蔡书记，确实是为村民着想的拆迁组长，人家在村里是实实在在为下关人服务的，我从心底佩服！"

不仅如此，这个姓冯的住户后来还跑到村委会，找到蔡书记诚心诚意地说："蔡书记，您是一心为下关村村民做事情的人，您有什么困难需要我办的，我一定全力办。上次调整房子的事情，我很满意，我想请您吃饭，请蔡书记能给我个面子。"

蔡峦笑笑说："为群众办事是应该的，只不过是在力所能及的范围内，给你帮了一个应该帮的忙，让群众满意是干部应尽的职责。吃饭的事情就免了，要是真想请我吃饭，两元钱就可以，一个烧饼我就吃饱了。"

这个姓冯的住户感动不已，看到请吃饭不成，后来就给村里写了一封感谢信，表达他对蔡书记和村两委党员干部的感激之情。再后来，他就一直主动帮村里做好事，以此表达他对村两委工作的支持。

拆迁工作进行到后来时，第五工作组所包片区的群众，大多都像这位姓冯的住户一样，成了工作组的帮手。不少群众时不时会来到工作组的所在地，主动询问工作组有什么困难、有问题需要他们帮忙解决的。如果发现有一些群众需要他们帮忙做工作，他们就会主动帮工作组把这些问题解决，帮工作组解决了不少麻烦事情。

蔡峦十分感慨地说："老百姓的力量是很大的，他们都是街坊邻居、亲戚朋友，他们如果帮助工作组去解决问题，确实可以收到事半功倍的效果。有些困难棘手的问题，如果让工作组去做，可能得几天才能解决，而他们去做的话，一天半天就解决了，关键时刻帮了工作组很大的忙，推动了拆迁工作的顺利进行。有人说，我们这是跟老百姓坐到了一条板凳上，跟老百姓成了一家人。也有人说，是老百姓信任我们，跟我们坐到了一条板凳上，干部群众打成了一片。不管怎么说，反正下关的老百姓是有思想、有觉悟的，也是有情怀的，只要我们树立全心全意为群众服务的意识，就能在工作中取得群众的信任、理解和支持。"

马国斌评价第五组组长蔡峦说："蔡峦虽然是个女同志，但是她有丰富的基层工作经验，更可贵的是，她有初心情怀，有共产党员的责任担当。在实践工作中，她有策略、有分寸、有智慧，党组织交给她的任务，每一项她都能够圆满完成，让组织满意，让群众满意。"

因为蔡峦的这些优秀而突出的表现，后来她被党组织任命为下关村的党总支书记，并在此后的工作中，带领下关村党员干部群众，探索出了一条城中村和谐治理的"下关实践"之路。

第二节

"下关义士"，为村民权益奔走呼号

下关村的拆迁建设任务十分繁杂艰巨，大量的拆迁工作很难十全十美，也不可能每个工作组的工作都很到位。所以，下关村就有不少因为拆迁而引起的分歧矛盾，引发了一些群众到政府反映问题，这让下关村一时成为有名的"问题村"。

有时领导和部门正在开会，下关的群众就来反映问题了，"下关人又来了"，"下关人又来了"。那段时间，下关群众确实让很多部门心生不安。群众所提的问题，有时也确实复杂，比如：拆迁款为什么还不到位？我们的房子什么时候能够建起来？我们什么时候能住进新房去？你们说了一次又一次，问题都得不到解决，你们还能让人信任吗？群众所提问题，有的确实限于种种原因，一时半会儿很难解决，这使领导和有关部门提起来都有点头疼。

除了一些拆迁户之外，后来下关村还出现了几位志愿者，他们围绕下关村在拆迁和建设中出现的问题，集中民意，有理有节地代表村民们找相关部门反映问题。

这几位志愿者分别是宋兆和、高尚友、杨顶顺、郭汝会。他们这几个人，每次反映问题都不是为了自己的利益，而是为了下关村权益，为了下关村村民的权益。他们被下关村村民称为"下关义士"。

他们都是下关村的老人，都是六七十岁的人，对下关村充满了感情，他们为了有理有节地沟通，为了能够更好地代表下关村将村民的诉求反映给有关部门和领导，并征得他们的理解支持，他们每天都在学习有关的法律法规，包括国家有关拆迁补偿和建设的文件。

他们在村里都是有威望的人，每个人都有下关人那种崇仁重义的性格。为了这村里的利益，为了村民的利益，他们不惜牺牲自己的利益。他们去与政府有关部门沟通，一不要村民兑钱，二不要村民给物，风里来雨里去，耗费时间，耗费金钱，都是他们自己拿。

宋兆和老人说："下关是一个古老的村庄，两千多年的历史了，说起来比淮安城的历史可能都早，历史上一直是南船北马之地，朝廷运漕粮的重要关口，这里的人也很富足。市场经济之后，下关村几乎家家都有生意，家家都过上了幸福生活。下关人生活在这样一个古色古香的古镇，有历史、有文化、有大量的文物古迹让人怀念。这里的一草一木都有故事，街街巷巷都有传说，随便走到哪里，都是历史，都是文化。

"下关人在这里生活多少代了，一代一代传承到今天，下关人的根在这里，魂在这里。现在突然拆迁了，一下子让下关成了上无片瓦、下无寸土的地方，一下子让下关人人人心里都发慌，人人心里都怀念。拆迁这么复杂，拆迁中的问题层出不穷，拆迁工作组有的比较负责任，像蔡书记带领的第五工作组，老百姓就特别欢迎、特别信任；可是还有的工作组不太负责任，遗留了很多问题，不给老百姓解决，老百姓怎么能没意见，怎么会不吭声？老百姓要维护自己的利益，维护自己的权益，不反映问题怎么办？党和政府设立了专门的部门，就是让老百姓有冤说冤，有屈诉屈，把该解决的问题解决掉，让群众满意才对。"

高尚友老先生说："下关村 2000 多年的历史了，留下了很多文物古迹，这些东西都是下关的历史和文化，都是下关人一代一代传承的记忆。你像仁、义、礼、智、信五坝，下关就占了仁字坝、义字坝两坝，现在拆迁了，这些东西应该不应该搞个纪念性的东西，让后人知道仁义两坝的遗址所在，知道仁义两坝的历史？这是下关人的历史和文化，也是下关人的骄傲和自豪啊！围绕这些问题，我们一次次找有关部门反映，最终得到了他们的理解。

"客观地说，为了经济发展，下关村作为城郊村或者说城中村，已经有些跟时代不太接轨了。因为杀猪宰牛，一些地方确实存在着脏乱差的问题。通过拆建重新建设，下关村会有崭新的面貌，但是我们想，有的东西，比如下关的一些流传了几百上千年的道路名字，应该尽可能在建设中给我们保留下来，可是建设部门把这些名字全部都取消了，没有一点下关的影子了，我们生活了几千年的下关村，就要从这片土地上彻底地无影无踪地消失了，我们不答应，我们要上访，要向政府部门反映这个问题，我们的这个诉求不过分，我们认为政府应该理解老百姓的感情。"

杨顶顺比起其他几位来说，算是比较年轻了，但那时也是小 60 岁的人了。他说："为了下关村的权益，为了村民们的权益，我们确实没少跑路，跑淮安区，跑淮安市，甚至跑南京。通过向政府部门有理有节反映问题，我们村拆迁中的一些问题，特别是牵涉家家户户利益的问题，基本得到了解决。我们几个是代表下关村群众的，人家说人民群众有力量。只要你反映的问题，是确实存在的问题，一次不成两次，两次不成三次，终究是党和政府的部门，我们就相信问题最终能够得到解决，无非就是我们多跑点路、多磨点嘴。但为了下关村的权益，为了村民的权益，我们都觉得值得……"

他们都认为拆迁中存在的问题确实复杂，确实难以处理，为了解决问题，就向党和政府一次次反映，无非就是多跑腿、多磨嘴、多写材料、多费心血。下关村自古的传统就是仁义，就是豪侠，他们愿意费事费心。只要问题能够解决，哪怕解决了一部分，他们也高兴，村民们也满意。

四位"下关义士"，人人心中无私，人人有正能量。他们始终坚信：天是共产党的天，地是社会主义中国的地，党和政府不可能不维护老百姓的利益，只要是有理有节、遵纪守法的上访，就没有解决不了的问题。

结果证明，事实确实如此。

宋兆和说："下关村拆迁建设时，我们发现不但下关的房子没有了，下关的街道没有了，下关的道路也没有了，连我们'下关路'这个传承了多少年的一条主要道路，名字也没有了。拆迁建设不容易，也不能全由着我们的心意，但它一般的道路也就不说了，你不能不给我们保留一条有纪念意义的'下关路'吧？！可他们建设部门竟然把下关路改成了'镇海路'。下关早都没有海了，过去也没有镇海路，你不保留'下关路'这条多少代人有记忆的路，你搞一个什么镇海路。我们都不同意，我们就找民政局反映。

"在民政局，我们几个人见了他们接待的人。我们就告诉他们：把下关所有的道路名字都取消了，让下关人一点记忆一点念想都没有了。这样下去，下关的后代人都记不得下关了，下关就从我们这代人开始消失得无影无踪了。最终，我们反映的关于下关路的问题，引起了有关部门领导的重视。政府部门答应尊重下关群众的意愿，'镇海路'改为'下关路'。听到这个消息，我们下关群众都高兴，我们几个高兴得都流下了热泪。"

高尚友老先生说："围绕仁字坝、义字坝遗址建设的问题，我们向有关部门不断反映，也引起了政府部门的重视。政府答应，不仅要修仁子坝、义子坝的遗址，而是仁、义、礼、智、信五坝的遗址，都要搞一个纪念性东西，不仅为下关群众，也为整个淮安古城，留下纪念，留下历史，留下文化。

"这个消息，也让我们下关人很是高兴。我们说，政府部门还是听取民意的，也会尊重群众意见，尽最大可能改进工作的。还是那句话，天是共产党的天，地是社会主义中国的地，有问题，有矛盾，只要有理有节地去反映，就有极大的可能，得到满意的解决。"

如今，"下关义士"这几位老人，除了郭汝会老先生已不在人世外，其他三位，依然经常会热心地为村里办一些事情，帮助村两委解决一些群众之间发生的问题，一直兢兢业业地在发挥着自己的余热。

"下关义士"在特定历史时期，为下关村和群众所做出的努力和贡献，已经被下关群众记在了心里。他们的无私，他们的情怀，他们的奉献，其实是下关人性格的体现，也是下关人崇仁重义传统美德的最好传承。

第三节

千年下关说不尽，铭记历史在心头

下关的大拆迁、大建设，让一个古老的村庄、一个古色古香的古镇，从这个城市消失了，不舍和心疼之中，勾起了下关人对下关历史的无比怀念。

下关悠远的沧桑的历史，千百年沉淀的丰厚的文化，还有这块土地上千百年来演绎的无数的传奇故事和人物，都让下关人从心底感到骄傲自豪。

编写《下关史话》的倡导人陈勇说："下关的历史、下关的文化、下关历史上曾经的人物和故事，都值得我们当代人和后代人去纪念怀念。记得住我们下关的历史渊源，我们下关人代代相传，才会从心里找到自信，所以我们就想编写自己村庄的历史。让下关人说下关、下关人写下关，让下关人从此记得住乡愁，记得住文化，更记得住历史。"

《下关史话》编写人之一陈月松说："为了记住下关，记住下关的历史，我们下关村在拆迁中，在微信上成立了三个群，一个是倡导正能量的'下关力量群'，一个是下关书画家诗人为主的'最美下关群'，一个是传播乡土民俗的'下关印象群'。通过这些形式，大家留住乡愁记住根，抒发自己的乡土情怀，让源于内心的骨子里的对下关的热爱、赤诚，形成一股又一股的力量，号召大家关注下关、热爱下关、为下关做事，也提升每一个下关人的思想境界和乡土情怀。"

编写《下关史话》一书的重要策划人之一王爱兵，更是激发自己对下关历史文化的热爱，以赤诚之情对下关的历史进行研究，写下了《下关渡》一文，表达他对下关千年历史的热爱和敬仰。他也想通过这篇文章，让下关人为自己村庄曾经的历史而自豪和骄傲。

在此，特引用他满怀激情的《下关渡》一文，字里行间可见下关人对历史悠远、古老厚重的下关古镇的热爱之情，还有他们引以为荣、道说不尽的骄傲和自豪：

下关渡，通江达海，运济天下，民间有"过关转机，过渡转运"之说。世人将邗沟南连长江的瓜洲渡、北接淮河的下关渡，誉为"江淮两大名渡"。

下关渡，位于淮安府山阳县末口北神堰处，地处淮河之右、邗沟东侧，为淮河下游之重要官渡，故得名下关渡。正德《淮安府志》称"下关渡，在淮阴驿后"，是"南北水运枢纽，东西交通要津"，其始于春秋，终于清末，作为一座曾经在历史上数次"渡国之运"的"中国名渡"，史称"长淮古渡"。

先祖肇启，开天辟地。远古时期，淮河下游因濒临黄海西海岸，拥有丰富的天然淡水、鱼类和森林资源，吸引着先民择岸而居。而面对横跨南北的淮河天堑，智慧的先民为了捕鱼打猎谋生、部落人员往来，创造了扎棍为筏、刳树为舟的漂渡方式；公元前486年，吴王夫差开凿了从扬州到淮安的"邗沟"，在末口修筑渡口，从此大量的军队军粮被运送到中国北方。至此，下关渡建成。

下关渡的南岸到北岸究竟有多长？渡口有多大？渡运量有多少？渡口有多繁华？我们从"下关渡历史大事件"中可略知一二。隋炀帝下江南时，5000艘船10万人的船队浩浩荡荡绵延200余里；两宋年间，《马可·波罗游记》淮安篇中记载："河宽一英里（约1600米）""船舶甚众，并在黄色大河之上""这里鱼的产量也很大"；明隆庆六年（1572），漕督王宗沐试行海运，海船300余艘，装漕粮12万石，从下关首航。每日"千船盘坝装卸，数万漕兵、船工登陆补给""牵挽往来，百货山列""市不以夜息，人不以业名，富庶相沿"，达官纷至，墨客群聚，商贾云集，推动了渡口工商业、手工业、饮食业的发展。

中转枢纽，辽京贡道。秦汉以来，下关渡逐步成为"中国最早的南船北马换乘地"。开皇四年（584），隋文帝下令重开淤塞的邗沟以利漕运，下关渡再度成为"咽喉要道"。日本圆仁和尚在其所著的《入唐求法行礼巡记》中就记载了他随遣唐使归国，在下关渡登陆北上山东登州的历史；南宋时，朝廷在下关渡淮河上搭建浮桥，让数万北方人民以"快稳多"的方式过下关渡迁往南方；元代以北京为国都，旅客及应试举子在下关渡换乘入京；明洪武在南京设都城，漕运总督府在下关渡设淮阴驿、递运所，驿站接待的官员、递运公文的快马、赴京应试的北方士子，辽东朝贡的人员皆在此"南来的舍舟登陆，北来的换马乘船"。明宣德二年（1427）十二月，淮阴驿、递运所移至旧城西门外。从此，下关渡淡出历时千年的"南船北马换乘地"的历史舞台。

"军国费用，取资江淮"。盛唐时期，高丽千人在下关渡从事造船、修船、航海，建"侨民聚居区"新罗坊，迄今尚有"新罗坊遗址碑刻"；明初，淮安知府姚斌、平江伯陈瑄筑仁义双坝，仅限官船漕船通行；漕督王宗沐筑镇海金神庙，其规格之高试行海运，至此，天下漕粮尽于此入京，漕盐亦从此过渡转运。

"吴王夫差北上争霸""秦始皇南巡""隋炀帝下江南""日本圆仁和尚入唐求法""日本国遣唐使11次往返楚州港""赵匡胤攻打楚州城""韩世忠抗金""朝鲜国使臣权近朝贡""李遂抗倭""武进士陈凤元离乡抗清"……下关渡亲身参与了历代王朝关乎国运、府运的重大历史事件，成为一座涉及军事战争、政治外交、贸易往来、文化交流、漕粮漕盐海运河运的国内外著名的"军事要塞""中转枢纽"。

漕运津梁，国家命脉。历经2200多年的沧海桑田，在渡口南岸邗沟末口处集聚了大量依渡而生的商贾劳力，形成以邗沟为界的下关、北神（今新城）两个自然村落，成为淮安城市发源地的两个最早最大的集市，同属中国大运河原点上的两大古镇。

唐初，无数漕粮源于江淮地区，为加强漕运管理，创设漕粮传输的转运史，下关渡成为唐王朝物资转运的重镇。进入宋代，宋太宗在楚州设江淮转运使，把粮食、物资集中储存、中转于楚州下关渡。明代，贯穿南北的京杭大运河成为中国经济的大动脉，而下关渡因地处大运河中部的淮河、大运河交汇口，成为天下交通的枢纽，淮安也因为地位的提升以及社会经济走向繁荣，成为京杭大运河的重镇。

文脉绵延，文韵流芳。"城头鼓动惊乌鹊，坝口帆开起白鸥。"元末明初政治家、高僧、文学家姚广孝在《淮安览古》中如此生动描述下关渡东坝的美景。明洪武二十二年（1389），朝鲜国使臣权近驻淮阴驿时，见下关渡壮丽盛景写诗赞曰："城郭连雄镇，舟车会要冲。地平家满岸，江阔浪掀空。转舰机轮壮，开河水驿重。买羊酤美酒，共醉橹声中。"《水浒传》作者施耐庵，根据下关传说写出《鲁提辖拳打镇关西》的精彩章节；《西游记》作者吴承恩，为淮安名门望族下关东仁陆氏写诗撰铭；"福建文宗，下关陆求可"为世人留下《陆密庵文集》《陆密庵诗集》《月湄词》等在清代具有代表性意义的文学诗词作品。

崇仁重义，先贤辈出；勇于创造，遗产丰富。下关渡这块仁义的土地，曾孕育出众多文豪武杰："名门陈氏""望族陆氏""才臣杨靖""仁商相复""将军陈凤元"等。同时，勤劳勇敢的下关人，在历史的长河中还留下了一座灿烂的非物质文化遗产宝藏："下关舞龙灯""下关十番锣鼓""下关海神庙会""下关制曲工艺""下关酿酒工艺""下关冶炼工艺""下关全牛宴制作技艺"……成为下关一张张亮丽的名片。

波光云影，千帆过尽；生生不息，奔涌向前。

咸丰年间，黄河夺淮入海，河道泥沙淤塞，下关渡圆满完成历代王朝赋予的"过关转机，过渡转运"历史使命，在风雨飘摇的清末，毅然决然退出了历史舞台。然而，下关渡孕育的江淮名镇——下关，兼容了江湖河海之文化，并蓄了中国南北之思想，传承与弘扬了古渡口沉淀千年的中庸之道。最终，让下关这个千年古镇，在势不可挡的中国城市化的历史进程中涅槃重生，以崭新的形象成为新时代中国城中村的一颗璀璨的明珠……

千年下关说不尽，一言一语总关情。

下关人对下关历史的热爱，几乎无法用文字去表达。铭刻于心的那份对下关的历史文化乃至一草一木的热爱，从拆迁之始，就汹涌澎湃地在下关人心中激荡，让他们夜不能寐，让他们为下关的前途命运劳心劳力而心甘情愿。

千百年传承的崇仁重义的文化和性格，让下关人自觉自愿地为下关的前途奔走呼号，源于老百姓内心深处对家乡的热爱，形成了一股生生不息的如江河奔流的澎湃的力量。

第六章

下关人有觉悟，编史话绘长卷

　　《下关史话》在编辑出版的过程中，整个点燃着下关人的乡愁乡情和激情热情，每个下关人都力所能及地愿意为这部书献出自己的一份力量。《下关史话》这部书，虽然是一部民间版村级史书，但它却是古老下关历史最珍贵的文化沉淀，是一份下关历史的见证与回忆。《下关史话》的面世，凝聚了下关人民的集体智慧，倾注了下关民众无私仁义的精神，浓墨重彩地结束了下关古镇千百年历史靠口口相传的不足，填补了下关古镇千百年来有镇无史的重大遗憾，从此让下关的历史文化和仁义精神得以更好地传承。

第一节

凝聚乡情乡愁，下关人编写出版《下关史话》

因为势不可挡的城市大拆迁，古老下关村的街街巷巷从淮安的大地上消失了，取而代之的是一个崭新的城市社区，在原下关村两平方公里的土地上，除了建起了各种各样的商业大楼外，还建起了10个住宅小区。

在这片土地上，除了下关人费尽心血和感情找到很多部门理论，才争取恢复保留下来的"下关大道"和"仁义二坝"遗址外，古老下关村一切的一切，都淹没在城市的繁华之中了，再也很难找到它的影像和踪迹了。

夜晚的灯火阑珊和白日的车水马龙，一条条宽阔的大道和一座座高耸的大楼，都无法遮挡下关人对那个消失的老下关村的怀想怀念之情，那份浓浓的无法遮挡的乡愁乡情时不时就会涌上下关人的心头，那种苦辣酸甜的味道感觉无法用语言去描述和形容。

这就是源于下关人内心深处的骨子里的对故乡的热爱和赤诚。

老下关村虽然不在了，但它在下关人的心里却永远无法抹去。不光是老一代人有浓厚的思乡之愁，就是年轻的一代人，也时时会满含着深情去怀想他们心中的下关村，那个留在他们儿时和青少年时代记忆里的下关村，老下关村的一枝一叶、一点一滴、一砖一瓦、一草一木，也铭刻进他们心中最柔软的地方了。

那是2023年4月，在温暖的阳光里，年轻的一代下关人，他们来到了下关村史馆，大家坐在一起，说老下关的事，回忆那份最温馨最浓烈最难忘也最亲切的乡愁。

他们每个人都为《下关史话》的编写，奉献了自己的力量，有钱出钱，有力出力，从心里愿意为《下关史话》的编写出一份力。因为这本书，不仅诉说了下关人的乡情和乡愁，也写满了下关人的光荣和骄傲。

说起下关，每个人心里都有喜悦、激动、骄傲、自豪和隐隐的惆怅。不是下关人，很难真正明白并深切体会下关人对老下关的那份浓烈如酒的怀念怀想之情。

王炳军说："老下关就长在我们的心里，我们一辈子不会忘记。老下关的街街巷巷、条条道路、茶楼饭店、文物古迹都刻在心里了。虽然老下关拆迁了，但是我们一辈子不会忘记。"

朱庆华女士说："我们的根，我们的魂，我们的情，已经潜移默化融入老下关的一砖一瓦中了，甚至街道上的那些树木，也长进了心里。想到下关街上这样那样好吃的东西，至今心里还甜蜜蜜的。"

徐晨爱女士说："老下关的街街巷巷，都很有烟火的味道，那里都是生意，各种各样的商品，真是琳琅满目，买什么，要什么，什么都有。老下关人的生活也很富足，古色古香的古镇，古色古香的店铺，熙熙攘攘的人群，车水马龙的生意，叫人难忘，叫人回想。"

王顺操是下关王氏后人，现在下关开着一家饭店，名叫"王府家宴"，因为菜品质量好，生意非常红火。他特别怀念老下关原来的"王氏小楼"，就是那个文人雅士常常聚会、把酒吟诗的地方。他说："有机会我一定把'王氏小楼'恢复起来，让下关人重新找回那个难忘的年代，为这里曾经的繁华和文化而骄傲。我们村现在有蔡峦书记这样的好书记，帮我们建起了村史馆，出版了《下关史话》，我们心里得到了满足和安慰。"

林大鹏也做着自己的生意，虽然做的是小吃，但生意依然很火爆。他说，自己之所以做生意，其实就是受老下关的影响，老下关在过去就是商业文化非常发达的地方，每一个人从小就会受到商业文化的浸染。下关村被拆掉了，现在时常会想起老下关那烟火繁华的街道，想到老下关熙熙攘攘、车水马龙的生意景象，可能仔细品味，老下关的街道里，声音嘈杂而繁闹，但是却诱人而难以忘记。我们之所以都愿意为编辑出版《下关史话》出钱出力，就是想留住这份乡愁乡情。所以《下关史话》的编写，是功在当代、利在千秋、惠及后人的好事儿。

林大鹏说起来还意犹未尽，那时下关大街多繁华呀，老人老去时，都必须要抬着棺木从下关大街走一圈才能下葬。那时下关大街上有做"全牛宴"等好吃的饭店许多家，吸引了淮安城和四面八方的客人。还有下关村的澡堂子，只要一块钱的门票，真是便宜。还有戏园子，唱着淮剧，卖着瓜子、花生等小吃，下关村不管你走到哪里，都有热热闹闹的烟火气。

30岁的陈吉，也在下关村做着小生意，而且他的早餐生意做得风生水起。早上把生意做定，下午就去休闲，同时准备着次日生意的原材料，生活和生意安排得井然有序。他说："虽然我年轻，我也是在老下关村里长大的，老下关村里的一切，我都有印象。那个建于清末的'日新池'澡堂，我也知道。下关村的剧场，下关村的羽毛球场，下关大街上琳琅满目的生意店铺，都给我留下了深刻的印象。那青灰色的一街两排的店铺房屋，那一条条宽窄不同的大街小巷，那人声嘈杂、车水马龙的景象，太难忘了。"

下关人这种浓烈的乡愁乡情，注定了编辑出版《下关史话》的人文价值和史料价值。在这种情况下，下关一群心怀赤子之情的人，一群有觉悟、有思想的人，由陈勇、陈月松、王爱兵等人牵头，发起了众筹编辑出版"下关人说下关，下关人写下关，记住乡愁留住根，怀想下关根脉历史"的《下关史话》一书的行动，得到了下关村民的热情支持。

首先是发动有文字功底的下关人，逐个采访下关的老人们，听他们讲述下关的人物和故事，在陈勇、陈月松、王爱兵等人的率先垂范下，一篇篇书写下关历史文化和人物故事的文章出笼了。这个编写《下关史话》的活动，后来影响越来越大，以至整个淮安市的很多文化人都参与其中，像陈凤雏、金志庚、徐爱明，他们都是淮安市史学界鼎鼎有名的人物。

那段时间，作为淮安市淮安区历史文化研究会会长的金志庚老先生，正在主编《淮安古镇》丛书，当时不知道下关人自己正在编写《下关史话》一书，所以这部丛书并没有将《下关史话》纳入出版计划。当他通过王爱兵知道下关人正在编写《下关史话》时，对于这本书的文化价值、史料价值非常认可，立即决定将这本书纳入《淮安古镇》丛书出版计划，并爽快答应为这本书写序。

陈凤雏老先生是淮安市地方志办公室原副主任，是老下关人，人们尊称他为"陈三爷"。当王爱兵他们拜访他，告诉他下关人要编写自己的村史《下关史话》时，他又高兴又激动，表示自己作为老下关人，一定要大力支持，并为这本书写前言和其他文章。

年近80岁的"陈三爷"慷慨而言："我是下关人，有生之年，能有家乡人领头出一部家乡史书，分外高兴激动，我定当全力支持，责无旁贷。"陈三爷的话，让下关这些年轻人备受鼓舞。

徐爱明先生是淮安市淮安区历史文化研究会副会长，是一位文史研究方面的专家，对下关人自己满怀热情激情编写自己的村史，感到非常敬佩。他后来积极参与其中，以文史研究者的身份，热情诚恳地指导下关人编写此书，还应邀根据自己所掌握的下关村的史料，为这本书写下了好几篇非常有史料价值的文章。

还有下关村80多岁的村民陈庆元老先生，他如今依然耳不聋，眼不花，说话清楚，是下关村百年沧桑的"活化石"。他这一生，见证着下关村近百年来的沧桑巨变，下关村的一砖一瓦、一草一木、一人一事、一街一铺，和下关村百年来的兴兴衰衰、起起落落、熙熙攘攘、繁繁华华，早已随着风雨岁月都刻进了他的心里。当年轻人向他汇报说，他们要编写《下关史话》一书时，他热情极高，大力支持。不但热诚地给年轻人讲下关的历史往事和人物故事，还自己亲自操笔写了好几篇讲述下关历史的文章。

金志庚、陈凤雏两位老先生先后答应为这本书作序和写前言，陈庆元老先生和徐爱明先生对这本书的大力支持，对陈勇、陈月松、王爱兵等人编写出版《下关史话》，起到了巨大的鼓舞作用。

《下关史话》在编辑出版的过程中，整个点燃着下关人的乡愁乡情和激情热情，每个下关人都力所能及地愿意为这部书献出自己的一份力量。

这本书的重要策划人王爱兵提到在编写这本书的过程中，他们还得到了淮城镇政府的支持。当听说他们要众筹出这本书时，就给他们支持了 1 万元的资金。

"蔡峦书记上任不久，就听说了我们编下关史书的事情，蔡书记找我们聊天，问我们有什么困难需要她帮助解决，表示一定会全心全意地支持我们编辑出版这本书。半个月后，蔡书记叫我见她，然后就交给我两万多块钱。这钱她不是从村里出的，而是从社会上化缘筹集来的。蔡书记的这个举动，我们真的没想到，她这样做，一下子就感动了我们。这个事情之后，我们就跟蔡书记非常融洽了，有什么事情有什么进展，我们都主动跟她汇报，有什么困难，我们也敞开心扉跟她说。"

王爱兵还激动地说："编辑出版这本书的过程中，我们采用的是众筹的办法筹集出版费用，村民们这个 200 元，那个 300、500 元，那个 500、1000 元，我们很快筹集了 8 万多块钱。截至 2016 年 11 月 18 日，通过在线上线下众筹的方法，得到了来自社会各界与下关父老乡贤的爱心支持，最终筹集出版费用合计达到 123900 元。"

回想编书出书的过程，几位领头人付出了巨大的心血。

2015 年年底，为了全身心投入到写史筹备工作中去，陈勇不顾家人的反对干脆任性地辞掉了工作，王爱兵也放下可观的收入投入到史书的编纂工作中，众多有识之士也无私地给予支持。可以说，编辑出版《下关史话》这本书，真正地激发了大家对下关村的热爱之情，凝聚了下关人骨子里那份浓浓的乡愁乡情，也调动了下关人建设下关、爱我下关的积极性。

2015 年 12 月 23 日，他们通过公益众筹方式顺利举办了第一次下关文史资料征集工作座谈会；2016 年 3 月 1 日，他们在下关社区两委的支持下成立了《下关史话》编纂委员会办公室；2016 年 4 月 9 日，举办了第二次下关文史资料征集工作座谈会；2016 年 4 月 20 日，在文史专家的支持下顺利举办了《下关史话》资料编辑分工座谈会。

书山有路勤为径，学海无涯苦作舟。经过两年多的时间和众多有识之士的帮助，下关人呕心沥血、寄予厚望的一本村史书，终于在2016 年年前编辑完成了。

《下关史话》这部书，除了序、前言和附录三部分外，分"漕运津梁""镇海中枢""武术之乡""名人先贤""历史风貌""老街老巷""宗教习俗""美食名镇""特色产业"篇章，计九大部分内容，收录各类文史文章百余篇、图片 96 幅，总字数达 30 万字。在金志庚老先生的帮助下，最终纳入《淮安古镇》丛书，交由中国文史出版社于 2016 年12 月正式出版发行。

《下关史话》这部书，虽然是一部民间版村级史书，但它却是古老下关历史最珍贵的文化沉淀，是一份下关历史的见证与回忆。《下关史话》的面世，凝聚了下关人民的集体智慧，倾注了下关民众无私仁义的精神，浓墨重彩地结束了下关古镇千百年历史靠口口相传的不足，填补了下关古镇千百年来有镇无史的重大遗憾，从此让下关的历史文化和仁义精神得以更好地传承。

第二节

拳拳之心为村史作序，引经据典为下关代言

2016 年 12 月 18 日，下关村在淮安金陵宙辉国际酒店举行了盛大隆重的《下关史话》新书发布仪式。

这次活动由淮安区历史文化研究会、《下关史话》编委会、中国众筹联合会主办，由下关村民委员会、吴承恩文化研究会联办，由江苏智慧城文化传媒有限公司、中访网、环球活动网、中国书画摄影网承办，由此开启了"《下关史话》全国首发式暨国内首起编史众筹案例"诞生的盛典。来自北京、上海等地的社会各界嘉宾和淮安社会各界人士共计 500 多人，共同见证了中国首起众筹编纂村级史书并出版发行的这一经典案例。

这件事在整个淮安引起了轰动，淮安社会各界因此都知道了下关村，知道下关村自己编纂并正式出版了一部村级史书《下关史话》，这为下关人赢得了无上的荣光。

淮安人评价说，这本书不仅是下关人编撰的，而且有多位淮安的文史研究专家也热情参与支持，特别是金志庚和陈凤雏两位老先生，是淮安文史界举足轻重的人物，他们都分别热诚地为这部书作序和撰写前言，成为《下关史话》这部书浓墨重彩的点睛之笔。

在此，特摘录两位老先生的序和前言，以飨读者。

序

淮安市淮安区历史文化研究会会长 金志庚

淮安，南接长江，东濒大海，西近洪泽大湖，北连齐鲁宝地，距淮安城十五公里的青莲岗文化遗址告诉我们，早在

新石器时代，人类便在这里繁衍生息了。

淮安，秦时设县，晋代筑城，而早在春秋战国时期，吴王夫差为北进中原，从邗城（今扬州）引长江水到淮河，开了一条人工河，到淮安时为末口，古称邗沟。后到隋代，隋炀帝在邗沟的基础之上又开凿了运河，经历代王朝不断开凿疏通，成了连接长江、黄河、钱塘江、淮河、海河五大水系的京杭大运河。而坐落在运河中段的淮安，便成为运河线上的重要都市，并逐步成为历代郡、州、军、路、府的驻所，为苏北的政治、经济、文化之中心，古人称之为"南必得而后进取有资，北必得而后饷运无阻"的重镇，诗人誉其为"襟吴带楚客多游，壮丽东南第一州"。

悠久的历史渊源，丰厚的文化底蕴，为这里孕育了众多的文豪武态、俊彦人才，也留下了许多历史遗存和名胜古迹。自朝廷在这里设立漕运总督机构，又相继设立了钞关、盐关，以致这里成了运河之都、漕运要塞、盐榷钞关、美食之乡、造船中心。明清时期，淮安尤为繁华，据志书载："淮城内外，烟火数十万户。"由此推算当时的淮安城内外，官衙吏员、守漕官兵、商民书生加地方居民应不下百万人众，可谓盛极一时。

而居其东侧的下关镇，同样拥有千年的历史，同样因邗沟开凿、运河开通而繁盛。下关得名于下关渡，明宣德二年（1427）之前的淮阴驿设于此，后又称柳淮关、柳淮乡。下关在运河线上的历史地位不容小觑。邗沟开凿到了淮安末口（即淮河南岸），因有淮河阻隔，南来船只必须盘坝入淮，故在此设立"仁、义、礼、智、信"五坝。居于淮河岸边的下关，自元代即在此设立下关渡，下关递运所、淮阴驿等航运管理机构，明平江伯陈瑄开凿清江浦后，漕船可直通淮河，免去了盘坝之累，下关地位才有所丧失。

尽管一些漕运递转机构，包括淮阴驿迁出，但下关小镇的繁华似未消亡。那古朴幽深的街巷，精巧别致的小石桥，印满历史履痕的石板小路，沿街的商铺店肆，特别是有地方传统的屠牛作坊，都在诉说着当年的辉煌。直到20世纪80年代，我进城工作以后，也曾数次到下关游览，那充斥着历史人文的小街，仍续写着繁华和喧腾。

全国人大常委会原副委员长、我们的乡贤许嘉璐先生，应我之求，为我主编的《淮安历史文化丛书》作序，他说："故乡对于每个中国人都可谓牵肠挂肚，有着割不断的情丝。"下关人亦然，当下关小镇不复存在之时，当地的几位有识之士便酝酿出一本记述下关历史的小册子，以给后代留下一个故土的记忆。由陈勇、王爱兵众筹发起，得淮城镇与下关村委会领导的关心，特别是下关乡亲们的大力支持，即开始圆下关出书之梦。

作为担负着淮安区历史的挖掘、整理、研究之任的区历史文化研究会，这些年来，我们与区政协文史办一起连续出版了数十本记述淮安人文历史的丛书。我一直在想，在整理、研究淮安城历史人文的同时，将本区内几个有人文底蕴的古镇文化也挖掘一下，并整理成集。下关人的动议，立刻与我会一拍即合，我们及时召开了文史专家会议，连同下关地方文人，一起将此书定名为《下关史话》，并组织文史工作者撰文。

《下关史话》分为"漕运津梁""镇海中枢""武术之乡""名人先贤""历史风貌""老街老巷""宗教习俗""美食名镇""特色产业"共九个篇章，较全面、翔实地记述了下关人文历史和地方特色。此书，不仅是一本难得的乡土教材，更是一部可融入地方史库的记忆之作……

前　言

淮安市地方志办公室原副主任　陈凤雏

　　古镇下关，位于原淮安府旧城东北、新城东门外，今翔宇大道与楚州大道交会处。明初称下关渡，正德年间称柳淮关，时府志载："柳淮关，在郡城东门外，即下关，又称柳淮乡。"嘉靖年间称柳浦湾。万历年间称柳淮关厢，又称下关市。清代时设柳淮关街，称冶市。又设镇海庄坊，柳淮乡仍存。民国年间称下关镇。1948年12月民主政府成立两淮市时，设下关区。新中国成立后，称下关镇、下关居委会、下关村，如今称下关社区。

　　明代初期，下关最为兴盛，不仅淮阴驿、淮安递运所设于下关，时漕船入淮（黄）河之仁、义坝，亦在其地。洪武二十二年（1389），朝鲜国使臣权近经过设在下关的淮阴驿，作诗云："城郭连雄镇，舟车会要冲。地平家满岸，江阔浪掀空。转舰机轮壮，开河水驿重。买羊酤美酒，共醉橹声中。"读罢此诗，令人想见下关当时的风貌。

　　明永乐十三年（1415），陈瑄筑清江浦，漕运改道。宣德二年（1427），淮阴驿与淮安递运所遂移出下关，然仁、义坝尚保留，以备清江浦淤塞，仍可通过漕船。此时下关经济，当受重大打击。明隆庆五年（1571），漕抚王宗沐因运道梗阻，遂创河海并运之议，试行海运，乃建镇海金神庙于下关。

　　明嘉靖中，倭寇数次侵犯淮安，由于其从海上来每次都首先攻打淮安东门，下关首当其冲。嘉靖三十八年（1559），倭寇自庙湾海口登岸，至淮安城东樱桃园，杀伤不少军民，大河卫萧指挥、苏千户皆阵亡。淮扬巡抚李遂遂设伏于柳浦湾（下关），又掘坑数百于姚家荡，然后令参将曹克新等出兵猛击，倭寇退至柳浦湾，伏兵齐起，长驱至姚家荡，遇坑即仆，倭人足不甚敏捷，既仆遂不能起，于是尽歼其众800余人，并就坑埋葬，筑土成墩，名"埋倭墩"，并建报功祠于其上。下关人民在这次战争中，做出重大贡献，狠杀了倭寇的威风，显示了"镇海"的威力。

明、清两代，下关人得淮北盐引批验所设于河北及淮北盐运分司驻于河下之利，故多以盐业为谋生手段。明末，漕督路振飞练民兵义勇，淮安七十二坊，人人鼓勇，路振飞皆受赏赐，"淮河北、下关两坊，每社三四千人，尤精猛绝伦，盐搭手也"（明吴腾《淮城纪事》）。此记载一是反映了下关人充当盐搭手人数之多，二是反映了下关人传统的尚武精神。盐搭手是力气活，故下关人业余时间，喜欢玩石担、石锁、石猴，乃至耍刀弄枪，下关成为有名的武术之乡。

此外，下关人还利用城乡接合部的优势，发挥粮食、柴草、蔬菜、肉类食品集散地的作用，并推进工艺品的生产。明代即设有下关市（"市"谓"市场"之意），清代下关为冶市，主要从事铁制品生产，主要铁制品为农具、漕运造船用铁钉等构件，及河工、盐业所用的铁器。下关铁匠店之多，一时称最。

清末纲盐改票后，下关大批从事盐业的人员失业，下关经济遭受重创。但下关人自强不息，在激烈的生存竞争中锻炼自己的聪明才智，多向选择寻找就业门路，重点发展屠宰业、粮食业、农业、商业，有条件的人家发展手工业及工艺品加工。据下关老人陈庆元统计，在新中国成立初期，除农业外，下关人从事的行业有85种之多。街上戏园书场、面馆酒楼，应有尽有……

无论是金志庚老先生的序，还是陈凤雏老先生的前言，都倾注了两位老人的心血和感情，他们以拳拳之心，引经据典，历数古今，将下关的历史和人文满含感情地书写梳理，呈现给世人的是一个历史悠久、文化厚重而又前途光明的下关，令人受益良多。

第三节
巨幅《盛世下关图》，呈现古镇厚重历史根脉

《下关史话》的出版发行，如燃起的一堆熊熊的火焰，点燃了下关人对历史上的下关古镇，那曾经的辉煌岁月的更加浓烈的怀念和怀想之情，那些有文化有知识有才华的老下关人，开始循着乡愁乡情找寻下关古镇历史文化的根脉。

在这些乡愁乡情十分浓烈的老下关人当中，作为淮安当地著名书画家的张万松先生，算是老下关人中的一个典型人物，他用自己手中的画笔，呕心沥血，九易其稿，最终于2019年为下关村绘就了一幅书画长卷《盛世下关图》。

画家张万松先生今年60多岁，人看上去瘦瘦的、高高的，很是疏朗精神。在他的画室里，墙上挂着几幅他为下关历史遗迹所画的作品，书柜里还有他画《盛世下关图》时所打的几幅草稿。对于自己呕心沥血绘就的长卷《盛世下关图》，他忘记了自己日日夜夜曾经付出的那些心血，如今内心只有欣慰和高兴。

他说："作为一个老下关人，看着王爱兵他们一群年轻人为下关做事，无怨无悔，无私付出，奔波采访、编辑出版《下关史话》，给下关村做出这么大的贡献，带来那么大的影响，我跟我们很多下关人一样，内心非常感动，总想用自己的能力、特长，也为下关村做点什么。后来，就想用自己手中的画笔，画一幅画，画一幅巨画，表达下关历史上的辉煌时代，借此寄托我们下关人浓浓的乡情乡愁，追寻我们下关人厚重的历史和文化的根脉。"

"一想到这件事情对于下关村和下关人所具有的价值和意义，我自己就激动得夜不能寐。于是，从 2017 年开始，我的情感，我的生活，我的读书，就与这件事紧密相连了。"张万松说，"于是，我开始寻访老下关人，了解下关曾经辉煌的过往；开始翻阅史书，查找历史上下关的风土人情、文物古迹、繁华商贸、市井百态、地理景物、民间文化等等；凡与下关有关联的一切，我都感兴趣，我都进行重点记录和研究。"

张万松最后激动地说："功夫不负有心人。经过几年精心的准备工作，2019 年，我利用半年多的时间，九易其稿，最终完成了这幅心中酝酿了几年时间的巨幅画作，并定名为《盛世下关图》，完成了自己一桩最大的心愿。再后来，就决定把这幅呕心沥血之作，捐赠给我们下关村，让更多的下关人，通过观赏这幅画，为自己村庄曾经的辉煌历史感到骄傲和自豪，也让更多看到这幅画的社会各界人士，对下关有一个更深刻的认识。"

下关文化志愿者、《下关史话》一书重要策划人王爱兵说："像张万松老先生这样的艺术家，其实在下关还有很多，他们以各自擅长的不同的艺术形式，一直在表达着对下关的热爱。不仅如此，下关人的行动还感动了淮安各界的艺术家们，他们也自觉自愿地为下关做贡献。从 2020 年的一场捐赠活动中，就能发现这种感动人心的场面。"

让我们在这里，重回当年在下关村举行的那场捐赠仪式，看看这些艺术家为下关所做的贡献……

2020 年 3 月 27 日，淮安新闻媒体《城市快看》特约通讯员蔡国华、王爱兵二人，以《爱心画家向下关捐赠反映重大历史题材的美术作品》为题，报道宣传了张万松、翟立中两位艺术家向下关村捐赠画作的感人场面：

2020 年 3 月 25 日，下关书画家张万松，职业画家翟立中来到下关历史文化展览馆，向淮安区历史文化研究会会长金志庚、淮城街道下关村党总支书记蔡峦，捐赠了一批反映下关重大历史题材的美术作品。

活动现场，翟立中捐赠了三幅素描作品。作品《孙中山家宴周恩来，金焕珠奉厨》，是翟立中根据《下关史话》里《下关名厨轶事》记载的"1920年起，淮安下关人金焕珠等在国父孙中山府上掌厨，1924年下半年，孙中山在广州家中用'虎皮扣肉''软兜长鱼'等淮扬名菜，设宴招待旅欧回国的周恩来，并介绍老乡之间认识"的历史故事进行创作的。

作品《宋平接见朱炳洪》，是翟立中根据1990年元月12日《淮安日报》头版头条刊登的"中央政治局常委、中央组织部部长宋平在国家计委副主任刘中一、中组部秘书长蒋振云，江苏省人大常委会主任韩培信、省委组织部部长顾浩，淮阴市委书记黄冰、代市长姜立宽等陪同下，来淮安调研时，听取下关村党支部书记朱炳洪关于《如何加强基层党支部战斗堡垒作用》的汇报"的事实创作的。

作品《抗美援朝烈士杨善文》，是翟立中根据淮安民政部门关于"在抗美援朝战争1951年6月10日一次阻击战中，下关人杨善文英勇牺牲，1981年编入《烈士英名录》，现英灵安息在朝鲜中国人民志愿军烈士陵园"的档案记载，又征集烈士后人的肖像资料后创作的。

其间，张万松捐赠了一幅长卷作品《盛世下关图》。下关本土书画家张万松，历经三年，九易其稿，呕心沥血创作了长卷《盛世下关图》。

该作品张万松用三年时间收集资料，于2019年历时半年创作而成。该图为当代风俗画，高39厘米、宽999厘米。作品以长卷形式，再现了古镇下关明代时期的历史风貌和市井人物的生活状况，同时也展现了下关境内的仁义二坝对淮安的政治、经济、军事、文化所产生的深远影响。

长卷分为三个部分。第一部分,《盛世下关图》长 299 厘米,作者共描绘了 221 位市井人物,房屋 273 间,庙宇 7 处、坝口 2 处、牌坊 3 座、桥梁 4 座,漕船民船 19 艘,车轿和牲口等。

第二部分,作者书写了当代诗人赵庆生撰写的《下关赋》全篇,计长 399 厘米、1246 字。赋文开头从春秋战国时期下关的诞生、唐宋元明清时期下关的兴盛、民国时期下关的衰落、新中国成立至改革开放后下关的再崛起,全面阐述了古镇的千年沧桑以及华丽转身。

第三部分,预留空白题跋处 301 厘米,现有市诗词协会会长苟德麟、市历史文化研究会会长曹启瑞、区历史文化研究会会长金志庚亲题。作者通卷采用字画珠联璧合的方式,完整地诠释了下关作为"漕运津梁""镇海中枢""军事重镇""尚武之镇"之历史地位。

蔡峦在接受捐赠时说:"翟立中老师的三幅作品丰富了我村的馆藏,表现了勇敢奋斗的下关人民始终在为国为民流血流汗,对于我村来说具有重要的历史价值和现实意义,将把红色下关的研究推向一个崭新的阶段。张万松老师的《盛世下关图》,是作者作为一名下关村民,为建设'仁义下关'主题文化社区倾心奉献的力作,也是一幅当代下关人'梦里乡关'的精神寄托。该作品的问世,是下关文化志愿者甘于奉献、崇仁重义的精神写照。我代表下关人民感谢你们!"

金志庚在座谈时说:"这四幅作品及相关的研究成果的展示,说明下关的文史研究又取得了一个突破性进展,尤其是国父孙中山与周总理在广州、宋平在淮安这些珍贵历史,下关人能参与其间,证明了下关人在各个历史时期曾经做出了了不起的贡献。"

据悉,活动期间,金志庚、蔡峦分别向翟立中、张万松颁发了收藏证书，下关村党支部原书记朱炳洪、区历史文化研究会副会长徐爱明、《下关赋》作者赵庆生及相关历史事件中的后人参加了活动。

《盛世下关图》所题写的《下关赋》的作者是诗人赵庆生，他应邀参加了这次捐赠仪式，他对画家张万松这幅长卷很有感慨。

他说："《盛世下关图》在淮安的绘画史上是空前的，张万松先生独具匠心地将鄙人撰写的《下关赋》与书画合璧，完整地诠释了下关历史风情。《盛世下关图》描绘了221位市井人物，273间房屋，7座庙宇，2处坝口，3座牌坊，4座桥梁，和车、船、轿等运输工具及马、牛、驴、猪、羊、狗、猫等不计其数，并再现了新城的'望洋门'，展示了明清时代的建筑特征。"

赵庆生还说："整幅《盛世下关图》，场景气势磅礴，淋漓尽致；人物栩栩如生，呼之欲出；脉络纵横交错，纤毫分明，堪称一幅新时代的'下关清明上河图'，从中寄托了下关人'梦中雄关'的历史记忆与乡愁，具有较高的研究价值和艺术价值。"

在此，亦将赵庆生先生气象宏大、激荡铿锵的《下关赋》文词，呈现给读者：

> 天地玄黄，宇宙洪荒，淮夷之地曾沧海；旸谷跃升，虞渊引落，化外之洲变桑田。时在春秋，天下纷争，吴夫差中原争霸；邗沟开筑，淮水交集，古末口应运而生。于是乎，古渡长淮通江海，辽京贡道设下关。

> 下关，古称下关渡，亦称柳淮关，有镇海庄之谓，地处淮安城之东北。东乡孔道，一桥之隔，与新城东门比邻相望；一水连通，扼守北辰，与古镇河下遥相呼应。似人之股肱，如鸟之双翼，共同构成郡城之拱卫，实古楚之门户。乃重镇也。

扼辽京户枢，引洞河之水，居盘坝要塞，守三河入淮。东西锁钥，南北关津，自古即为交通枢纽之地，商业集散中心。淮河通大海，邗沟过北辰，江淮交汇渡口；南船换北马，舟车会要冲，盐粮输送码头。"耳听船夫吴歌软语，眼观货物堆积如山。"仁义礼智信，五坝格外忙，仁义诚为首，坝设柳淮乡。下关者，真漕运津梁也！可谓，仁坝扼天下，千里一雄关。

铺驿路长长，黄尘车急急。驿骑如流星，一驿过一驿。淮阴驿栈远，接待三韩客。递运在城东，皇华何显赫。山高水长，鱼书遥递；连天烽火，雁信远传。君不见："六月鲥鱼带雪寒，三千里路到长安。"

江淮要津，镇海中枢，朝鲜人侨居新罗坊，遣唐使进出楚州港；盘坝入淮，通江达海，金海神庙关乎平安事，望海楼台遥望出海人。君可知：新罗人在中国之分布以下关为中心，日本圆仁法师数次"入唐求法"亦经下关，而漕粮海运之肇源即在下关乎？楚州港，乃东方大港也，下关渡，乃漕粮海运之第一渡也。

文风昌盛，先贤辈出，文人墨客南北必经之地；秦楼楚馆，月朗风清，"王氏小楼"独占文华一胜。忠心磊落，智略过人，杨仲宁就职于户部尚书；明朝灭亡，清军入关，陈治安尽节于"甲申之变"。天资聪颖，悬壶济世，江杏农弘扬"山阳医派"；辛亥革命，功勋卓著，江来甫捐躯沙场。

报效江山，守护家园，协助沈坤抗击倭寇；民风强悍，急公好义，下关义勇声名远扬。家学渊源，功夫过硬，陈凤元进士出身；擂台比武，智斗松尾，谢碧魁为国争光。除凶斗恶，匡扶正义，赵匡胤两个铜钱治理"一刀准"；沉着冷静，见义勇为，梁红玉一身功夫扳倒疯奔牛。下关乃尚武之镇也。

街以龙形，逶迤盘踞，里巷为爪路为鳞，下关自古有灵气；商铺云集，鳞次栉比，富商巨贾通四海，以街为市富一方。经济繁荣，百业兴旺，酒楼驿栈，屠市茶坊，全牛宴席，皮肚飘香。锦衣玉食，誉满淮扬。下关乃美食之乡，千古繁华富庶之地也。

"刘伶台下稻花晚，韩信庙前枫叶秋。"杜康桥塊尝新酿，一棹樱桃园里舟。下关乃风景名胜之地耳！

堂子巷、和合巷、安乐巷、卜家巷、杀猪巷、宰牛巷、东晋巷、关帝庙巷，乡邻和睦遍仁里，古镇自有特色；水月院、昭恤院、如意庵、吉祥庵、地藏庵、东晋庵、火星庙、金海神庙，文化昌盛传薪火，乡土充满神奇。

俱往也，昔日下关，无限风光，千秋历史，尽显辉煌。然黄河夺淮，运河改道，昔日之下关，历尽沧桑，日渐衰败。恰逢城市化改造，千古名镇，将华丽转身，下关旧貌已然不再，惜乎？幸乎！欣看今日之下关：如重生浴火，涅槃凤凰，尧天雅奏，兰殿呈祥。而明天之下关，必将前程锦绣，再续华章。吾辈当拭目耳。

如今，诗人赵庆生的《下关赋》，随同画家张万松这幅巨作《盛世下关图》，就珍藏在下关历史文化展览馆里。下关村还根据这幅长卷画作复制了一幅巨画，精心大气地制作悬挂在下关村文化广场上，已经有无数人观看过这幅震撼人心、珠联璧合的"下关图"了。

画家翟立中先生所捐赠的那三幅珍贵画作，如今也珍藏在下关历史文化展览馆里，为这里增光添彩。

两位画家的四幅精品画作与一位诗人的一篇大气磅礴的辞赋，受到了无数人的观赏、品味和赞扬，为下关村传承历史文化的根脉发挥着无可替代的作用。

第七章

担重任到下关，破困局谋发展

在淮安区乃至淮安市各级政府部门的支持下，下关村发展得非常好，老百姓很是满意。如今，在下关村两平方公里的区域内，不光建有十个住宅小区，还建起了红军小学、淮安汽车站、万达广场、金陵国际大酒店、江苏省淮安中学、欣天地广场；村子里也建起了残疾人服务中心、下关村村史馆、居家养老服务中心、党群服务中心、村民文化娱乐广场等等；下关村还成功打造了"仁义下关"主题文化社区，让"仁义下关"村很快成了淮安市和苏北地区的文化明星村。作为下关的村民，他们的内心不仅充满了荣誉感、自豪感，也有满满的责任感……

第一节

听党组织的安排，任职困难重重的下关

下关村的拆迁工作一直进行到 2016 年。

2016 年 5 月，下关新二中拆迁工地即将完成。此时，作为拆迁组第五组组长的蔡峦，心里有些轻松了。一是拆迁工作基本完成；二是有一件重要的事情要到来，那就是她马上要到退休时间了。

这几年的拆迁工作，让蔡峦费尽了心血感情，她自己感到确实有点累了，如果能早点退休，就好好地享受一下轻松的退休生活，不需要为工作的事情夜不能寐、忧心焦虑了。

蔡峦清楚地记得，2016 年 5 月的一天，她来到淮城街道宋玮书记的办公室，有点高兴地对宋书记说："书记，我马上要退休了！"

宋书记听了，头都没有抬，过了好一会儿才说道："哦，晓得了！"然后就没有词儿了。过了一会儿，宋书记说："我忙着呢，你该干吗干吗去！"

宋书记的态度，让蔡峦有点摸不透。她到底没有弄清楚书记的意思，是反对她退，还是支持她退？感觉好像是不太支持。蔡峦走出书记的办公室，看看天，看看地，看看远方，想了想，心里说，算了，反正报告书记了，只管办手续吧。

2016 年 7 月 1 日，下关的拆迁工作胜利完成，拆迁指挥部决定在这天举行庆功宴。在庆功宴举行之前，蔡峦又一次找到了淮城街道的一把手宋玮书记。她找宋书记的目的，是要明确告诉书记，她退休手

续办好了，要准备退休了。

那天，太阳很暖，天气很晴朗，蔡峦的心里也很爽朗。

宋书记的办公室的门开着，她看到了宋书记，宋书记也看到了她。她轻轻地走进书记的办公室，然后有点喜悦地对宋书记说："宋书记，我马上要退休了，您早点安排人接替我的工作吧。"

不承想，宋玮书记听了她的话，抬头看了看她，然后慢吞吞意味深长地说了一句："哦，退了？！"

蔡峦说："书记，我的淘汰证（退休证）到手了。"

宋书记此时盯着蔡峦好一会儿，然后不紧不慢地说道："这个事情，明白不明白？退不退，不是你说了算的！该怎么工作你还怎么工作，到你退时，组织上会找你谈话的。"

蔡峦一听，书记是不想让退啊！她赶忙补充说："我的'淘汰证'真的已经拿到手了，我真的马上要退休了。"

宋书记又看了看她，朝她挥挥手说："你该干吗干吗去，退不退休不是你考虑的事情。该干吗干吗去，别在这儿耽误我工作。"

蔡峦只好走出书记的办公室。她看看天，看看地，看看远方，到底弄不清楚宋书记葫芦里卖的什么药。心里说，过几天再说吧，等组织上通知退休吧。

蔡峦等来等去，等了半个多月。组织上真的找她谈话了，心说，这回好了，要退休了，要退休了，可轻松轻松吧。

但让蔡峦意想不到的是，她没有等到组织通知她退休的决定，而是等来了新的任命。组织上宣布：蔡峦免去紫藤树村党支部书记的职务，调任下关村担任党总支部书记一职。

这让蔡峦无论如何也没有想到。她找到宋书记问情况："书记，我该退了，今天怎么宣布我任下关村的职务？让年轻人去吧，我该休息了。"

宋书记直截了当地说："根据党员干部群众的反映，你在下关很有群众基础，党员干部群众对你都很信任，在拆迁工作中表现得也特别突出，工作做得特别细致，有很深的群众基础。现在下关村因为拆迁工作的矛盾问题，村两委已经很难适应工作，急需一位有工作能力、经验比较丰富，又有群众基础的干部，去领导这个村的工作。所以，组织上决定，你暂时不退休，担任下关村党总支书记。任命已经下达，你是党员干部，组织非常需要你，你执行就是了。"

蔡峦听了书记的话，知道说什么都晚了。

她从书记的办公室里出来，又是看看天，看看地，看看远方，心里突然有了一股惆怅的感觉。

她已经在下关村几年了，她知道下关村的工作不好做。做拆迁组组长是一个组的工作，现在突然被任命为党总支书记了，"官儿"升了，可是工作难度也大多了、复杂多了。过去管一个组，现在要管一个村，能不能做好工作，她实在是没有十分的把握。

2016 年 7 月 23 日，蔡峦正式走马上任下关村党总支书记。

蔡峦说，刚刚上任时，心里一片愁肠。当时下关村遗留的问题还没有解决完，有的群众就跑去上访。记得有一次，一天之内就从南京接了两拨上访的人。那天，我们从南京接回来一位上访的人，走到半路上，已经走了 100 多公里了，上面突然通知，还有下关上访的人。我们只好开车回去再接人。

为了完成组织上交给的任务，蔡峦上任后，连续召开村两委干部会议，然后召开全村党员会议。她对大家说："下关现在的情况比较复杂，群众有的问题不能及时解决，有意见上访也能够理解。我们作为党员干部，要理解群众，要服务群众，要耐心地做疏导工作。"

蔡峦还对党员干部说：村里有困难有问题我们不怕，我们有上级党组织，有下关村这么多党员干部，也相信下关村大多数群众都是顾大局的。只要我们工作做到位，只要我们不怕辛苦，用为老百姓服务的态度去做工作，一次不行两次，两次不行三次，甚至三五次，我们一定能够让群众理解我们。

过去，我们拆迁组第五组就是这样做工作的，以后我当了党总支书记，就带领大家这样去做工作。有的党员干部说：我们这样做图的什么？辛辛苦苦还得不到群众的理解！

我们共产党员不吃亏谁吃亏？我们共产党员不辛苦谁辛苦？怕吃亏就不要入党，入了党就要起到一个共产党员的先锋模范作用。我们干部不为老百姓服务，当官还有啥价值？还不如去经商赚钱当老百姓。既然我们入了党，既然我们当了村干部，我们就要全心全意为老百姓服务。

这样的话，蔡峦在党员干部会议上说了一遍又一遍。她是这样说的，也是带头这样做的。自从入村之后，她就开始深入群众走访，了解村里大大小小的事情，很快拉近了与下关群众的关系。

她在走访当中发现了一个重要的情况，那就是有一群下关人，在自发地组织编写下关村的村史这部书。

这部书的倡导者是陈勇、陈月松、王爱兵等人，他们发动大家提供资料，并深入下关群众进行采访创作。他们的行动，已经得到了下关村民的广泛支持，大家纷纷出资支持这一文化行动。

下关老百姓要自己为自己的村庄编写一部村史！

这个行动，让蔡峦作为村党总支书记既吃惊，又兴奋，且受到巨大的鼓舞。她在心里对自己说："下关有这样热爱自己的村庄、热爱自己村庄历史和文化的村民，而且这一行动一开始就受到下关很多人的热情支持，这说明了什么？说明下关人非常热爱自己的村庄，他们非常有凝聚力。只要村两委好好地引导，只要能够取得群众的信任，下关村一定能走出一条非凡的发展之路。"

蔡峦说，她自己从此对下关人有了特别深的印象，从这件事上他看到了下关的希望，也对下关下一步的发展有了十足的信心。下关不愧是个有文化有历史有传承的村庄，这个村庄一旦党员干部群众团结起来，一定有不得了的力量。

为此，蔡峦除了继续召开党员干部会，围绕村民编村史的事情，向党员干部说明群众的思想觉悟和凝聚力，鼓励大家对下关村的发展树立信心，鼓励大家在平常的工作中，踏踏实实、认认真真做好服务。

然后，蔡峦专门找陈勇、陈月松、王爱兵他们谈心，了解他们编村史的初衷和进展情况。当她了解到村民们 200 元、300 元、500 元，甚至 1000 元地在支援他们编村史时，更加感动。她当即表态：村里要大力支持这件事。

不久，蔡峦从社会各界的朋友那里筹集了两万多元钱，送到了王爱兵他们手上。蔡峦说："这是我在社会上募集的资金，代表我个人的一份心意，支持大家编辑我们下关村的村史。"

王爱兵他们根本没有想到蔡书记会这样支持编辑村史，而且悄悄地筹集了两万多块钱送过来支持。这件事传开之后，村民们对蔡书记都竖起了大拇指。

陈勇、王爱兵他们说："没有想到蔡书记做工作这样细心细腻，她工作扎实、待人朴实，对我们编辑村史大力支持，让我们很多村民非常感动。我们从心里感觉到蔡书记是真心实意来下关村工作的，她已经把下关村所有的事情当成了她自己的事情，有这样的党总支书记，下关村是有希望的。"

下关村群众说："在下关村拆迁的时候，蔡书记的工作就做得非常到位，我们村对她的评价都非常高，现在她当了村党总支书记，工作每天都扎扎实实，带领党员干部一心一意为群众服务，从来不喊口号，围绕村里的大小事情一件一件地在落实，是一个难得的好书记。"

2017 年的春节就要到来了，这个时候下关村会安排一部分资金，慰问困难群众。蔡书记为此召开村两委干部会，要求今年大家要下去排查，千万不能把经济困难的下关群众漏掉，更不能出现群众反映的情况：往年有的不困难的群众被慰问，有的真正困难的群众得不到慰问，群众有意见。今年要保证公正公平公开，将慰问款发给最困难的群众。

2017 年春节的慰问非常公平，所有被慰问的群众，都是家庭相对困难的群众，这次慰问受到了群众的好评。下关群众说："春节慰问的钱，说起来也不多，但这不是钱多钱少的问题，群众要的是公平公正公开，你办事公平公正公开了，群众心里就服气。只有这样，群众才不会有意见，群众对村两委的工作才能够真心支持。"

蔡书记来到下关村时间不长，大概也就半年多的时间，通过一件一件实实在在的事情和实实在在的服务，老百姓口口相传，一下子转变了对村两委的看法，有不少群众主动跑到村委会建言献策，帮助村两委做工作。

比如，宋兆和老先生，就是那位为下关村出力操心的"下关义士"，他和其他几位热心的村民，有了想法就会去村委会找蔡书记说说，把心里的话和想法说出来，成了村两委的帮手。有些看上去很棘手的问题，结果他们出马之后，都能够迎刃而解，帮助村里解决了不少老百姓之间的问题。

蔡峦很有感慨地说："我们党的工作方法，从来都是从群众中来，到群众中去。只要把群众的积极性和内生动力激发起来，就没有什么困难不能够克服解决。当下关村群众认识到村两委的党员干部是真心实意在为下关村服务的时候，他们也开始真心实意地支持村两委的工作了。"

蔡峦没有辜负上级党组织的信任和厚望，依靠扎扎实实的工作作风和全心全意为下关老百姓服务的态度，赢得了下关老百姓的信任，下关村开始出现党员干部群众和谐共处的局面，下关村的各项工作开始迈入了正常的发展轨道。

2018年春天来了，下关村两委到了换届的时候，蔡峦考虑到自己已经是退休的人了，就主动找领导辞职，想把位置让给年轻人。进了街道书记的办公室，她说："书记，我该退了这次，你看我……"

街道书记看了看蔡峦说："春天好时光，正是好好工作的时候，你来找啥事？辞啥职？辞不辞职你当家？这是组织上考虑的事。"

蔡峦又说："书记，我年龄过了，不能耽误年轻干部……"

没等她把话说完，街道书记就打断了蔡峦的话："啰里啰唆，你烦不烦啊？你该干吗干吗去！……"

就这样，蔡峦被"赶"出了街道书记的办公室。

蔡峦说，胳膊拧不过大腿，党员干部得听组织的话。

从此，蔡峦再也不提辞职的事了，一直到今天。下关村在她的带领下，发展得越来越好，成为苏北乡村振兴的一颗耀眼的明珠，也成为淮安市城中村和谐治理的一个典范村。

第二节

用心良苦，为下关村争取最长远的利益

既来之，则安之；在其位，谋其政。

作为下关村党总支书记，在下关村的每一天，蔡峦都在想着下关村和下关村老百姓的事。

蔡峦是 1986 年参加工作的。1999 年，由于工作认真负责，她被任命为淮安市楚州区淮城镇紫藤树村会计，一直兢兢业业干到 2009 年。在任职紫藤树村会计期间，她又自学了中央广播电视大学农村行政管理专业。

2009 年 3 月，她被上级任命为紫藤树村党支部书记，经过六年的奋斗，她将矛盾重重、陷于运转困难的紫藤树村，建设成了"江苏省社会主义新农村建设先进村"和"江苏省民主法治示范村"。

2016 年 7 月，上级党组织调其任下关村党总支书记兼村委会主任时，下关村刚刚整体拆迁，在 2 平方公里土地上陆续建有 10 个居民小区，人口由原来的 4600 余人，增加到 30000 余人。矛盾纠纷、信访事件、阻工闹事事件不断，甚至有村民常年在北京租房信访，各项事业发展受到严重影响。

在她的带领下，下关村两委经过将近一年多踏踏实实的工作，与

下关村老百姓逐步建立了和谐的党群关系、干群关系，为下关村的发展和振兴奠定了良好的基础。

作为村党总支书记，她在这里看到了一群有个性的下关人，看到了一个充满希望的下关村。她愿意倾尽自己的心力，在这里干一番事业，为下关村的发展和繁荣，也为下关村老百姓的幸福和安宁，兢兢业业、扎扎实实地奉献自己的人生。

蔡峦总结自己的工作经验和人生阅历，她说："作为村党总支书记，心里要有下关村发展的长期和短期的工作计划，如果没有长期的工作打算和对整体工作的谋划，干一天算一天，那就会一事无成。上对不起党组织的栽培，下对不起老百姓的期望，也对不起自己的人生。干也是一天，不干也是一天，为什么不去奋斗、不去干呢？只要坚持信仰目标干下去，就会有工作成绩，组织上就会对自己更加信任，在群众中就会树立威信，自然也就对得起自己这人生。"

蔡峦是这样说的，她在下关村也是这样坚持做的，做到了组织满意，群众满意，自己也不遗憾。

下关村作为过去经济发展比较先进的村庄，这些年来，村子里的集体经济发展还是有比较好的基础。曾做过下关村几个厂的会计的任海华，今年快70岁了，对下关村集体经济的发展很熟悉，对蔡峦书记的工作也很认可。

他说在70年代，下关村就建有猪鬃厂、兔毛加工厂、羽毛厂、弹花厂、日用品厂，还有6座砖瓦窑厂，集体经济发展得非常好，1987年春季广交会上，下关村与日本人签订了一年的订单，生产出口小丝毯；还与浙江省、上海市又签订了不少订单，村丝毯厂足足生产了一年多。后来随着市场经济的发展，集体经济受到了比较大的冲击，到1998年前后，下关村的集体企业大部分随着市场经济的冲击垮掉了。

但聪明肯干的下关人并不就此罢休。2009年，村里因为拆迁进账了1000多万元，然后村里就用这些钱建立了一个屠宰场，靠杀猪宰牛，使村集体每年都有不错的收入，能够维持村里的运转。2013年，下关村又一次面临整体大拆迁，就把屠宰场迁到了一个叫南窑的地方，在这里投资1200多万元，买了60多亩地，建起了屠宰场。2018年前后，随着淮安城市发展的需要，下关村南窑屠宰场又一次被拆迁，淮安市在这里建起了一座污水处理厂。

此时，蔡峦书记已经是我们下关村的党总支书记了。为了给村里奠定长远发展的基础，为村民们争取更长远的利益，蔡书记和村两委干部前后奔波，一次又一次找领导反映下关的情况，请求有关部门和领导按照拆迁补偿政策，为村里分配比较好的门面房，并给村里拨付一部分现金。最终，村干部为村里争取到了价值2000多万元的门面房22间，补偿现金1080万元，为下关村的集体经济的持续发展和村民下一步的生活保障，奠定了很好基础。

任海华还说，在村两委干部的努力下，村里利用屠宰场拆迁后剩下的19.8亩土地，成立了淮安市新强食品有限公司。然后，在这块土地上利用手里的现金，盖起了三层的厂房，面积达到7100多平方米，对外招租来了一个中药厂。现在，这里已经成为下关村集体经济发展的中心。下关村现在不光是有了厂房，还有了几十间门面房，这些厂房和门面房，成为下关村壮大集体经济、保障下关村民幸福生活的根本。

在淮安区乃至淮安市各级政府部门的支持下，下关村发展得非常好，老百姓现在很是满意。如今，在下关村两平方公里的区域内，不光建有十个住宅小区，还建起了红军小学、淮安汽车站、万达广场、金陵国际大酒店、江苏省淮安中学、欣天地广场；村子里也建起了残疾人服务中心、下关村村史馆、居家养老服务中心、党群服务中心、村民文化娱乐广场等等；下关村还成功打造了"仁义下关"主题文化社区，让"仁义下关"村很快成了淮安市和苏北地区的文化明星村。作为下关的村民，他们的内心不仅充满了荣誉感、自豪感，也有满满的责任感……

说起南窑屠宰场拆迁补偿的事情，老干部们记忆犹新。

按照当时地方上的拆迁安置政策，下关村的屠宰场拆迁之后，会根据被拆迁面积的总量，按比例分给被拆迁对象一定的门面房或其他房屋。拆迁建设都需要一定的时间，什么时候能分到这些房产？到什么时候这些房产能够变现，或者租赁经营出去都不知道，一旦拆迁，下关村的屠宰生意就没有了，意味着下关村集体经济的收入被截断了。

作为村党总支书记，蔡峦是下关村的领路人。未来的路怎么走，下关村能否走好未来的路，很多时候取决于她这个党总支书记。从拆迁开始以后，她就一直在想，如何才能使下关村的集体经济持续发展下去，如何才能让下关村有持续不断的经济收入来支撑村里的运转？如何才能保证村集体有一定的经济基础来为下关村老百姓办实事办好事？但按照现有的拆迁补偿政策，下关村将面临着集体经济断收的危险。

如何才能保证下关村在拆迁安置中，既能分得房产，又能获得一部分经济收入，来保证村里的正常运转？蔡峦思来想去，夜不能寐。后来她就大胆地想，要向上级领导反映，要打报告，要申请让有关部门为下关村安置一部分的房产和一部分现金，哪怕现金给少些也行，也比一下子让村里断了现金流要好。

她大胆找到街道上的有关领导反映这个事情，领导一看她打的申请报告，说道："看把你美的，86个人给你办吧！""86个人给你办吧"这句话，在当地的寓意中，内容是非常丰富的。表达的意思就是：没人给你办得成！不可能给你办呀！你想得太美，不可能有这样的好事！总之一句话，蔡峦的这个申请报告不好办。

蔡峦笑笑说："你们怕办不成，我不怕，我脸皮厚。我不要你们去办，我找区里领导反映，找他们签字。也许有'87个人'给我办呢，假如办成了，就是一件大好事；办不成了，我也不后悔，反正我蔡峦努力了，尽心尽力为村里和村民们的利益努力了。"

为了把事情办得稳妥些，蔡峦又找到淮城街道政协马国斌主席，请他给出出主意。马主席也是从基层干部干起的，干过村会计，干过党支部书记，现在成了街道的领导，他有丰富的工作经验。

马国斌主席看了看蔡峦拿来的申请报告，有点诡秘地笑了笑说道："按照现行拆迁安置政策来说，你这是有点过分了。但站在为村里、为群众、为下关村未来发展的角度上来讲，你这想法倒是有些道理有些合理，但难度不是一般大，怕办不成啊！"

蔡峦笑笑说："不努力，不找领导问问，试试，不甘心，这样拆迁安置，村里下一步没法办。死马当成活马医，试试吧。我找马主席，就是因为你经验丰富老到，让你给我出主意、想办法，看看还有没有更好的办法、更大的利益可以争取。"

马国斌笑了，说道："站在下关村群众的利益上，还可以再搞点'肉'，不过，你蔡峦的手也太'狠'了吧。"

马国斌说完，两个人都笑起来。然后马国斌又帮蔡峦出主意、想办法，把申请报告重新又做了修改，让报告看起来更加合情合理。

马国斌最后对蔡峦说："反正我能帮的都帮了，至于这个事情办成办不成，我一点把握也没有，只有看你和下关村的运气了。"

就这样，蔡峦将申请报告重新做了调整修改后，开始去各个部门找领导签字。有的领导说："蔡峦，你可真会'磨'人啊！这样的事情，你竟然敢想，也敢做，全淮安也没有第二个人了，也就只有你了！"

只要领导签字，蔡峦不管领导怎么说，心里就高兴。

还有一位领导，无奈地摇摇头说："看在你为老百姓费心费力、呕心沥血的分上，算是感动了我。反正这些东西，也不是给你蔡峦的，是给下关群众的，也没什么。共产党的家产，本来都是老百姓的，我签就签吧，希望能助你这个村党总支部书记一臂之力，把下关搞得越来越好。"

此时此刻，蔡峦往往只有一句话：谢谢！谢谢！谢谢领导对下关村的支持，对蔡峦的支持。我一定不负领导的期望，把下关村建设得更好！

蔡峦说，在跑手续的过程中，这句话她没少说。对于在关键时候支持下关村发展的领导，没有别的回报，只能把好话多说两遍，让帮助下关村发展的领导们心里舒服一点。

最终，蔡峦找所有领导签完了该签的字，办好了所有的手续。当她把这一激动人心的消息告诉街道徐主任时，她自己禁不住流下了热泪，大家也都很激动和高兴。

下关村在这次拆迁安置中，分得了22间门面房，另加1080万元的现金。蔡峦激动地说："后来的事实证明，这1000多万的现金，太重要了，这保证了下关村正常的运转。手里有了流动资金，有了活钱，就能够为群众办更多的实事。2020年以来，连续几年的疫情中，这笔钱助力了下关村的稳定和发展。现在下关村加上其他地方的门面房，共有4000多平方米的门面房产业，为下关村集体经济的稳固发展和提升老百姓的生活质量奠定了坚实的基础。"

马国斌主席评价蔡峦说："蔡峦在下关村，能够得民心，得人心，不是凭空来的，那是她一下一下干来的，是她一心一意为群众谋福利换来的。蔡峦人品好、思想正，街道上都知道，她这个书记，从不为自己为村里争名誉，有了名誉，大多让给了其他人、其他村，你不能不佩服她这个人。"

蔡峦自己说："我是一个已经退休了的人，是组织上的信任，才让我在这里为群众干活的，名誉对我来说不重要，把名誉让给其他年轻的同志，更有利于他们的进步和发展。与其为争一个荣誉头破血流，不如为老百姓多干一点实事。我是实实在在为老百姓办事了，但在获得荣誉方面，这些年有点对不起下关村，没有给村里争取更多的荣誉。不过下关村的老百姓也都理解我，知道我是一个实实在在干事的人。只要能为老百姓办好事谋福利，老百姓理解我、支持我就好。"

蔡峦还说了一句话，特别感动人。

她说："普天之下，莫非王土。天下是共产党的，也是老百姓的。我们党员干部就是要实实在在为老百姓服务，像毛主席他老人家说的'全心全意为人民服务'，让老百姓从心里认共产党好，从心里愿意说共产党好！"

第三节

女儿的真情文字，道出蔡峦的奋斗精神

母爱，是这世界上最伟大最无私的爱；母亲与儿女之间的亲情，是这世界上最真挚最美好的感情。

在这世界上，没有谁比母亲更了解自己的儿女，也没有谁比儿女更了解自己的母亲。这份人类世界里最宝贵的感情，丝丝缕缕、长长久久、温温暖暖、入心入魂，可穿越岁月时光而抵达心灵最柔软的地方，可穿越黑暗苍穹而传递人间最温暖的光芒。

闵小立是蔡峦的宝贝女儿。女儿从小到大，在成长的路上的每一个春夏秋冬的日子里，一直都能感受到母亲最温柔最温暖最真挚的爱，也能感受到母亲的坚忍坚强和勤勉奋斗的精神，更深深地从母亲那种兢兢业业无私奉献的人生精神里汲取着营养和动力。

她深深地爱着母亲，也深深地敬佩着母亲，更无声地潜移默化地用心学习着母亲那种人生的精神。有一天，作为女儿的闵小立，竟情不自禁用文字写下了自己的心声。那是对母亲最深情的文字，也是对母亲最敬佩的表达。

这篇文章的题目是《我的母亲是村官》，文章感情真挚，感动人心。

我的母亲是村官

"三八"前夕，我写下这个题目。眼里眼外霎时盈盈的都是我的母亲。

母亲个头很高。打小我就仰望她的英姿。看着她的挺拔，我就觉得她是棵大树，而我就是树下的小草。有她的保护，我觉得一生向阳。

母亲是个坚忍的人。

她工作早，18岁那一年，她成为车间女工。辛苦的工作让她累并憧憬着。工余，坚忍的她自学了函授会计。想不到，两年后，这份孜孜不倦的进取让她有机会进入社会福利厂当上了会计。

母亲与爸爸邂逅，相恋，结婚，直至生下了我以后，也一点都没改变她的坚忍。我们家是我们村第一个盖两层楼房的。这不是因为家底好，有余荫可享。而是我的母亲觉得有了我之后，有更美好的生活向往。至今，我还清晰地记得，为了住更好的房子，母亲的脚踩上了建筑工地的钉子，鲜血直流，那伤口现在还在撕裂我的心。

母亲的坚忍不仅仅表现在生活上，更多的是在工作上。在福利厂当了11年会计的母亲由于工作实在是优秀，被村委会挖到村里当总账会计。此后，我便时常见她娴熟地拨弄着算盘珠（那个年代没什么计算器）。她的办公桌上也常常堆满了一摞摞蓝色外壳的账本。母亲不仅算盘打得好，账务笔笔清，而且账本上的字也娟秀工整。看到母亲的字，我煞有介事地练起了书法。尽管没有练出应有的模样，但母亲的言传身教深深植根在我的内心。

母亲生来坚忍，但在我的成长路上并不苛责。小时候，我很顽皮，坚忍的母亲对我的学业，从来没有疾言厉色，也没有因为我考得不好而喋喋不休地责备。如果说有责备，一定是因为我不知礼节和偶尔撒谎调皮。其他的，自打我记事，人前人后，从未听过母亲任何一句对我的批评。相反，她永远都是鼓励我——你是最棒的！下一次会更好！她就是这样释放我的天性。现在我常想，母亲不懂教育，当初，她怎么会像教育家那样捍卫孩子的童年，倡导素质教育的呢？

我不明白谜一样的母亲。但这几年，我明白了母亲的坚忍，2009 年，母亲 42 岁了。这一年，她当上了村里的支部书记，其时，也是整个镇里少有的女性支书。母亲做支书时，我已成年，见证了她的风雨支书路。基层工作难做，担任一把手更是有难言的苦与痛。我亲眼看到过母亲拆迁征地时被人扯坏的衣袖，也看到过家里夜半三更时，被人撬开的门锁……但是坚忍的母亲没有退缩过，她于人间烟火处彰显道义与担当，在为党为民工作中书写情怀和热望。于是，我看到了孤寡老人感激的泪水，看到了贫困学子真诚的拥抱，看到了更多老百姓温暖又透着几许体面地称呼母亲"小巷女总理"……那一刻，我噙着的泪水有感动，更多是对坚忍母亲基层工作辛酸的理解。

这几年，母亲后来调转到了下关社区任职。历史上的下关，文韵深厚。春秋吴王夫差为北进中原，开凿邗沟，末端即位于下关。明代初期的淮阴驿、淮安递运所以及著名的仁、义二坝都设在下关。有诗称"转舰机轮壮，开河水驿重"，可见下关当年的壮观。

2012 年，淮安旧城改造，下关进行整体拆迁，如何重现当年下关漕运盛景，留住下关那份乡愁？在当地有识之士的呼吁下，坚忍的母亲同他们一起思考，研究，规划，建设……于是，全国首例众筹的《下关史话》编著成功；开全省之先河的下关村史馆呈现在了世人的眼前；"崇仁重义　德馨下关"的文化主题小区创建起来了……一桩桩，一件件，过去想都不敢想的事在母亲的坚忍中实现了。

一次，我路过母亲工作的社区。看到古朴的门头上赫然书写着"仁义下关"。小区中每个单元都有对联，路有名人，路有历史。村史馆里，囊括历史的赋，展示下关街貌的长卷，歌颂下关的墨宝，更有历史人物的生平与贡献让我惊愕之余，不禁心生敬意。原来，这正是我的母亲这几年劳碌奔走的成果啊！我还听说，这里，60 岁以上的老人，每年医疗保险报销两百元，80 岁以上的老人年年过集体生日，领红包。孩子们考上大学有奖励。那一刻，我真骄傲！为下关，也为坚忍的母亲。

其实，我知道，坚忍的母亲，心是柔软的。2020 年年初，新冠疫情突然来袭，50 多岁的母亲一直坚持战斗在抗疫一线。她和村组干部没日没夜地上门排查。而我，刚好那时怀孕在身。母亲电话里说，她想我想得实在难受，但是不敢来看我。因为在抗疫一线的她自己都不知道会不会被传染上新冠。于是，只能偶尔借着给我递好吃的为由头，隔着小区的铁门远远地看我一眼。

我当然理解母亲。母亲是最宽厚的人。小时候的她是家中长女，幼时便承受着生活的重担。成家后，也不忘扶持弟妹。嫁给我的父亲后，不仅孝顺公婆，也和我的五位姑姑热心来往，从不吝啬。我总是听家里人笑她是傻大姐，总是吃亏。而她却和我说：我是有女万事足啊！顺手拍了拍肚子说，大肚要容难容之事。

说真的，母亲是我的偶像。我 14 岁时便南下求学，从此开启了野蛮生长模式。此后摸爬滚打，慌慌张张，匆匆忙忙。套用胡适先生的话："如果我学得了一丝一毫的好脾气，如果我学得了一点点待人接物的和气，如果我能宽恕人、体谅人——我都得感谢我的慈母。"

按照年纪，我的母亲早已过了退休的年龄。但组织上一再留任。其实，母亲一点不眷恋光环，她时常为不能照顾家庭而深陷自责。有时看见她满脸疲态，我亦免不了心疼。可是我觉得，像她这样的女性，远远不只是母亲、是妻子，更是脚踏实地的基层干部。

热爱，可抵岁月漫长。

看到她在岗位上发挥作用，我猛然想起北宋张载先生的名言：为天地立心，为生民立命，为往圣继绝学，为万世开太平。不正是在默默地诠释我这坚忍的母亲吗？

现如今，我也有了女儿。每次看着怀中软软的小人儿，我亦像母亲所说的：我是有女万事足。母亲常对我说，希望她孙女可以像我一样有人疼有人爱。

而我却暗暗祝愿我的女儿，长大以后，一定要像她的外婆一样坚忍而善良……

这篇文章，表达了一个女儿对一位母亲最真挚的爱和最崇高的敬意，是女儿对母亲作为一个共产党员、一个基层的村官奋斗人生的无限敬佩和理解。

蔡峦说："女儿的理解，是她送给我的最好的礼物，让我在前行之中温暖而有动力。每每读到女儿的这些文字，我就会情不自禁、热泪盈眶……"

第八章

为老百姓着想，为老百姓谋利

　　淮安市淮安区政法委副书记朱继业针对下关干群关系说了一句特别贴切、亲切、生动，特别符合下关村干群关系融洽这种情况的话，他说："下关村干群为什么会有这种和谐的感情关系？那是因为下关的党员干部与老百姓坐到了'一条板凳'上。"下关村党员干部把服务精神贯彻始终，贯彻落实到人民群众的大事小事中。"下关村党员干部的思想觉悟普遍比较高，扎扎实实为群众做事，一心一意为群众服务，成为他们拉近干群关系的有效法宝。金杯，银杯，不如老百姓的口碑！"

第一节

时时处处，为下关老百姓着想谋福利

蔡峦作为下关村党总支书记，她有一句发自肺腑的话，特别感人。她说："与其为争一个荣誉头破血流，不如为老百姓办一点实事。"

下关村位于淮安区城区东侧，是一个有着 2500 余年厚重历史的文化村居。历史上为解决淮河、运河水位的落差问题，保护漕船安全，在下关村建立了"仁、义"两座坝，漕船从这两个坝盘坝入淮，所以下关又被称为"仁义下关"。

2013 年，下关村因为城市建设需要，所属地段民房全部拆迁，以前的大街小巷不见了，变成了一座座高楼大厦。生活变好了，下关人的认同感却变淡了。2016 年，蔡峦被组织上任命为下关村党总支书记。当时的下关村，因为拆迁安置，因为过去的遗留问题，村两委党员干部与群众的关系紧张不和谐，工作很难开展。上级领导知道这种情况，也知道来这里任党总支书记的难度，所以告诉她，能把这个村的工作稳住，就算是一大功劳。

蔡峦说，既然来了，就要和党员干部一起，和群众一起把下关村治理好。在她心里，每一个党员干部都是优秀的，大家为什么能够入党？为什么能够当干部？那是因为大家都是有能力的，每一位党员干部的能力，有时也需要我们党组织去引领，去发挥他们潜在的能力和应负的责任。

如何把下关辖区内 10 个小区 3.2 万人拧成一股绳，是当时面临的第一个大难题。但既来之，则安之。蔡峦始终相信，群众的眼睛是雪亮的，群众心里有一杆秤，只要我们真心实意地工作，扎扎实实地为老百姓做事，就一定能够取得他们的理解和信任。

两千多年的文化积淀，为下关村凝聚出了"仁义"之魂，来到下关村任职以后，蔡峦首先想的是通过党建引领，用仁义文化来引领社区治理。下关村群众有"仁义"的传统和精神，村两委只要把下关村的事情扎扎实实地办好，只要为群众着想，为群众谋福利，把群众的事情办好，就能够一步一步把下关村这个城中村治理好，圆满完成组织上交给的任务，而不是仅仅稳定住下关村……

为了下关村的大事，如下关村屠宰场拆迁补偿的事情，身为党总支书记的蔡峦费尽了心血，最终为下关村的集体经济长远而稳固的发展，打下了一个良好的基础，下关村老百姓为此都从心里感谢他们能够遇到这样负责任的蔡书记。

在事关下关村老百姓的事情上，蔡峦认为，群众的事情无小事，老百姓的每一件事情，村两委都应该用心用力去办好。

蔡峦说："为老百姓着想，为老百姓服务，为老百姓谋福利，就是党员干部的职责。发展惠民，善政暖心。如果不为老百姓服务，当官还有啥价值？不如去经商赚钱当老百姓。"

蔡峦是这样说的，更是带领村两委党员干部这样做的。

蔡峦自任职下关村党总支书记以来，带领村两委班子人员，认真盘整村集体资产，对一些管理不善的资产进行重新的梳理整改。然后，对梳理出的一批社区用房、小区门面房，实行公开招租政策，为村集体资产增加了不少收入。2021年，村集体经济收入已突破100万元，现在村集体资产更是年年大幅度增长。

蔡峦感慨地说："在不断挖掘下关村传统文化的同时，下关村立足城中村实际，整合集体资源，盘活村集体的固定资产，努力争取村集体收益最大化。比如，以前村集体出租的村屠宰场，因为利用率低，年租金收益才1.5万元。我们收回来后，重新整理并进行公开招租，仅此一项，年租金收益就达到 10 万元，比原来的效益翻了几番。"

村民一天天富起来了，村集体经济一天天不断壮大，村里的发展越来越有底气。近年来，下关村以增强群众幸福感、获得感和归属感为目标，始终坚持发展为民，温暖治理，不断加大民生投入力度，提升社区治理水平。

下关村坚持"发展惠民"的理念，实实在在为老百姓谋福利。每年，村里从集体经济中拿出数十万元钱，为下关村 60 周岁以上的老人报销医疗保险费用，为 80 周岁以上的老人过生日，为留守儿童、五保户提供长期关怀。每年的端午、中秋、春节等传统节日，村里都要举办丰富多彩的文艺汇演和敬老活动，丰富广大群众的精神文化生活。村里还从集体经济收入当中拿出经费，新建了党群服务中心、居家养老服务中心、儿童关爱之家、居民健身广场、国旗广场等服务和活动阵地，为居民解决各类生产、生活问题。

下关村因为城市建设需要，所属地段民房全部被拆迁，以前的大街小巷大多都变成了高楼大厦和宽宽的马路。为帮助村民留住乡情乡愁，留住文化根脉，留住历史传统，2020 年，下关村建设了现代化的"村史馆"——下关历史文化陈列馆。"村史馆"占地面积 600 平方米，由"下关溯源""仁人志士""近代风貌""下关书画"四个主题构成，鲜活生动地展示了古老下关的人文风俗，以及这片土地上的历史故事和沧桑巨变。

2021 年，下关村两委开展了"我为群众办实事"活动。仅仅一年的时间，就完成了"我有芳邻"党群活动中心提档升级，建设了党史、村史学习广场，还成功建设了"关爱集市"等三件直接和群众息息相关的暖心项目。村两委这些实实在在的工作举措，下关老百姓看得见、摸得着、享受得到，他们亲身体验到被关心被服务的温暖，从内心称赞以蔡峦为书记的村两委的工作。

蔡峦认为，打造好的安全的温馨的生活环境，也是对老百姓的重要服务，要让老百姓安安心心地幸福生活，如果没有一个安全安宁的生活环境，老百姓手里再有钱，也不算是幸福。

2021年以来，下关村强化党建引领，温暖治理服务。村里与当地公安机关携手合作，建立建强了"社区义工、网格员、退役军人巡逻队、见义勇为人员、爱心服务队、社区协管员"六员一体"的"淮上义士"队伍，逐步形成了"1＋9"社会治理新格局。以一支"淮上义士"队伍，有效覆盖了下关村的法治宣传、治安巡逻、邻里守望、化解矛盾、调解纠纷、秩序维护、案件防控、见义勇为、打击犯罪等9项群众共同参与的社区事务，使下关村成为淮安市一个社会特别稳定、人民群众生活特别幸福的地方。

同时，下关村还充分利用乡贤、志愿者、人大代表、政协委员、党员中心户、物业工作人员等，组成小区"自治"团体，让群众参与小区"共治"，取得了良好成效。为做好群众暖心事，下关村还实行"网格长负责制"，在每个小区设置网格长，对残疾人、五保户等特殊群体，提供帮办、代办服务，做到小事不出小区，大事不出村居，既温暖了群众，又提升了社区治理水平。

下关村现在包括老下关人和新下关社区居民在内的人有3万多人，"六员一体"的"淮上义士"队伍及其逐步形成的"1＋9"社会治理新格局，让这个城中村的社区治理特别和谐，实现了群众共同参与、多元治理打造幸福安宁社区的目标。目前的下关村，早已从一个文化断代、上访不断的问题村，变成一个文化崛起、群众幸福的文化名村。

2021年10月1日上午，淮安公安分局会同淮城街道，在仁义下关社区隆重举行"淮上义士·关爱集市"开集仪式。副区长、公安分局局长王成伟，淮城街道党工委书记骆东华，公安分局党委副书记、政委王海鸿，淮城街道人大工委主任刘君，公安分局党委委员、政治处主任宋超，淮城街道结合下关干部胡建军，下关村党总支书记蔡峦，社区居民代表，退役军人巡逻队队员和公安民警代表共200余人参加了活动。

王成伟在"关爱集市"开集仪式上说："关爱集市"是开展"淮上

义士"行动的一个重要平台，要充分利用好这一平台，发挥六支队伍作用，努力把下关社区打造成"淮上义士"品牌示范点，努力在全区形成"淮上义士"品牌效应。

骆东华在开集仪式上致辞时表示，今年以来，"淮上义士"积极组织发动群众参与区域联防、治安巡逻、矛盾调处、反诈宣传、秩序维护、风险防控等工作，成为居民平安守护者。此次"关爱集市"与"淮上义士"社会队伍的联动联合，必将探索一条基层党建引领文化强村、提升社区治理水平的新路径，必将进一步打通社区平安治理的"最后一公里"。

2021年10月7日，淮安区孝行淮安志愿者协会签约入驻淮城街道下关村"淮上义士·关爱集市"平台，与下关社区共同开展志愿服务。淮安区孝行淮安志愿者协会会长张顺在签约时说：开展敬老孝亲等各项社会志愿服务活动，我会与下关村已经合作多年，共事善行义举，厚植志愿精神，是我们共同的社会责任。下一步，我们将针对该平台服务功能精准调整服务项目，长期进驻该平台并深入开展志愿服务，为基层社会治理提升，为"聚淮上义士·筑平安长城"贡献"孝行淮安"力量。

下关村持续开展的"淮上义士·关爱集市"服务项目，后来成为区委组织部提升基层社会治理创新类"暖心集市"项目。下关村以"党建领航，暖心治理，仁义铸魂，乡愁融情"为主旨，把深化"仁义服务"作为重要的志愿服务载体，在淮安的影响力越来越大。同时，这个服务群众的项目，也成为淮安区公安分局开展"淮上义士"行动的重要平台，更是全市最大的践行社会志愿服务的固定场所。

下关村党总支副书记刘昆介绍说："在下关村下辖的香溢花城小区，一支由20多名退役军人自发成立的巡逻队，每天在几十栋居民楼之间来回穿梭，常态化开展治安巡逻，排查安全隐患，调解矛盾纠纷，守护小区平安，确保实现'发案少、秩序好、社会稳定、群众满意'的目标。"

许多下关老百姓说："我们下关村可以说现在又回到了夜不闭户、路不拾遗的时代，我们在这里生活，感到安宁幸福，感到自豪骄傲。"

蔡峦说："我们下关村的'关爱集市'已经打响品牌；'淮上义士'志愿者队伍也在不断扩大，从党建引领、以文化人，到温暖治理、多元共治，我们发动群众的力量，正在努力探索实践一条有效提升新时代城中村社区治理水平的新路径。"

第二节

心系百姓，赢得群众理解信任和支持

你把老百姓装在心里，老百姓也会把你装在心里；你为老百姓谋福利，老百姓也就会从心里支持你。

蔡峦以身作则，率先垂范，带领下关村两委党员干部扎扎实实为群众服务，为老百姓办实事、谋福利的工作作风和干事创业的精神，不仅赢得了下关群众的理解信任和支持，也赢得了下关以外的很多知名人士的赞誉支持。

淮安知名诗人赵庆生先生，他不是下关人，但他却有感于蔡峦书记所领导的下关村的和谐景象，积极到下关村采风采访，并查找下关的有关资料，呕心沥血，为下关村写就了长达1246字的《下关赋》，以此讴歌下关村。

赵庆生很有感慨地说："下关村有非常厚重悠久的历史，现在在蔡书记的领导下，下关村又发展得这么好，真是城中村治理的典范，群众在这里生活得真是安宁又幸福。所以，这个地方特别值得诗人作家采风采访，有写不尽的人物和素材。我多次到下关村来采风，也数次见到蔡书记，这是一个踏踏实实为下关人干事创业的女书记好书记，是下关老百姓信得过的人。你在下关村随便问一个老百姓，都能听到

他们对蔡书记的赞扬，老百姓是发自内心佩服和拥戴他们这个女书记。"

蔡国华是位画家，是淮安运河书画院院长。他也不是下关人，他对下关却很熟悉，而且多次到下关采风写生。跟下关人接触得多了，自然就听到了蔡峦书记的很多事情，对下关村这位女书记很是佩服。

蔡国华很真诚地说："下关村之所以有今天的和谐共治局面，下关老百姓之所以有今天幸福安宁的生活，与这位女书记扎扎实实的作风有很大的关系。下关村原来因为拆迁有那么多上访告状的人，而现在却成为一个文明村、文化村、和谐村、幸福村，在很多拆迁的城中村中，下关村发展得最好。这是为什么呢？下关的老百姓说了，我们的蔡书记从来到下关以后，就是踏踏实实地在这里做事，她每天想的都是下关村的事，每天办的都是下关老百姓的事。这样的书记，老百姓怎么会不喜欢？在她的带领下，下关村两委的党员干部，都形成了一种扎扎实实的作风，形成了全心全意为群众服务的作风，这样的党员干部群众咋能不支持？我们不是下关人，我们对这样的书记也说好！"

方向东也不是下关村人，他是淮安市电视台的记者，他对下关村的过去和现在都比较了解。他说："作为一名新闻工作者，老下关在拆迁当中乱纷纷的现象我也都知道，对村民们的认识，也有点小市民的感觉。可是今天再到下关村，看到的是下关村老百姓和谐安宁的生活，看到的是下关村欣欣向荣、昂然奋进的崭新面貌形象。2019 年 7 月份，我曾组织了 20 多架无人机，拍摄新下关的新面貌。特别是在 2020 年突袭而来的疫情当中，由村两委党员干部和热心村民组成的志愿服务队，每天坚守在岗位上为下关社区 10 个居民小区群众服务，特别令人感动。下关 3 万多名群众，联名写感谢信，向奋战在抗疫一线的党员干部和志愿者表达由衷的敬意和谢意。这些事情彻底改变了我的'三观'，改变了我对下关村的老印象，一个崭新的下关定格在我的心中。"

方向东还说："今天的下关村，可谓是新时代城中村治理的典范。由乱到治到和谐，由脏乱差到环境优美到仁义下关，与领头人蔡书记分不开。老百姓说，除了开会，蔡书记每天都工作在下关村，群众有了事情，能够很容易地找到她。她每天在村里兢兢业业地工作，一心谋划的是下关村的发展，牵挂的是老百姓家的事情。党员干部这样为下关村群众服务，下关村群众也支持村两委的工作，涌现出了一个又一个普普通通、平平凡凡而热心为村民服务的榜样村民。总之，今天的下关村，物质文明和精神文明已经取得了双丰收。"

张顺先生也不是下关人，他是孝行淮安志愿者协会的会长，这些年来，他没少跟下关村一起搞德孝文化方面的活动。他说："下关人有仁义文化、仁义传统，在建设仁义下关的过程中，蔡峦书记很重视孝德文化的传承，下关人以孝为首，以孝打头，用孝感天地的力量，提升下关人的精神境界。2019年5月28日，'仁义下关'主题文化社区建设正式启动。我记得很清楚，当时下关搞了一场隆重的文艺演出，还组织大家开展包粽子、送粽子的活动。活动当中，下关的老人们都被请到了前台就座，阳光下还有年轻人为他们打伞遮阳，非常感人。如果蔡书记心里没有老人，没有群众观念，如果村两委不走群众路线，不把群众装在心里，这些事情能做出来吗？所以，下关村党员干部做得好，蔡书记领导得更好。在淮安，现在提起下关来，没有人不知道的，大家都竖大拇指点赞。说心里话，我也很羡慕下关村有这样的好书记、好领头人。"

《下关史话》的倡导者、编纂人陈勇、陈月松、王爱兵，一说起蔡书记，那就是个佩服。他们说："从蔡书记来到下关村之后，就真心实意支持下关群众编写《下关史话》，她的这个行动，彻底感动了我们下关人，从那时起，我们就认定蔡书记是来下关村干事的。这些年来，蔡书记在村里大事小事干了一件又一件，她与村两委党员干部实实在在、扎扎实实的工作作风，让老百姓从心里敬佩。下关人愿意跟着这样的书记和党员干部，一起为下关村的发展而努力。"

今年68岁的黄志诚，是个地地道道的老下关人。他是个美容美发的高手，曾经在广东很多年。1994年，在北京举行的"亚洲发型大赛"上，他代表广东取得了第一名的好成绩。现在他岁数大了，就回到家乡下关村，每天到女儿的理发店帮忙，为村民们理发服务。

说起黄志诚，家世可是不简单啊。他的爷爷就是本书前面所写的富甲一方的皮毛商人黄永生。黄永生是儒商、义商，抗日战争期间，他一边经商赚钱，一边支持共产党八路军抗日。其间，曾经被粟裕、黄克成等领导接见过，后来，因为汉奸的出卖而被日本人杀害。

黄志诚的奶奶，就是中央电视台《国家记忆》栏目曾经报道过的义商黄永生的遗孀鞠济梅。曾经被周恩来总理所称赞的"共产党在解放区的第一位女县长"孙兰，在淮安工作期间，长期住在下关古镇黄志诚的奶奶鞠济梅的家里，两个人同吃同住同劳动，亲如姐妹。

黄志诚对祖祖辈辈生存的下关村有很深厚的感情，特别是对今天下关村的巨大变化感慨很多。他说："作为一个老下关人，我为下关2000多年的历史，为下关历史上涌现出那么多先贤名人感到骄傲自豪。我今年已经是60多快70岁的人了，见证了下关半个多世纪的沧桑变化。下关历史上的繁华，我见过；下关的街街巷巷，我有印象；下关的文物遗迹，我也记在心里；下关的一草一木，我都有印象。老下关的拆迁，是我心里莫名的惆怅，每每回想起来，都很怀念下关古镇的一切。拆迁时候乱纷纷的情况，我也知道，也见证了，幸亏上级组织给我们派来了蔡书记。"

黄志诚说："蔡书记来了下关之后，就是扑下身子做事，把下关当成了她自己的家。她的小家她顾不上管了，天天管下关这个大家庭的大事小事，是一位非常靠谱的书记。这些年来，她给下关办了很多好事，跟老百姓利益相关的事情，她都想着。现在村里经蔡书记的手，光门面房几十间几千平方米的使用面积，村里有了这些，集体就有了收入，就能为老百姓办好事，每年村里为老百姓办事花的钱也有好几十万。说句心里话，从我记事起，蔡书记是最好的书记，而且是女书记，她为下关村付出太多太多了。跟着蔡书记这样的书记有奔头，下关群众都从心里敬佩她、感谢她，希望蔡书记能一直在下关村工作，有这样的好书记，是大家的福分。"

成松林是做古玩生意的，今年60出头，他是下关的女婿，来下关30年了，也见证了下关这几十年来的发展变化。他对蔡峦书记十分满意，他讲述了自己为什么对蔡书记有这么深刻的印象。

他说，大拆迁的时候，下关乱纷纷，干群不和谐，村里事情一塌糊涂。蔡书记来之后，一件一件的事情认真抓。她走访群众，跟群众打成一片，她没有一点架子，跟老百姓拉家常，就像一家人一样，就像老朋友一样，就像亲戚邻居一样。关键是她干事情有魄力，为村里办了大事好事，为家家户户办了实实在在的事情。逢年过节，一年村里要举办好多场精彩的文艺演出，说起来我们村里的演出，好多人说真的比春晚都好看。村里还为80岁以上的老人过生日，为老人们报销医疗费用，为考上大学的孩子发红包，等等。在蔡书记领导下，村委会的党员干部都很正能量，都扎扎实实地在工作，实实在在地为老百姓服务。

像这样的书记，这样的党员干部，说实在话，是真的在为群众服务。我实话实说啊，有些地方的干部不是为人民服务，而是为人民币服务，而我们下关村的党员干部，特别是我们蔡书记，是真的在为人民服务，像蔡书记这样为人民服务的书记越多，老百姓的日子就越幸福。

反过来说，蔡书记一心一意为老百姓做事，她工作上有了难处，我们下关群众就替她着想，愿意为她分忧，帮她忙。只要蔡书记一声令下，我们任何事情都会冲上前去干。你为人民服务了，人民就为你服务，你不为人民服务，人民怎么会为你服务？

在下关村，你可以随便问任何一个下关老百姓，老百姓有了难处，有了事情只要找到她，只要她能够办的，她都会尽力为你办好。蔡书记常说："社会上的事情，社会上的单位，我比较熟悉，有时就是给老百姓跑跑腿，办点小事情，解决点小麻烦，这是应该的。有时老百姓跑多少天办不成的事情，也许我一个电话，也许我跑一趟，就有可能办成，就会为老百姓省去好多麻烦事，所以我愿意办事情。下关村的事，下关群众的事，都是我的事，我应该尽心尽力。"

有了蔡书记这样的好领头人，她这个团队就好，下关整个党员干部队伍，群众都比较满意，没的话说。蔡书记如果能够多在下关干几年，就是下关老百姓的大福气。今天我说的都是心里话，是大实话。我和下关的很多群众，就是希望蔡书记能够在下关多干几年。我说的是下关群众的心声，也是人民的心声。

葛玉年今年 75 岁了，是 1970 年入党的老党员，荣获了光荣在党50 年的勋章。他评价蔡书记说："这些年来，蔡书记带着村两委干部一心一意为群众办实事，赢得了我们下关群众的信任、理解、支持。虽然我与蔡书记接触得不算太多，但印象却特别好，觉得她就是一身正气，又特别善良，还特别干练。我们村有这样的书记，确确实实是老百姓的福气。"

作为前来下关村采访的作家，我曾经在下关村的文化广场和其他地方，随机采访了七八位老人，问他们对蔡书记的印象。真的是没有一个群众不佩服蔡书记，不夸赞蔡书记，老百姓那种发自内心的对蔡书记的好感，是自然而然从心里说出来的。一个共产党员，一个村党总支书记，在长期的工作中，与人民群众能够建立这样鱼水一样的真情，确实令人感慨、感佩。

第三节

党员干部，和老百姓坐在"一条板凳"上

如今的下关村，干群关系非常融洽，是那种党员干部一心一意为群众服务、群众自觉自愿为村里做事的和谐局面。

淮安市淮安区政法委副书记朱继业针对下关的干群关系说了一句特别贴切、亲切、生动，特别符合下关村干群关系融洽这种情况的话。他说："下关村干群为什么会有这种和谐的感情关系？那是因为下关的

党员干部与老百姓坐到了'一条板凳'上。"

作为淮安区政法委副书记，朱继业对下关村的情况十分了解，可以说了如指掌。我们在交流之中，他对下关村评价得很到位。

他认为，改革开放以来，下关经历了从城郊村到城中村的历史地位的变迁。特别是近几年蔡峦书记任下关村党总支书记以来，下关从拆迁时的一片乱象，转变为如今的和谐治理，成为淮安市或者说整个苏北地区，远近闻名的平安村、和谐村、文化村。特别是近年来他们打造的仁义下关村，可以说是一张亮丽的名片，不仅在淮安有名，在整个江苏也很有名。

下关村党员干部把服务精神贯彻始终，贯彻落实到人民群众的大事小事中。朱继业说："下关村党员干部的思想觉悟普遍比较高，扎扎实实为群众做事，一心一意为群众服务，成为他们拉近干群关系的有效法宝。金杯，银杯，不如老百姓的口碑！"

老百姓对下关村两委的党员干部都比较满意，说起蔡书记和村里的党员干部，群众赞不绝口。

自 2019 年以来，下关村打造了主题文化社区——仁义下关，以浓厚的仁义文化，提升村民的思想境界，把这个曾经的传统古镇，把这个已经消失了的古镇，以历史文化的传承和浓厚的乡愁乡情，把下关人凝聚起来了。一个地方的人如果崇德向善，就为这个地方的治理打下了良好的基础。

下关的基层治理工作是非常成功的。有问题都能够化解于基层，做到了小事不出小区，大事不出村居，党员干部和群众联手治理下关村，出现了共建、共治、共存、共荣的可喜局面。比如，这个村里原来的一些"信访户""钉子户"，后来都在仁义下关村的建设中，变成了积极向上的人，成为帮助村两委做工作的人。再比如，社区里的道路坏了，村民就会带上自己的东西，自觉自愿地修补道路，不提报酬，不要报酬，赔钱赔工义务干。

还有一些特别感人的事情。为了留住乡愁乡情和下关村的历史文化，下关村的村民自筹资金编写了《下关史话》这部村史，这是群众自发搞起来的，非常了不起。这说明下关村的群众有觉悟，有思想，有自信，有荣誉感，有凝聚力。

这些年来，下关村党员干部和群众携手并肩，打造了一个和谐共治的下关村。在德治方面，他们崇德向善，打造了仁义下关的文化主题，实现了"淮上善治"的局面。在法治方面，他们打造了"平安大集"，为下关村民打造了一个和谐安宁的生活环境，老百姓要的就是平平安安的生活环境。在自治方面，下关村实行了"逢四说事"。每月逢四的日子，下关村都集中处理村里的一些事情，让一些矛盾问题化解于未然。

下关村通过这些活动，实现了德治、法治和自治，整个村里有烟火气、泥土气、精神气。外边的人来到村里，看看，听听，会感觉到这个城中村不一样。这里的群众精神是昂扬向上的，是满满的正能量；这里的环境是优美的，花草树木将社区营造得像花园一样；这里的生活是安宁幸福的，人们脸上洋溢着幸福的笑意。

今天的下关村，人人都在参与社区的治理，人人都是信息员、参与者，人人都想为下关的繁荣发展做贡献。下关村能够治理得这么好，依靠的就是人民群众的力量。

朱继业还颇有感慨地说道："李强总理说，坐在办公室里都是问题，下到基层都是办法。为什么？因为群众是真正的英雄，党员干部必须与群众打成一片，群众支持你了，什么工作都好，做什么困难都能克服。毛主席说：为人民服务；周恩来总理说：我们的一切都是为人民服务；习近平总书记说：人民对美好生活的向往，就是我们的奋斗目标。蔡峦书记和下关村的党员干部就做到了这一点，他们靠着为人民群众服务的真心和真诚，赢得了下关村广大群众的支持。"

淮安区委党校常务副校长徐爱春，原来是淮城街道办的主任，对于下关村和蔡峦书记的工作，他很了解。说起下关村的事情，他很有见解，特别是对下关村的干群关系，更是有独到的认识。

徐爱春说，现在下关的群众，已经享受到了城市发展的红利，感受到了党和政府在新时代推动城市发展政策的可行性、正确性。但在当初，下关村群众的确舍不得拆迁，因为他们不知道拆迁后的下关人的生活状况会是什么样子。他们的担忧也是可以理解的，因之而产生的一些问题，包括一些上访告状的情况，也是应该理解的。

这个村在关键的历史时期，能有一个像蔡峦一样干事创业的领头人，这是下关村在关键的时候抓住了发展的机遇，包括发展集体经济的重大机遇。因为有了蔡峦这样一位一心谋划下关村长远发展规划的村党总支书记，下关村最终把拆迁带来的不利因素变成了发展的机遇。靠着拆迁，下关村不仅有了大面积生存发展的门面房，而且还有了一部分可以流动发展的现金，这使下关村在最关键的时候走稳了步子，一下子就超过了很多其他的城中村。有些村在拆迁安置当中，因为没有遇到好的领头人，虽说靠拆迁安置补偿得到了一定的固定资产和现金，但因为没有长远的规划和发展目标，集体经济很快就被挥霍一空，给老百姓带来了不少"后遗症"。

蔡峦在下关村任党总支书记，很是注重党员干部的民主，更注重群众的心声，每遇重大事情，必召开村两委会和群众代表大会，听取党员干部群众的心声和意见，这使下关村党员干部群众的关系越来越融洽。可以说，下关村的今天，是下关群众与党员干部共同打造的。

作为村党总支书记，蔡峦非常重视民生。随着集体经济的发展和实力的大增，村里每年都要拿出一大笔钱，为80岁以上的老人过生日，为60岁以上的老人进行医保补助。同时，村里将小区的环境整治得如花园一样，每条道路也都取了名字，都是老下关村那些道路的名字，让下关人感到特别亲切，从心里生发感动，找到了浓浓的乡愁、乡情和下关人厚重的历史文化的根脉，也让下关群众跟党员干部的心贴得越来越近、越来越紧了。

蔡峦非常了解、非常认同下关村的仁义文化，所以决定打造江苏省乃至全国首家主题文化社区——"仁义下关"村。之所以如此，是因为她知道下关人骨子里、血脉中传承有一种仁义的精神，下关人特别需要把下关的历史文化在传承中发扬光大。

蔡峦上任不久，当她了解到下关村老百姓自己在编写出版《下关史话》这本书时，她感受很深，也特别震撼。她对街道办的领导说："下关人能够自己编纂村庄的史书，说明下关人是有情怀、有仁义精神的，只要能跟下关人打成一片，下关这个城中村的发展就不成问题。"

作为下关村的村民，也是淮安知名画家的张万松，为了通过自己的画笔，展示下关村的历史文化和繁荣发展，他调查、采访、收集相关的资料，最后九易其稿，终于绘就了书画长卷《盛世下关图》，捐赠给了下关历史文化展览馆。

徐爱春说："老百姓的这种行动，很感人，很了不起，这说明下关老百姓的热情和觉悟都很高，他们愿意与党员干部一起，把下关村的各项事情做好，下关村的党群关系，已经达到了'共情、共鸣、共心、共发展'的局面。"

骆东华是淮安市淮安区城管局副局长，他原来曾担任过淮安区淮城街道党工委书记，他对下关村也是十分了解的。

他认为，今天下关在城中村治理中，之所以能够探索出和谐治理的"下关实践"，第一是靠下关村党组织的引领和各级组织对下关村建设的重视，第二就是靠下关群众的自觉参与和良好的干群关系，第三就是借助了时代的大背景和淮安经济发展的大格局。

骆东华说，下关，首先是下关人的下关。下关的老百姓有很浓厚的乡情乡愁这样一种家乡文化的情结。下关源远流长的历史和厚重的文化积淀，为打造今天的仁义下关村打下了文化的基础。这里凝聚了一批有文化有情怀的各界人士，他们都愿意在党组织的领导下参与到下关村的治理上来，都愿意通过自己的努力，为留住下关村的文化和历史、乡愁和乡情做贡献。

下关，也是淮城的下关。下关村的各项工作，淮城街道一直是大力支持，包括选派蔡峦书记任下关村党总支书记，都是淮城街道党组

188   仁 / 义 / 下 / 关

织经过认真考虑才决定的。党组织认为，在拆迁背景比较复杂、干群关系比较紧张的下关村，必须派出一位工作能力强的同志到这个村任职，才有可能把这个村引领到正确的发展轨道上。

事实证明，淮城街道的人事安排是有远见的。蔡峦在这里工作，不仅把下关村物质文明、精神文明各个方面搞上去了，更重要的是，把党员干部和群众的关系，搞成了鱼水一样亲密和谐的关系，为下关村的和谐治理牢牢地扎下了根基。

下关村现在的集体经济的稳固发展，在整个淮安区应该都是很靠前的。随着城市的发展，这里成了最繁华的地段，像金陵国际酒店、淮安汽车站、万达广场、新城市广场等很多商业设施，都在这里。下关村在城市拆迁安置的大背景下，已经从一个不足5000人的城郊村，发展成了一个拥有10个住宅小区、3万多人的繁华的城中村。淮城街道对下关村的工作，对蔡峦书记的工作，一直都是大力支持，这为下关村努力探索城中村社区和谐治理模式起到了很大的推动作用。

三年疫情当中，下关村党员干部在蔡峦的带领下，以最好最扎实的服务，让3万多个社区居民安全地度过了疫情，赢得了下关群众高度的信任理解和支持。在疫情考验下，通过艰苦的努力、共同的奋斗、扎实的服务，与下关人民群众建立了良好的干群、党群关系。

骆东华认为，下关，更是淮安的下关。这些年来，淮安区委、区政府包括淮安市委、市政府，对下关的各项发展都给予了高度重视。下关所在区域是淮安城市东扩的第一主战场，淮安市委、市政府把一些地标性的建筑都布置在了下关，这就是对下关的最大的支持、促进和关爱，让这里的老百姓更多地享受到了淮安城市大发展带来的红利。

下关村在打造"仁义下关"主题文化社区中，一直得到区委、区政府的高度重视，这个项目被列为淮安区委书记党建项目，同时也赢得了淮安市有关部门的肯定与支持。2021年，下关村两委班子要换届，蔡峦书记因为年龄大，她原本就不参加了。但为了保持下关村的持续发展，街道党组织研究并报上级党组织同意，继续让蔡峦书记参与换届，继续担任了下关村党总支书记，带领下关村两委党员干部与下关村群众一起，继续为下关这个城中村的持续发展与和谐治理努力工作。

骆东华说："蔡峦书记与村两委党员干部，在下关村一路走下来，确确实实吃了很多苦，但是他们最终以自己的扎实服务，赢得了下关人民群众的理解、信任、支持，印证了以人民为中心的发展理念的正确性与可行性，他们在城中村发展过程中所探索实践的社区治理之路，值得很多地方的城中村学习借鉴。"

下关村的老百姓都有一个共同的愿望，他们都希望蔡峦书记这样的好书记，能够在下关村继续工作下去，带领下关村的党员干部和群众，将下关这个苏北名村打造成为新时代中国城中村和谐治理的典范。

第九章

崇仁重义之风，德馨下关之路

　　纵观千年历史过往，崇仁重义的下关人，在历史的各个时期，都彰显着独特的人文个性特质，这是下关人在源远流长的历史文化中传承下来的宝贵财富。下关村必须以党建为引领，广泛弘扬传播下关悠久的历史、厚重的文化，倾力打造一个"仁义下关"主题文化社区。让仁义文化成为下关社区重要而丰富的内涵，以此激发下关村民的荣誉感、归属感、自豪感和凝聚力；让更多的下关人以此为荣，为下关的经济发展和文化繁荣同心协力，为下关今天和未来的发展注入无穷的动力。

第一节

挖掘仁义文化根脉，打造下关独特名片

下关村曾经名曰下关渡，后又称作下关古镇，历史上也有别名柳淮关，是一个具有源远流长历史的地方。这里神奇的过往和当下的发展，有着书写不尽的传奇，无论是其悠远的历史，还是厚重的人文，都足以令人心向往之。

下关村这片土地，得天独厚，物华天宝。2500多年前，吴王夫差为了称霸，开凿邗沟，直通南北，下关成为邗沟末口，从此确立了它重要的特殊的地理位置。因为历史的机缘，下关从一片荒无人烟的河岸之地，成为兵家必争之要地，成为朝廷漕运之重地，成为通江达海之宝地。

"仁、义、礼、智、信"五坝，下关独占其二，仁字坝、义字坝，两坝之漕运，让下关在沧桑的历史中占尽无限风光。天时、地利、人和，成就了下关"南船北马、长津古渡"的历史地位，并在岁月的长河中，滋养了下关街街巷巷的烟火、熙熙攘攘的繁华。

这里是邗沟与淮河交界之处，素有"南船北马，弃舟登陆"之美誉，重要的地理位置和漕运的发展，使这里在繁荣之中留下了太多太多的文物遗迹："金海神庙"的香火，"淮阴驿"的鱼书，"镇海中枢"的牌坊，下关母亲河市河上的"东仁桥""西仁桥"，还有下关古镇的"天文柱"和"望海楼"等等。

下关不仅历史悠久，文物古迹众多，而且人才济济。比如在明初，

有一个户部尚书叫杨靖，颖悟过人，被朱元璋誉为"恪遵先圣先贤之道"，堪称朱元璋的"股肱之才"；明末，第十代"平江伯"陈治安，恰逢"甲申国难"，尽节于抗清，也是个忠臣烈士；陈凤元，光绪二十四年，官封正三品，皇帝御赐"进士第"匾额；江杏农，"山阳医派"的重要传承人，医术高明，一生救人无数；江来甫，辛亥革命元勋，为实现共和而捐躯，大总统孙中山追赠他为陆军中将。众多的精英人物为下关书写了浓墨重彩的篇章。

新时代中国城市化建设的步伐，势不可挡地冲击着这块古老的土地，下关犹如烈火之中的凤凰，在阵痛之中抖落了千年的沧桑，最终凤凰涅槃，再次张开金色的翅膀腾空飞翔。

今日的下关村，是淮安市乃至江苏省非常有名的城中村，是江苏省乃至中国第一家主题文化社区的成功建设者，是名扬江淮的和谐治理、繁荣发展的"仁义下关"村。

蔡峦说："下关是个古镇，具有2500多年的历史，早在吴王开凿邗沟之际，这里已经居住了勤劳智慧的原住先民。在千百年的历史发展中，他们用生命和智慧，用勤劳的汗水，用仁义的文化，繁育着一代代的下关人。下关的文物古迹说不尽，下关历史上涌现出了各类精英人物，当之无愧是一个人才济济的地方。下关人对下关古镇的怀念和热爱，是深藏在血液里骨子里的。

"拆迁让下关人对老下关充满了怀念之情，下关人的乡愁乡情和文化根脉、历史的荣耀，是一代代下关人前进的动力。为了留住下关的文化和根脉，为今日的下关和未来的下关注入强大的发展动力，从2019年开始，我们联合社会各界的力量开始倾力打造主题文化社区——仁义下关村。有人说，'仁义下关'主题文化社区，是江苏省乃至全国第一家主题文化社区的成功打造者和探索者。"

回想"仁义下关"村主题文化社区打造的过程，作为下关村党总支书记，作为这一主题文化社区打造的策划者，蔡峦书记有很多感慨，有很多难忘的经历和故事。

记得是 2018 年的春三月，考虑到自己年龄大的问题，蔡峦第三次找上级领导汇报下关的工作，并提出了辞去下关党总支书记的请求。那天她走进淮城街道领导宋玮书记的办公室。

蔡峦说："书记，我该退了……"

还没等蔡峦把话说完，宋书记就瞪了她一眼，说道："你烦不烦啊？已经说过了，退不退休不是你说了算的，也不是你想退就能退得了的。"

顿了顿，宋书记朝蔡峦摆摆手，说道："你该干吗干吗去！我忙着呢！"

蔡峦从此知道，自己退不退休这件事情，自己还真是当不了家，还真得是组织上说了算。既然如此，不烦扰书记了，回下关村吧。

既然退不掉，那就干，干了就要干好。蔡峦说，她是一个做事认真、讲求完美的人，干什么事情不愿意将就。

有组织上的信任支持，有下关村村民的信任、理解和支持，那就只有扎根下关村，把下关村搞得更好。从何入手为下关村注入发展的强大动力呢？

蔡峦觉得，还是应该找一找下关村文化志愿者王爱兵、陈勇、陈月松他们，找他们聊一聊下关村下一步的发展方向，听一听他们的远见。这些文化志愿者是下关村民中有情怀、有思想、有远见的人，特别是王爱兵，年轻时候走南闯北，而且在北京等地做过多年文化方面的策划宣传，可谓是下关村见多识广、经验丰富的人。从编著《下关史话》这部书就可以看出，包括王爱兵、陈勇、陈月松他们下关村这批文化志愿者，都是善于谋事做事、能够传递正能量的人。

蔡峦在与王爱兵的聊天中，收获很多。当王爱兵他们听说蔡书记想围绕下关村的历史文化，打造下关社区的形象时，王爱兵首先表达了自己的观点。

王爱兵说："从吴王夫差开邗沟算来，咱们下关村已经有源远流长 2500 多年的历史了，厚重的历史文化和传承，造就了这块仁风义雨的古老而神奇的土地；千百年繁华的生意，留下了烟火下关难忘的沧桑记忆，铸就着无数下关人的赤子情怀。仁义文化，可以说是下关的一个具有历史和文化价值的独特文化，我们可以围绕仁义文化打造一个社区，把我们下关村推出去，这会成为我们的一张亮丽名片。"

蔡峦在与王爱兵他们的聊天中受到很大的启发，非常认可王爱兵的见解，经过几次商讨，认定了"仁义文化"对下关人的重要意义。

大家认为，纵观千年历史过往，崇仁重义的下关人，在历史的各个时期，都彰显着物竞天择、适者生存、敢为人先的魄力，勤劳奋斗、共克时艰、超越自我的勇气，带亲帮友、虚怀若谷、海纳百川的胸怀。这些独特的人文个性特质，是下关人在源远流长的历史文化中传承下来的宝贵财富。下关村必须以党建为引领，广泛弘扬传播下关悠久的历史、厚重的文化，倾力打造一个"仁义下关"主题文化社区。让仁义文化成为下关社区重要而丰富的内涵，以此激发下关村民的荣誉感、归属感、自豪感和凝聚力；让更多的下关人以此为荣，为下关的经济发展和文化繁荣同心协力，为下关今天和未来的发展注入无穷的动力。

2019年3月上旬，蔡峦将打造"仁义下关"主题文化社区的想法告诉了淮安区淮城街道党工委副书记贾武强，征求贾书记的意见。贾书记说："好！这个想法好，这个想法一旦付诸实施，不但有创意，更对社区治理有着特别的价值意义，我支持！"

贾武强书记还热情地说："淮安区政协原副主席金志庚老爷子，现在是淮安市历史文化研究会副会长、淮安区历史文化研究会会长，是一个博学多才又热心助人的长者。老先生还是淮安区委书记党建项目的顾问，曾经脏乱差的淮安区皇冠小区，就是由他牵头改造治理，打造成了江苏省闻名、全国有影响的'恩来社区'，在社区治理方面，金主席比较有经验，我们找他去。"

蔡峦知道金志庚老爷子的能量，知道金老爷子在淮安是个名人、文化人，对他心有敬意，但因为工作上没有交集，没有与老爷子在一起共过事，也没有当面向他请教过什么，这次听贾武强书记说要找金主席请教，她很高兴。

于是，蔡峦就与贾武强书记一起，来到了金主席的办公室，同行的还有下关村文化志愿者王爱兵。王爱兵通过编辑出版《下关史话》一书，现在与金老爷子已经很熟了。与金老爷子见面之后，贾武强和蔡峦将他们想要打造"仁义下关"主题文化社区的想法、理由、优势、作用、意义，一五一十地向老爷子做了汇报。

老爷子听完之后很是兴奋，对打造"仁义下关"主题文化社区这个有创意的想法表示大力支持。他思虑了一番，然后兴奋地说："打造'仁义下关'主题文化社区，必须有个核心的文化主题，根据下关村的历史文化传承和积淀，我看就可以提炼'崇仁重义，德馨下关'八个字，作为打造'仁义下关'主题文化社区的灵魂。"

大家听了金老爷子的建议，眼前顿时一亮，都感觉"崇仁重义，德馨下关"这个文化主题提炼得太好了，大家异口同声地赞成金老爷子这个提议。

聪明的蔡峦书记，不失时机地向金老爷子表达了敬意、谢意和心意。蔡峦说："金主席，您以后就是我们'仁义下关'主题文化社区建设的特邀顾问，请您老以后多多指教我们。"

贾武强书记紧接着说："金主席，'仁义下关'以后就靠您指导了，没有您指导，难以进行呀！"

王爱兵已经与金主席混得很熟了，他又是个聪明绝顶、快人快语的人，紧接着两位书记的话赞金主席："金老爷子，您是淮安文化的集大成者，是'恩来社区'的成功打造者，是区委、区政府信得过的人。老爷子您能量大，法力无边，由您老指导加持，'仁义下关'主题文化社区绝对能够打造成功。"

金志庚老先生听出了三位年轻人的美意，特别听出了王爱兵的忽悠，他抽着烟，手指王爱兵，对三个人说："我知道王爱兵这小子最会忽悠他大爷我，自从认识他，没少拍我马屁，没少上他当。我现在事情多得都搞不完，这回跟下关结上这个缘，麻烦事就更多，跑也跑不掉，扔也扔不了。你们三个今天来，这是牛头上套个笼——拴住我了，我这算摊上事了！"

说完，金老爷子自己笑起来，三个人也跟着哈哈大笑。

蔡峦一行三人，这次见金志庚老爷子，大获成功。

从此，"崇仁重义，德馨下关"这八个字，就成为"仁义下关"主题文化社区建设的核心内容被确定下来了。

从此，金老爷子也就与"仁义下关"结下了不解之缘……

第二节

"老爷子"退而不休，有情有趣有情怀

在整个淮安市，提起金主席，政界和文化界几乎是无人不知、无人不晓的。在淮安市，人们除了称他"金主席""金老爷子"外，还称他是作家、戏剧家、书法家、民间艺术家、文史专家、社会活动家。

一个人有此等美誉，绝非等闲之人，乃一方奇人也！

因为金志庚老爷子与"仁义下关"主题文化社区的建设紧密相关，并做出了卓著的贡献，老先生又是一个退而不休、有情有趣有情怀的人，一直在为淮安市的文化建设而努力，很有必要在此再特别介绍一下他的事情。

金志庚生于上海，父母都是有文化的人，应该算是书香门第吧。后来，他跟随父母下放回到原籍苏北淮安乡下的一个村庄。

金氏家族是祖传中医，金志庚的父亲也家传了一些医术，但金志庚从小没有继承家族的中医，倒是对文化特别感兴趣，有天生的艺术细胞。20世纪60年代，大队成立毛泽东思想宣传队，他就成了集编导、演奏于一身的骨干，一来二去就出了名。因为有才华，后来他就由民办教师身份，被借用到县创作组从事专业创作，小说、散文、诗

歌、报告文学都写。他写得最多的还是剧本，经常参加省市的汇演，还得了不少创作奖，一不小心就成了省剧协会员，还担任了多年的市文化馆副馆长和市戏剧家协会副主席。

他曾一度做过作家梦，将来要成为巴金、老舍、曹禺那样的大文学家。但他唯一没有做过的梦，就是这辈子当官儿。可是，一个人在追逐人生之梦的过程中，并不能以个人的意志为转移。1997年年底，他因为文化创作成就突出，被破格选为县级淮安市政协副主席，一不小心竟意外走上了仕途。

他在县政协工作，积极履行政协职能，其中他主要分管文史工作，这样必定要与笔结缘，还得在文学天地中耕耘，这就是文学的缘分。

从政协副主席的位置上退休后，他又担任区诗词协会和历史文化研究会的会长，出版了8部自己的专著，并带领地方文史工作者和诗词爱好者编写出版了50多本文史专集和多部诗词集。这在全省县、区政协系统中，可谓首屈一指。

退休了，对许多人来说，就差不多终结了人生的梦想和追求，但对于金志庚来说，退而不休、忙忙碌碌，是他的常态。他几乎没有休息过一天，没有什么节假日星期天，每天都在为地方经济文化的发展贡献自己的余热。

他在文化上的成就特别突出，曾与人合作或独立创作出版了《周恩来童年在淮安》《关天培的故事》《吴承恩的故事》《梁红玉的故事》《周恩来与他的亲属》《淮上觅踪：金志庚文学作品选集》《街头：金志庚戏剧作品选集》等专著；在各类报纸上发表文学作品100多万字，主编了《名城淮安丛书》《楚州历史文化丛书》《淮安古镇系列丛书》等54部文集。他还是周恩来纪念馆等淮安景点讲解词主撰稿者，创作的《第十一床病人》电视剧为全国城市电视台交流节目，参与创作的10集电视连续剧《淮阴侯韩信》由中央电视台拍摄播出，撰稿的多部电视专题片由中央、省、市电视台播出，其作品曾三次获市"五个一工程"奖。

金志庚老先生与淮安籍的许多名人都有交集。民进中央原主席，第九、第十届全国人大常委会副委员长，当代著名学者许嘉璐，曾陪同民进中央原主席雷洁琼到淮安周恩来纪念馆参观，金志庚被有关方面准许看望许嘉璐，就此机缘认识了许嘉璐。

金志庚也是中国民主促进会会员，有一次民进淮安支部被民进中央表彰为基层先进组织，金志庚去北京领奖，又恰好是许嘉璐为他颁奖。两个人一回生，二回熟，从此，许嘉璐老先生就真正认识金志庚这个淮安的小老乡了，后来他们又有多次的交往。

金志庚还认识徐悲鸿的夫人廖静文女士、中央电视台著名主持人陈铎先生和著名影视表演艺术家石维坚先生。他们都是淮安人，因淮安的缘分而结缘。

当代著名散文家袁鹰，祖籍也是淮安。袁鹰的著名散文《井冈翠竹》，当年曾经列入中小学的课本。因为赴北京参加一次活动，金志庚就与区委赵洪权书记一起，专程拜访了袁鹰老先生，两人从此成为了文友和朋友。除此之外，因为文化交流的事情，金志庚与周恩来总理的扮演者王铁成先生、孙悟空的扮演者六小龄童先生等诸多文化界人士相识相交，留下了不少美谈。

淮安市在建设"周恩来纪念馆"当中，金老爷子立下了大功。他与时任淮安市文化局创作组副组长的秦永明，当时主要负责周恩来纪念馆资料陈列工作的搜集整理。为此，金志庚他们有机会多次赴北京、上海、南京等地，拜访周恩来总理的秘书、家人和有关知情人士。由此，金志庚结交认识了总理办公室主任童小鹏、邓颖超的秘书高振普、周恩来总理的卫士长成元功、周恩来的侄女周秉德，并且认识了周总理关心的著名电影表演艺术家张瑞芳等知名人士。

金志庚还因此有幸认识了夏衍、陈荒煤、荣高棠、吴祖光、新凤霞、白杨、周晓燕、舒强、赵炜等名人，先后拜访过11位部长级领导，多次出入西花厅，并得到中宣部、中央文献研究室、中共党史研究室、中央档案馆领导和同志的指导和帮助。

1992年1月6号，周恩来纪念馆正式开馆，金志庚的资料搜集整理和陈列布展工作圆满结束。因为他对周恩来纪念馆筹建的整个过程非常熟悉，上级领导点名由他撰稿，写了一部专题片《人民心中的丰碑：周恩来纪念馆巡礼》，后由江苏省电视台拍摄播出，反响非常好。

　　周恩来总理诞辰100周年、110周年时，淮安市都举行了隆重的纪念活动。特别是纪念周总理110周年诞辰时，市里成立筹委会办公室，任命金志庚为筹委会办公室副主任并负责常务工作。在此期间，金志庚先后参与组织策划了近30项活动，均得以圆满完成并产生了很大影响，受到市委、市政府的通报表彰。

　　金志庚曾经感慨而言："一个人一生中总有几件令自己刻骨铭心的记忆。参加筹建周恩来纪念馆，应是我一生中最难忘最荣幸的事。因参加筹建工作，我进一步读懂了周恩来总理的伟大，他光辉灿烂的一生、崇高无私的精神和无与伦比的道德风范，已深深地铭刻在中国人民的心中，对我个人后来做人、做官、做事也产生了很大的影响。英籍华人作家韩素音说过：周恩来逝世愈久，人民对他的怀念愈深。的确，周总理虽然已离开我们三十几年了，但人们对他的崇敬热爱和怀念之情，一直与日俱增。虽然参加筹建周恩来纪念馆已经过去20多年的时间了，但一件件难忘的往事至今仍记忆犹新。周恩来纪念馆这座矗立在人民心中的丰碑，也将永远矗立在我的生命和灵魂之中。"

　　从淮安区政协副主席的位置上退下来之后，金志庚现在主要任淮安历史文化研究会副会长、淮安市淮安区历史文化研究会会长，传播弘扬淮安历史文化，成为他后半生孜孜以求的事业。

　　金志庚是一个非常乐观的人，他常说："我是幸福的。对于幸福观，每个人都有不同的理解，是官禄，是财富？这些都是过眼云烟。我认为一个人生活在人世间，有一个良好的社会环境，有一个和谐的工作环境，有一个温馨的家庭环境，有一个健康的人际环境，必然会心情舒畅，当然也是幸福的，这些我似乎都能拥有。我生在新社会，长在红旗下，从小便沐浴着党的阳光雨露，应该说，中国共产党领导下的新中国政通人和，如旭日东升，蒸蒸日上，虽经历次洗礼，但具有五千年文明史的中华民族，已如巨人般屹立于世界东方。作为一个中国人，我感到无比幸福和自豪。"

淮安一位领导曾经当面跟金志庚老先生开玩笑说："尊敬的金老爷子，您此生此世对淮安做出了永垂不朽的贡献啊！百年之后，淮安人也不会忘记您的……"

众人大笑，金志庚也大笑。

由此可见，金志庚在淮安的知名度和影响力非同一般，令人尊敬。下关村蔡峦书记能够请到金志庚老爷子做顾问，帮他们出谋划策建设"仁义下关"主题文化社区，实在是最正确的抉择，也是一大福气。

金志庚老爷子提及此事，就一句话："我被蔡峦、王爱兵他们绑架了，被下关人给迷糊住了。他们的法子太多，整得我没办法，想脱身也脱不了身，只能像老黄牛一样，跟他们一起耕地，像老农夫一样，跟他们一起播种，高兴的是，收获还很多！"

老爷子说这些话，是话里有话，知道的人都知道缘由，讲起来又感人，又可笑，真是有意思。

老爷子说："蔡峦这个女书记太不简单，真是很会做事。在建设仁义下关过程中，有一次开表彰大会，他们竟然给我颁发了一个特殊的奖，叫、叫什么'感动下关人物奖'。蔡峦和土爱兵他们安排祖孙四代人给我这个"感动下关人物"颁奖，最大的82岁，最小的4岁，真是老中青和小娃娃四代人。你想四代人共同给我这个老头子颁奖，我能不感动？！这就是他们搞的事情。为了让我给他们干活出力，就这样搞，你说蔡峦这个书记高不高？你说王爱兵这个贼精贼精的家伙有多精明！他们有多会运作事情！

"有一句话不是说：'金杯，银杯，不如口碑。'他们用这样隆重的颁奖仪式把我给套牢了。老少四代人为一个老头子颁奖，这在全国估计也是独一份，这荣誉比黄金白银厉害多了！没得法子！没得法子！你不服他们不行，不跟着他们干不行。他们是大事小事拉着你，啥事都要你上场，我一不拿工资，二不拿奖金，就是白干活，关键时候给你弄个什么奖，灌碗迷魂汤，糊弄我这老头子，他们赚大发了！"

老爷子还笑着说："蔡峦这个书记什么都好，可一遇上我，就特别抠门！知道我是区委书记项目顾问，老想从我这里'抠钱'。建设'仁义下关'主题文化社区的时候，我说村里要弄一块大石头，刻上'仁义下关村'几个大字，这也是标志性的建设项目之一，是必需的。那天，在他们社区的门口，蔡峦和贾武强两个书记都在场，王爱兵这小子也在场，我说这块石头2000块钱，你们谁拿？我问了三遍，两个书记假装说事儿，不讲话，不回答，明显就想从我这'抠钱'。我一看急了，我说，好，好，好，行，行，行，这钱我拿，我拿，我私人拿，不让你们村里出。

"我一说这话，两个书记都听见了，都说：'感谢老爷子，感谢金主席。'特别是王爱兵这小子，更是忽悠人。他说：'有金主席金老爷子在，没有克服不了的困难，老爷子吹口气，什么问题都解决了。'你说跟这帮人打交道，没得法子，我是真没得法子。我是又出力，又操心，还得想办法给他们搞钱支持，当初我就知道摊上事了，果不其然！"

老爷子讲起这事儿，旁人笑，他自己也笑。他抽着烟和蔼可亲的样子，很好玩，很可爱，也非常可敬。

这老爷子，绝对是淮安一人物！

第三节

各界贤达齐聚一堂，共商共谋仁义下关

下关村打造"仁义下关"主题文化社区的设想和创意，不仅得到金志庚老爷子的热诚支持，还得到了淮安区政府和淮城街道办领导的肯定与支持，这让下关村村两委和下关村的一批文化志愿者很受鼓舞，

大家对做成做好这个项目信心满怀。

下关村连续召开了村两委党员干部会议，并召开了由下关村各界人士参加的商讨会，允分听取党员干部群众的意见，发动大家群策群力支持这个项目的推进。在充分听取各界意见的基础上，下关村制定了"仁义下关"主题文化社区建设的初步方案。

为了使"仁义下关"主题文化社区建设方案更加完善，在实施中能够更加顺利和成功，蔡峦书记决定邀请社会各界人士共同对这个方案进行探讨，听取这些社会贤达和文化界人士的高见，为"仁义下关"主题文化社区建设制定一个切实可行的实施方案。在王爱兵等一批下关文化志愿者的支持下，围绕仁义下关的实施方案开展了一系列的活动，为"仁义下关"主题文化社区的项目建设，注入了社会各界的智慧和力量。

2019年5月18日，下关村成功召开了由各界人士参加的"仁义下关主题文化建设方案研讨会"，包括金志庚老爷子和陈凤雏老爷子在内的淮安市的一批专家学者，和淮城街道的有关领导参加了这次会议。

新华访谈网等媒体平台对这一事件进行了着力宣传。新华访谈网以《仁义二坝与下关文化座谈会在淮安举行》为题，详细报道了这次对下关村来说意义重大的研讨会：

> 2019年5月18日下午，仁义二坝与下关文化座谈会在淮安市淮安区淮城街道下关村委会会议室举行。区历史文化研究会会长金志庚、副会长刘怀玉，市文史办公室原副主任陈凤雏，淮城街道人大工委主任马国斌、党工委副书记贾武强以及下关村两委班子成员、村民代表等参加。会议由下关村党总支书记蔡峦主持。
>
> 座谈会首先座谈了仁义二坝与下关的历史渊源。金志庚、陈凤雏、刘怀玉等文史专家相继阐释了下关古镇迄今已有2500年历史，属于古末口文化核心区。尤其在明朝先后

在下关境内设置的仁义二坝，对中国漕运发展做出了重要贡献，同时也把下关的经济文化推上了一个阶段的鼎盛时期。下关，依末口而诞生，靠仁义二坝而昌盛。世人公认古末口是淮安城市之起源。当然，仁义二坝就是下关的经济文化之根源。

接着，专家们会审了《"仁义下关"主题文化小区设计方案》。金志庚、陈凤雏、刘怀玉对方案表示了肯定，并提出了局部修改调整意见。针对"仁义下关"主题文化的提炼升华，金志庚给出了"崇仁重义·德馨下关"的精准定位，尤其针对仁义二坝景观雕塑的设计、下关历史文化展览馆的布展、《古镇下关盛世图》的创作，他提出了在尊重历史的前提下必须遵循的三个原则：一、讲好下关故事；二、传递下关声音；三、弘扬下关文化。

其间，村两委班子成员和村民代表相继发表个人建议：多收集一些见证历史的下关老街古巷的砖瓦石木，多征集一些见证我们艰苦创业兴家的老物件，多创作一些代表我们共同记忆的诗书画作品，这些都是我们乡愁的载体，滋养着我们世世代代的精神生命。

马国斌说："贯彻落实总书记讲话精神，让城市留下记忆，让人们记住乡愁。下关历史悠久，仁义文化滋养下关已有650年历史，是下关核心特色文化，这是一座古镇的独特印记，更是这座古镇的根与魂。"

贾武强说："文化是下关文脉的体现和延续所在，下关村两委在建设文明城市、弘扬社会主义核心价值观中，用香溢花城小区作为试点打造主题文化小区，敢于担当用文化引领发展，是具有前瞻性的，我们街道党工委与办事处会大力支持。"

最后，蔡峦书记总结说："今天方案原则上会审通过，感

204 仁/义/下/关

谢老专家们的辛苦付出，感谢街道办领导的大力支持，感谢我村文化志愿者的爱心奉献。我村党总支是确保党的路线方针政策和决策部署贯彻落实的基层组织，我会带领村两委班子，把这个项目做好、做实、做强，对内让我村村民享受文化熏陶滋养，对外把仁义文化打造成为代表下关的一张特色文化名片。"

此次会议成功召开不久，在下关村两委的支持下，由王爱兵等文化志愿者发挥他们在文化界比较熟悉的优势，又成功组织了淮安一批著名作家、诗人来到下关村采风。

在这片历史厚重的土地上，作家诗人们感受到了"仁义下关"不同凡响的独特魅力，同时也以他们满怀激情的笔，围绕"仁义下关"创作了一批感情充沛的文学作品，为"仁义下关"主题文化社区的建设注入新时代文化的力量。

这次采风活动非常成功，当地媒体以《"仁义下关"主题文化小区建设工程项目正式启动暨淮安十大诗人下关采风行顺利举行》进行了详细的报道：

古镇下关，从公元486年吴王夫差开凿邗沟起诞生，迄今已有2500年历史，是古末口雄镇，是淮安城市最早的发源地。唐时的朝鲜、日本等国与中国政府的正常交往，都从下关进出。下关在明清时期，在中国海运、漕运史上具有"漕运津梁""镇海中枢"之战略地位。

两千五百年古镇　下关人民崇仁重义

明洪武三年（1370年）起，淮安知府姚斌、平江伯陈瑄，先后在位于古末口的古运河与古淮河连接处下关段建仁、义二坝，漕船从该处盘坝入淮。650年来，仁、义二坝为中国漕运、海运发展做出了重要贡献，也滋养了世世代代的下关人民。

下关人民世代受仁、义二坝的恩赐，更受仁义文化的熏陶，在这块神奇的土地上，先后诞生了"日本圆仁法师与下关新罗坊""朝鲜国使权近咏下关""宋太祖赵匡胤下关中市口惩恶屠""巾帼英雄梁红玉下关街上制疯牛""辛亥革命烈士江来甫""武进士陈凤元""千斤神力康怀义""吴八百的传说""谢碧魁打擂""自幼随父征战的江琴荪""晚清秀才王嘉禄""名医江杏农""百岁名中医汪济良""义商黄永生""仁商徐进喜"等代表着下关仁义文化的传奇人物和故事。下关人民世代血脉传承的仁义精神，在当代也涌现出无数位崇仁重义的志士。他们，一直引领下关的经济、文化发展高歌向前。

下关干群同担共当　传承仁义再谱佳话

鉴于此，为进一步挖掘下关仁义文化的历史渊源，传承与弘扬下关的仁义精神，践行社会主义核心价值观，为下关的经济文化在新时期的持续发展，起到永久性的精神力量支撑作用。同时，为向新中国成立70周年献礼，纪念仁义二坝建坝650周年，下关村两委在淮城街道党工委正确领导下，在淮安区历史文化研究会指导下，经过历时三年的筹备，2019年5月28日，"仁义下关"主题文化小区建设工程项目在香溢花城小区正式启动。

据悉，该项目是凝聚下关党员志愿者与文化志愿者的爱心工程，项目方案的设计、实施将以下关文化人士为主进行的下关文化专属原创。方案于2019年5月18日由区历史文化研究会领导、淮城街道办领导、下关村两委、党员代表、村民代表、村文化志愿者会审顺利通过。将在香溢花城小区南门、北门建设"仁义下关"主题文化小区门头 2 块、仁义二坝景观雕塑 1 座、"仁义"主题单元门头楹联 25 处；装修布展 300 平方米的下关历史文化展览馆 1 处；装修布展 300 平方米的下关书画艺术展览馆 1 处，建造"仁义下关"主题灯杆 104 根、"历史下关"道路名牌 20 块。

淮城街道党工委、下关村两委高度重视该项目，党总支书记蔡峦与党员志愿者、文化志愿者将共担时代使命，不忘初心，计划历时 3 个月，将此公益工程项目主体部分顺利打造完成。

十位名家齐聚下关　诗助名村再展风采

2019 年 5 月 28 日，下关村两委与下关党员志愿者、文化志愿者在项目启动之际，为弘扬下关文化，面向社会名家征集单元楹联需要，特邀淮安市范围内的十位著名诗人，走进下关采风。参加活动的诗人有：淮安市诗词协会副会长钱万平，淮安区诗词楹联协会常务副会长卢顺贞、副会长严永年、钱从顺、曹树春、陈定国，副秘书长赵庆生，淮阴区诗词协会副会长蒋同章，淮阴区古寨六塘诗社社长朱兵、副社长陈士兆，以及资深媒体人李正林等莅临采风。

上午九点，诗人们在位于宙辉国际花园小区的下关文化发展工作领导小组筹备办公室会合，在淮安区淮城街道党工委副书记贾武强、下关村党总支书记蔡峦带领下，从古末口遗址区出发，沿翔宇大道、梁红玉路等主道，参观了下关人安居乐业的宙辉国际花园、御景城 1 期 2 期、文景城、温馨家园、丽正花苑、新城市广场、学府 1 号、濠城状元府、下关香溢花城、淮上人家等小区。眺望了正在建设的万达广场，游览了生意兴隆的欣天地等商业综合体，了解了淮安中学、周恩来红军小学等著名教育机构，以及金陵国际酒店、淮安汽车东站的建设情况。

上午十点，在下关村部会议室举行了"仁义下关楹联命题创作座谈会"。蔡峦首先致欢迎词，然后向诗人们介绍了下关的历史变迁与发展现状，以及此次为建设"仁义下关"主题文化小区的战略定位、现实意义，请在座的大家们为下关文化的发展助力。卢顺贞、严永年、钱从顺、曹树春、陈定国、赵庆生、蒋同章、朱兵、陈士兆、李正林等相继发表本次采风心得。

淮安市诗词协会副会长钱万平做了总结性发言，他说："今天的采风，我们看到今日下关已经涅槃重生为淮安区新城区的核心区，是一个全面走向新时代的社区。今天我们对下关的历史文化如此丰厚进一步加深了了解，对下关欣欣向荣的发展现状大为点赞。当代下关的仁义文化定位精准，有根有源，完全切合主流价值观。"

下关村高度重视传统文化的传承与弘扬并创新，与省楹联协会五届三次理事会会议部署的楹联文化进社区任务不谋而合并走在前面。下关人民崇仁重义，下关文化德馨厚重，我们将根据下关的人文历史与发展现状，不负时代、不虚下关行，精心创作楹联，为建设"仁义下关"主题文化社区贡献微薄的力量……

"仁义下关"主题文化社区建设启动仪式和采风活动，在社会各界人士的关心支持下，内容丰富，形式新颖，收获多多，取得了圆满的成功。

第四节

仁风义雨润泽下关，文化赋能彰显情怀

自 2019 年 5 月 28 日始，"仁义下关"主题文化社区建设工程项目正式在下关村启动，各项工作依照主题文化社区建设的既定方案开始有序进行，围绕仁义下关村建设的各项文化活动也不断开展。

2019 年 8 月 7 日，淮安区作家协会主席团扩大会议暨"作家进社区"采风活动，应邀在下关社区举行。淮安区委宣传部副部长、区文联主席傅振举，淮安区作协主席于兆文，与余滔、咸高军、王海椿、葛会渠、姚风明、赵长顺、施向平、赵日超、陶珊等作家参加了活动。

活动前，下关村党总支书记蔡峦宣读欢迎辞，代表下关村两委和群众欢迎各位作家莅临下关采风，并向与会作家介绍了下关深厚的历史文化底蕴和今日下关以仁义文化再塑新时代"崇仁重义·德馨下关"的主题文化社区的建设情况。

蔡峦说："2016 年年底，在区历史文化研究会的大力支持下，我们下关村率先编纂出版了淮安古镇丛书之一的《下关史话》；今年 5 月以来，我们在下关香溢花城小区建设了全市第一家主题文化社区——'仁义下关'主题文化社区；在'仁义下关'主题文化社区打造中，我们拿出 600 平方米社区用房，建设了下关历史文化展览馆、下关书画艺术展览馆；正在筹备成立淮安区历史文化研究会下关分会、淮安下关书画院、淮安区书法家协会下关分会、淮安区美术家协会下关分会、下关新时代文明实践站；我们面向社会公开公布了《红色下关·革命前辈名录》；不久还要公开公布'仁义下关历史十大代表人物'。"

蔡峦热情地说："真诚希望各位尊敬的作家朋友，能通过'作家进社区'采风活动，更多地了解下关村的历史和下关人的情怀，妙笔生花为'仁义下关'主题文化社区创作一批文学精品，以文化的力量助

力'仁义下关'村主题文化项目的建设。"

当天，在仁义下关村社区，与会作家就下关文化保护和建设建言献策，提出了不少中肯的建议；下关籍书画家张万松，向与会人员展示了他历时三年筹备，又经半年时间精心创作的长9.9米的《盛世下关图》；下关文化志愿者王爱兵，向与会作家介绍了"仁义下关"主题文化社区建设项目所取得的一项项可喜成果。

作家们纷纷表示，此行下关村采风，感受到了崇仁重义的下关人浓浓的乡愁乡情，了解了下关村源远流长2500多年的厚重历史，更看到了新时代下关村主题文化建设的累累成果，真是耳目一新，收获很多。采风结束之后，一定饱蘸感情，书写新时代的下关村。

2019年7月8日，下关村又迎来了淮安市文化界著名人士的考察指导。淮安城市网等媒体平台对此次文化活动，以《荀德麟一行指导"仁义下关"主题文化小区建设工作》为题，进行了详细的报道宣传：

> 仁风义雨润名镇，高手行家传好经。
>
> 2019年7月8日，淮安市政协原副主席、淮安市诗词协会会长荀德麟，常务副会长周桂峰、蔡小军，副秘书长兼办公室主任钱万平一行，在淮安区诗协常务副会长兼秘书长卢顺贞、副会长陈定国的陪同下，应邀来到淮安区淮城街道下关社区，调研指导正在建设中的"仁义下关"主题文化小区楹联撰写开展进度工作。
>
> 当天上午九点，在下关村会议室，下关村党总支书记蔡峦介绍了项目中"仁义下关主题楹联"开展进度。楹联命题创作征集工作已于6月上旬完成，6月中旬已经通过楹联专家会审，邀请书法家书写工作已于6月下旬完成，计划7月下旬完成制作，8月上旬完成安装。下关村将以香溢花城小区作为试点，打造淮安市第一家"楹联进社区单位"，计划明年辐

射其他村辖9个小区，从而实现建设本土原创优秀传统文化阵地，将对凝聚我村村民民心，引领我村民风向善，产生积极的作用。

作为地方志、大运河研究和诗词楹联专家，荀德麟指出，下关，在历史上是仁义二坝坐落之处。元明时期，在淮扬运河、古泗水航道的连接中，仁义二坝发挥了盘坝的巨大作用。下关也因此成为大运河重要的码头。仁义二坝承载着中国漕运鼎盛时期的历史近300年。明永乐帝师姚广孝的名作《淮安览古》"坝口帆开起白鸥"一句中的"坝"，就是指下关的仁义二坝。下关在诗词文化建设方面，做了很多卓有成效的工作。2016年，下关出了一本《下关史话》。下关文史诗词书画爱好者比较多，光是中华诗词学会会员就有4名，有人才基础；再者，民风淳厚。

古人提倡"仁义礼智信"，下关村用对联形式宣传仁义的做法，既抓住了地域特征，又突出了时代需求。对联是诗词的羽翼，它比较直观，一般是悬挂的，用来展示。优秀的对联，有文化的震撼力，有独特的教化功能。所以，各个场所要从内容到书写，搞出高水平的对联，这对于展示地方文化的实力，教化群众，吸引游客，光大声誉，都是很有意义的。

淮城街道办和下关村领导，重视文化建设并亲自抓这项工作，这种精神，我很感佩。他们以文化为抓手的做法，对于我市各村镇的文化建设将会起到树立标杆的作用。

考察调研中，荀德麟一行会审了下关籍书画家张万松筹备3年、历时半年、呕心沥血创作的下关古镇长卷《下关盛世图》第9稿。当近3米的长卷图在现场缓缓展开的时候，在场来宾感觉穿越时空，古镇下关盛世跃然再现。大家领略了下关古镇之秀美、历史之厚重、文化之灿烂、商业之昌盛。

大家高度赞赏张万松的奉献精神和赤诚的爱乡情怀，认为这幅精品巨作的成功诞生，在下关的文化发展史上具有里程碑的意义。对于下关人来说，它是大家寻找乡愁乡情的画作，将会成为下关人民世世代代的精神寄托；对于仁义下关的建设发展来说，将会成为传播下关古镇文化和历史的一张重要名片。在全国历史文化名城淮安，下关是第一家拥有本土画家，以精品原创再现古镇盛世图景的城中村，不仅为其他古镇的文化发展提供了积极的借鉴与示范作用，也成为下关人引以为荣的事情。

会审结束后，苟德麟、周桂峰即兴挥毫，为《下关盛景图》题跋、题诗。淮安市政协原副主席、淮安市诗词协会会长苟德麟的题跋：

楚淮古壖，下关名区，仁义二坝，漕运要枢。历四朝之陵替，换旧貌而重甦。张公万松，雅好舆图，兼擅丹青，钟情祖居。赵公庆生，欣然作赋，璧合珠联，乡愁可寓。己亥荷月，索题于余，因成一绝以缀诸。

仁招鸥鹭三春柳，义集云帆九曲淮。坝短街长牵梦寐，画图重唤下关来。

己亥年重六槿轩主人并书

淮安师范学院文学院院长、淮安市诗词协会常务副会长周桂峰题诗《过下关感怀》：

不闻邪许已多年，犹记下关挽过船。
鸥鸟尽随烟雨去，独留仁义惠人间。
……

2020年5月，"仁义下关"主题文化社区建设项目被列为淮安区区委书记党建项目；同年 6 月，项目被江苏省楹联研究会授予"江苏省楹联文化小区"；刚刚完成提档升级的 600 余平方米的现代化下关历史文化展览馆，被淮安市历史文化研究会会长曹启瑞称为"江苏省村级最大的村史馆之一"；刚刚竣工的"仁义下关志愿者广场"成为"江苏省首家志愿者广场"。

"仁义下关"主题文化社区的建设，因其强大的文化感召和志愿精神的传播，吸引了国内很多文化名人的爱心支持与奉献。2021 年 1 月 16 日，淮安著名画家沈飞作为一名志愿者来到下关村，向下关村党总支书记蔡峦捐赠其创作的七幅《新时期下关地标建筑》钢笔写生画作。这些作品生动鲜活地展示了新时代、新下关的新气象，描绘了走向新时代的下关，作为淮安区新城区核心区的商业、教育、交通、酒店、社区等地标建筑。

沈飞在捐赠时接受淮安市电视台采访说："一个村吸引了国内与地方文化界近千人参与，下关人真的了不起，难怪下关文化在淮安成为热点现象。作为一名文化工作者，用写生手法来创作新时代的下关境内地标建筑的轮廓之美，展示下关党群的幸福生活，以艺术创作贡献自己一点微薄力量，是义不容辞的责任。"

蔡峦代表淮安区历史文化研究会下关分会、淮安下关书画院、下关历史文化展览馆接受了捐赠，向沈飞颁发了收藏证书致谢，并当场向全国各界人士发出真挚的邀请：仁义下关需要您！仁义下关欢迎您！

下关村在村两委的带领下，集党员干部群众的智慧和社会各界人士的力量，按照"仁义下关"主题文化社区建设的实施方案，一个项目一个项目地推进落实。

以厚重历史为根脉，以乡愁乡情为灵魂，以文化赋能为动力，"仁义下关"主题文化社区建设项目，走上了高质量发展的道路。一个融古老历史文化与新时代文化为一体的崭新的仁义下关村，正在一步一步探索新时代中国城中村和谐治理、繁荣发展的"下关实践"之路，并使下关村很快成为城中村主题文化建设的苏北第一村。

第十章

党建引领思想，下关展翅飞翔

　　年轻的村干部王彦云副书记有些激动地介绍，现在的下关村，集体经济实力不断增强，2023年，已经实现集体经济收入300多万元。下一步，下关村将继续发挥党建引领的作用，从外部环境改造、文化元素展示、党建品牌深化、社区和谐治理等四个方面着手，主动作为，服务群众，全面提升"仁义下关"主题文化社区建设水平，给下关老百姓办更多的实事好事，不断提升精神文明建设的成果，将"仁义德馨"的仁义下关村，建设成为老百姓生活美满、和谐安康、文化丰富、精神昂扬的文化村、文明村、幸福村。

第一节

缅怀下关革命先辈，代代传承红色精神

下关是一片红色的土地，是一个英雄辈出的地方。从辛亥革命以来，这里先后涌现出多位为国家民族而英勇奋斗、不惜牺牲的英雄人物。

为永远牢记下关历史上这些革命先辈在中华民族的独立、新中国的诞生及在保家卫国等战争中做出的牺牲和贡献，在新时代进一步展示下关这块红色土地的光荣历史，让红色精神永远照耀下关当代和后代人，也为 2019 年 9 月份将要开馆的"下关历史文化展览馆"中"红色下关"展区红色典型人物事迹材料布展的需要，下关村决定举行一场下关红色人物革命事迹座谈会。

2019 年 7 月 3 日下午，下关村召开了"铭记历史·不忘功臣：红色下关人物事迹座谈会"。下关村在这个时间节点能够召开这次红色人物事迹座谈会，对于正在建设的"仁义下关"主题文化社区来说，也有着特别重要的意义。

本次座谈会由党员志愿者吴云平、高尚荣、江敏等组织，邀请了下关籍或者曾经在下关生活工作学习过，曾经参加过辛亥革命、武昌起义、光复南京、土地革命、抗日战争、解放战争、抗美援朝、抗美援老、对越自卫反击战等各个时期的革命烈士后代、英雄后人，以及健在的革命老战士到会参加。

当天到场的有：辛亥革命烈士江来甫的堂曾孙江崇其，抗美援朝

烈士杨善文的侄子杨成荣，杨焕宝的次子杨顶俊，黄云龙的遗孀周文珍，黄永生、鞠济梅的孙子黄志成，张友年的长子张玉林，叶乃康的堂曾孙叶亮亮，以及革命老战士、老党员石学富、徐风林等人。

座谈伊始，下关村党总支书记蔡峦首先讲话："首先，我谨代表下关村党总支，向我村的革命先烈、革命英雄在一个世纪以来，为追求真理、坚定信仰、投身革命、不畏强敌、浴血奋战、不屈不挠、不怕牺牲的精神致敬！其次，我向今天到场的革命先烈后人、革命英雄致敬！我们祖国今天的强大，人民群众的幸福生活，是革命先烈、革命英雄抛头颅洒热血争取来的。

"共和国不会忘记，下关永远铭记。我们今天建设'仁义下关'主题文化小区专设的'红色下关展区'，就是我们下关世代相传的红色精神宣传阵地。大力加强革命传统教育，把革命先辈留下的红色基因渗进血液、浸入心扉，坚定不移听党话、跟党走。告诉我们的后代'一寸山河一寸血，一抔热土一抔魂，要沿着革命前辈的足迹继续前行，把红色江山世世代代传下去'。我们要永葆初心，永远奋斗，坚定不移地走好新时代的长征路。"

紧接着，在吴云平的主持下，江崇其、杨成荣、杨顶俊、黄志成、张玉林、叶亮亮、石学富、徐风林等人，心怀激动，相继展开了热烈的座谈。他们有的根据亲身经历、亲眼所见、亲耳所闻，回忆了革命先辈的光荣故事，把大家带到了那个硝烟弥漫的战场。大家深深感动于一代代下关革命先驱，为了实现耕者有其田，为了抵抗外来侵略，为了解放全中国，为了保卫祖国，他们甘洒热血写春秋的可歌可泣的英勇事迹。

革命先烈杨善文的后人杨成荣动情地讲述："我二叔在一次阻击战中当场英勇牺牲，现长眠朝鲜已经68年了，感谢村里还记得我二叔。68年来他一直安息在异乡，我们整个家族一直有一个想法，派出代表去扫墓，请相关部门帮助我们查询一下，他在朝鲜哪个陵园？另外，我们今天到场的人，想集体委托村里前去相关部门帮我们查一下先辈的档案。"

老党员、老战士徐风林说:"在当年的枪林弹雨中,为了祖国的尊严,许多好战友在我身边当场壮烈牺牲。我十分珍惜今天的幸福生活,我绝不会向党组织提任何个人要求,我也会随时听从党的召唤。"

在场的志愿者在做好服务的同时,还针对座谈进行了全场录音保存。这些后人,有的带来了革命先辈的荣誉证书,有的带来了勋章,有的带来了复印件的档案材料,还有一些红色人物事迹的证明资料,有照片、证件等实物、资料,志愿者们都一一进行了拍照、复印等资料的收集整理工作。

针对革命前辈江来甫、杨善文、杨焕宝、黄云龙、黄永生、鞠济梅、张友年、叶乃康的资料,因时间太长大多遗失、缺失的问题,会议发动大家继续寻找下关红色人物的相关资料。

针对杨善文烈士后人提出的问题,蔡峦说:"关于杨善文后人去朝鲜扫墓瞻仰先烈的想法,下关村会主动担当,我个人也责无旁贷,明天上午我就和相关部门对接查询。相关先烈的资料完善问题,我们明天就请党员志愿者去相关部门查档核实后,将在下关历史文化展览馆布展的'红色下关'展区永久性展出,并作为区相关部门及下关村党建资料宣传使用。"

蔡峦书记是一个说到做到的人,是极其负责任的人。第二天上午,她就将这些问题向淮城街道人大工委主任马国斌进行了专项汇报。紧接着,她又与街道武装部、区民政局、区退役军人事务局、市退役军人事务局、省退役军人事务厅联系,查询杨善文烈士所在的陵园。

与此同时,下关村党员志愿者吴云平、高尚荣,文化志愿者王爱兵、陈勇等人,也一直奔波在区档案局、区烈士陵园,想方设法地查档案,尽最大努力完善"红色下关"所需的布展资料。

2019年8月1日,下关村举行了"庆祝八一建军节·慰问伤残、优抚、退役军人座谈会"。

下关村党总支书记蔡峦，副书记董志学，党员志愿者高尚荣、吴云平，社区志愿者江敏，退役军人朱炳洪、徐风林、杨玉飞，下关革命先辈江来甫、江承训的后人江崇其，杨善文的侄儿杨成荣，黄元龙的儿媳陈秀艳，张友年的长子张玉林，黄永生、鞠济梅的长孙黄志成等人参加。

当天下午三点，座谈会开始。作为下关村党总支书记的蔡峦对大家说："今天是建军 92 周年，我代表村两委向今天亲自到场的退役军人代表、革命前辈后人、未到场的退役军人送上节日的真挚问候和真诚的祝福。

"自 20 世纪 30 年代以来，在伟大的中国共产党正确领导下，我村的很多前辈加入中国人民解放军队伍，他们在土地革命、抗日战争、解放战争、抗美援朝、对越自卫反击战等革命战争中，为了追求民族独立和成立新中国，抛头颅、洒热血，为中国革命的成功，代表我村做出了应尽的贡献。我村一直具有光荣的革命传统，革命前辈的奉献与牺牲精神，是我村人民心灵中的丰碑，将永远地矗立在我村社会前行的路上。

"革命前辈的精魂，已支撑起我村新时代的钢筋铁骨，有力地推动我村党群不忘初心、砥砺前行的建设'仁义下关'主题文化社区。革命先辈的红色之光，将在我村大地中永久绽放，革命先辈的不朽功勋，将把我村党群的思想永远照亮。"

接着，董志学就拟入选的第一批《红色下关·革命先辈名录》，请到场的革命前辈后人、退役军人代表、党员志愿者朱炳洪、徐风林、高尚荣、江崇其、杨玉飞、黄志成、杨成荣、陈秀艳、张玉林等展开座谈，进行最后一轮确认，最终一致通过。

主要负责此事的老党员吴云平说："党的十八大以来，习近平总书记多次强调，要把理想信念的火种、红色传统的基因一代代传下去，让革命事业薪火相传、血脉永续。为永远牢记我村革命先辈的英名和丰功伟绩，缅怀他们的精神和风范，我村专门筹建的'红色下关展区'，计划将于9月开展。今天摆在大家面前的《红色下关·革命先辈名录》材料，是下关文化工作领导小组历时半年广泛征集的，是根据我村革命先辈后人提供的资料整理的，是依据相关部门提供的档案核查过的，得到了今天到场的与会者的一致认定通过，并最终报备下关村党总支认真核实通过后形成的，是经得住历史推敲的。"

吴云平宣布第一批《红色下关·革命先辈名录》：

编号：001 江来甫（1878—1912），中国近代民主革命家、中国同盟会会员，先后参加过武昌起义、光复南京等战役，革命牺牲后，大元帅府追赠"陆军中将"，黄兴吊唁并题字。其童年、少年时代在下关江家私塾堂上学期间，受沈姓私塾老师（反清志士）引导后走上革命道路。

编号：002 江承训，字琴荪（1894—1989），辛亥革命先烈江来甫嗣子，下关人。1910年毕业于江苏陆军小学，1911年追随其父加入新军第三十三标第一营敢死队，投身于孙中山、黄兴领导的辛亥革命，参加光复南京战斗。1912年随父参加北伐军，在伍崇仁旅任一等差遣官等职。1915年任西南护国军总司令黎天才部卫戍团营长，参加反袁称帝斗争。1922年任苏北四县联防淮安警备营管带，参加讨伐北洋军阀。抗日战争期间任国民革命军第一六七师少将参谋长，后任贵阳警备司令部参谋长、少将副司令等职。1945年调任军事委员会少将参议，1946年退役，1949年起先后任民革贵阳市委员会顾问、民革贵州省委顾问、贵州省文史研究馆馆员、贵阳市对台工作组组员等职。

编号：003 孙兰（1913—1968），1945—1947年先后任苏皖边区淮安县副县长、县长期间，领导淮安土地革命取得卓越的成就。她在淮期间一直住在下关，下关的土地革命工作得到了全面开展。1964年周恩来总理在上海接见孙兰时向大家介绍说："这是苏北解放区第一位女县长，是我家乡的父母官。"美国进步记者史沫特莱在《密勒氏评论报》上撰文称她是"共产党的女才子，红色中国的女县长"。

编号：004 杨善文（1931—1951），下关四队人，1948年参加中国人民解放军，1950年作为中国人民志愿军二十军六十师一八〇团战士赴朝作战，1951年6月10日，在奉命执行一次阻击战中英勇牺牲，现英灵安息在朝鲜中国人民志愿军烈士陵园。

编号：005 黄元龙（1923—1981），下关人，1940年在新安镇参加游击队，1941年在淮北支队青年队任侦察员，1945年在新四军三师七旅十九团任副班长，1947—1948年在东北民主联军第六纵队四十八团先后任通信班长、副排长，1948年在东宁第一荣校纠察队任政治指导员，1949年在通河县联队指导股任副股长，1951年在盐城劳改支队任指导员。其间1946年入党，先后参加过抗日战争、解放战争、抗美援朝战争，在四平战役中荣立三等功，并被授予"战斗模范"称号。

编号：006 叶乃康（1924—1996），下关六队人，1941年参军，1941年2月淮安县大队五连战士，1945年新四军三师特务团四连战士，1946年东北西满军区招待所上士，1947年东北二纵队政治部上士，1949年三十九军政治部上士，1950年入党，1950年三十九军卫生部三所上士，1951年三十九军卫生部三所事务长，1952年三十九军后勤本部事务长，1953年东北后勤十二院休养员，1953年华东军区训练一团二营七连学员，解放后曾任下关镇指导员。其间立过小功二次，平时功二次。先后参加过土地革命、抗日战争、解放战争、抗美援朝战争等。

编号：007 胡正来（1943—2009），下关二队人，1963年入伍，在中国人民解放军十二军一〇三团三营三机炮连任班长，1965—1966年在水利兵团、广州军区（广空）高炮部队服役，1966年在兰州军区（兰空）高炮三十九团三营三机炮连任班长，1966年加入中国共产党，1967年随广州军区（广空）高炮部队三十六团三营七连参加抗美援越战争，在1968年1月18日空战中，因其表现勇敢荣立三等功，并作为战斗英雄出席团英雄模范表彰会，1969年退役，1970年作为党代表参加中国共产党淮安县第四次代表大会，70年代中期任下关大队书记。

编号：008 张友年（1929—1996），下关五队人，1945年入伍，1951年8月作为中国人民志愿军六十八军汽十七团五连班长入朝作战，立过二等功一次。

编号：009 黄永生（1894—1943），下关五队人，皮毛商，多年一直扶困救贫行善乡邻。在抗日战争期间，多次向八路军、中共地下党捐助后勤物资，1943年因叛徒出卖，在上海被日军杀害。

编号：010 鞠济梅（1903—1977），下关五队人，黄永生的遗孀。1946年，孙兰任苏皖边区淮安县县长期间一直住在她家，她受孙兰的革命思想熏陶，毫无条件地主动捐出家中百亩良田（新城东门口至仁字坝段的田）支持孙兰领导的土改运动。

下关文化工作领导小组

2019年8月1日

第二节

留住乡愁留住根，倾力建设"村史馆"

下关村民是一群乡情乡愁十分浓厚的人，面对拆迁后的下关，很多人的内心都波澜起伏。

下关村有 2500 多年的历史，与一般的村庄相比，这里文化底蕴深厚、革命历史悠久、红色印记众多、仁人志士辈出，可以说非同凡响。

下关历史上发生的重大事件，涌现出的各类英才，值得铭记。村民们除了自发编著出版《下关史话》这部村史书之外，还发起了建设下关村史馆的行动。

蔡峦担任党总支书记之后，将村里的办公用房腾出一部分，支持村民们打造下关的村史馆。她与负责建设村史馆的村文化志愿者王爱兵经过商讨，认为在建设村史馆当中，既要记载下关悠久的历史，传承下关的仁义文化，也要突出党建引领助推下关发展的元素。筹建中要发动群众的智慧和力量，多搜集有关下关历史的图文资料，以实物展陈、视频影像等形式，直观形象地宣传下关的历史人物、红色文化、乡土人情、传统产业，增强卜关村民的参与感、认同感、获得感、自豪感、幸福感。

王爱兵是一个具有策划并实施能力的下关热心村民，也是一个很有见识和思想的人。他认为，村史馆就是"一个村庄的博物馆"。每一个村庄都有自己独特的历史文化、民俗传统，不同于其他村庄的历史和人物。下关的村史馆，既要有"乡土味"，更要有"历史味""文化味"，更要根据下关的历史突出红色的精神，使之成为村史馆之魂。在建馆的时候，就要特别注重对下关厚重历史人文和崇仁重义的传统文化的深度挖掘，尊重群众意愿，征求村民意见，在内容上充分反映出下关的社会发展和变迁过程、乡土文化特征，展示出下关的历史、文化、人物、地理、民俗的独特魅力。

下关的村史馆要努力搜集能够代表下关村的一些老物件和部分珍贵实物、资料、图片等，对于重要事件场景或者是代表人物，要采取雕塑浮雕的形式来进行场景还原。布展时，既要有复古风格、历史元素，又要结合现代科技设计，打造一个不一样的下关村的村史馆。

王爱兵和一群热心的村民在村两委的支持下，经过一段时间的筹建，最终建成了下关村史馆。虽然他们有远见和思想，但限于时间紧张和一些条件的不成熟，初建的下关村史馆还有些"朴素"，但全体下关人在这个村史馆里，依然能找到自己那份乡情乡愁和源于下关悠久历史和文化的骄傲自豪。

2019年，下关村迎来了"仁义下关"主题文化社区的建设，并赢得了淮安各界人士和淮安市委、市政府，淮安区委、区政府的肯定支持，这个项目被列为淮安区委书记党建项目。在区委、区政府和淮安街道办的肯定支持下，2020年8月，下关村史馆进入了提档升级的阶段，开始按照"下关历史文化展览馆"的规格提升建设。在项目提档升级过程中，有关部门和领导都给予了关怀和支持。

这里摘录部分当时的新闻报道。

新华访谈网淮安讯：2019年6月20日，淮安区文化旅游开发区副主任陈克宏，区历史文化研究会副会长徐爱明和副秘书长张璞、祁宏，来到香溢花城小区，在下关村党总支书记蔡峦等陪同下，察看正在装修中的下关历史文化展览馆及"仁义二坝景观雕塑"工地。

陈克宏一行认真察看了展馆装修现场，听取了项目施工方负责人关于施工方案的汇报后说："我的祖辈都是下关人，我出生在下关，对家乡怀有深厚的感情，今天我是以一个下关人的身份来看看的，弘扬家乡的文化，我辈有责。这个项目是承载下关文脉延续的重要载体，个人作如下建议：布展时要进一步处理好点和线的关系协调、人和物的关系协调、景点和周边环境的关系协调。不要拘泥于历史而表现历史，在表现形式上，要尽量使用当代文化表述形式。展厅布展方案要进一步完善展览主题、传播意图、内容框架、展线划分、节奏安排、展品组合，形式设计要求、重点、亮点明确突出。"

接着，张璞就展馆布展的展览主题、目标观众、指导思想、传播目的、场地条件、内容框架、文字说明、文物展品、辅助展品、陈列技术、重点说明等方面需要进一步细化方案，并进一步强调了展馆策划中必须遵循的公众满意原则、科学性原则、系统性原则、创新性原则、可行性原则提出了建议。徐爱明、祁宏就布展中尽量要表现出淮安城西北"文河下"、东北"武下关"的双翼拱卫特点等提出了建议。

最后，蔡峦说："感谢专家们今天亲自到场指导，感谢你们对下关文化一如既往的关心，下关文化发展今天的成绩，正是在社会各界对下关的大力支持下取得的，敬请你们进一步关心下关文化发展、帮助我们顺利完成建设'仁义下关'主题文化小区工程。"

新华访谈网淮安讯：2020年5月1日，淮安区常务副区长王锐、区委组织部部长杨广、副区长李晓旭、区历史文化研究会会长金志庚等，在淮城街道党工委书记钟马、人大工委主任马国斌、区委党建办主任姚剑，深入下关村香溢花城小区调研"仁义下关"主题文化社区建设提档升级工作，实地察看了下关村党群服务中心、仁义二坝景观雕塑、仁义主题楹联、下关历史文化展览馆、村民健身广场等。

调研过程中，王锐、杨广、李晓旭、金志庚重点听取了钟马、马国斌关于打造"仁义下关"主题文化社区建设工作情况的说明，下关村党总支书记蔡峦从区域内组织联合、功能融合、资源整合三个方面向区领导介绍了下关村在建设"仁义下关"主题文化社区中所作出的探索以及取得的成效与存在的问题。

区领导对"仁义下关"主题文化社区工作的阶段性成果给予了充分肯定，认为下关村的"仁义下关"主题文化社区创新建设完全符合社会主义核心价值观，本次提档升级要力争一步到位，在进一步加强党建阵地建设的前提下，提出了几项指导性意见：一、绿化要景观化；二、物业管理要强化；三、展览馆布展要标准化；四、管线问题要微改造；五、楼道单元强文化；六、要统筹意识，合理布局，进一步加强文化阵地建设，整合文化力量，加大整合力度，提升党建水平；七、要强化创新意识，打好主题文化社区品牌新亮点；八、要围绕建阵地、强队伍、贴民心、重服务、明载体、见实效的总体要求；九、要立足党建引领基层治理、党建服务中心大局，打造出淮安区基层党建引领、文化强村发展的典型村！

2021年2月25日，张攀江、王翔、孙强三人写了题为《淮安下关村：打造"村史馆"+"党史馆"，留住了乡愁，激发出动力》的报道文章：

近日，淮安市淮城街道下关村倾力打造的历史文化陈列馆竣工开放，这是下关村自己的"村史馆"+"党史馆"。展馆占地面积600平方米，由下关溯源、党员风采、近代风貌、下关书画馆四个主题构成，展示了古老下关的人文风俗，以及在党的领导下这片土地上干事创业的历史故事和沧桑巨变。

走进陈列馆，迎面是一幅水墨风格的东仁桥画卷。下关村拆迁前，跨过东仁桥便算正式进入了下关村地界。漫步展馆内，一幅幅精彩的图文展示，一件件陈旧的老物件，都让村民感慨不已。年逾古稀的王奶奶，一边仔细端详展馆里的展陈，一边和身边的人讲述着。她告诉记者，展馆里的很多东西，都是她记忆里的模样。

"只有全面学习党的历史，才能更加珍惜来之不易的幸福生活，对于我们扶贫干部来说，这是一堂'必修课'。"下关村村干部陆鬓影这样说，"像我们小时候记事的，都知道大桥口、东大桥、西大桥、董馆是哪里，人家新来的人肯定不知道，如今，我们要讲给别人听。"村民刘仲华说："如今的下关跟过去的下关是大不相同，变化得非常好，生活也越来越美好了。"

下关村位于淮安城区东侧，是一个有着 2500 年厚重历史的文化村落。2020 年以前，村子有一个简陋的展馆，里面的展品都来自村民的捐赠。2020 年 8 月，下关历史文化展馆提档升级改造工程被列为书记党建项目，进行更深入、细致的打造。经过半年多的精心打磨，新的下关历史文化展馆布展更精美，手段也更现代，随处可见的声光电等科技手段的运用，将老下关的历史底蕴和新下关的蓬勃发展有机融合起来，展示出了下关的独特之美。

陆鬓影说："我们下关村'村史馆'＋'党史馆'的建设，就是要为老下关人留住乡愁，为新下关人激发干事创业的动力。"

……

无论是在下关村简陋朴素的村史馆建设中，还是在下关村历史陈列馆的提档升级建设中，下关村文化志愿者王爱兵等人都付出了巨大心血，并垫付了不少钱财。

村党总支书记蔡峦曾说，建设村史馆时，王爱兵和他的助手们一腔热情投入，从来没有想过通过这个项目赚钱。布展之中，需要什么买什么，顾不得算细账。结果项目建成后，他自己有十几万块钱凑不上了，后来村里在一次查账中发现，还有十几万块钱没有给他支付，告诉了他，他才算找到这笔"弄丢"的钱。

蔡峦说："正是有一批像王爱兵这样热心热情、无私奉献的下关村民，下关村的各项事业才蒸蒸日上，下关村在新时代的建设中才能创造一个又一个突出的成就。下关今天的巨大变化和崭新面貌，是村两委党员干部和下关群众齐心协力共同创造的。有一心服务老百姓的党员干部，有热心下关发展的广大群众，相信下关的明天一定会更加美好。"

"仁义下关"主题文化社区的建设，凝聚了下关人的智慧，提振了下关人的干劲，在社会各界的关注支持之下，取得了丰硕的发展成果。

2022 年 8 月 9 日，中国城镇化促进会城乡统筹委副会长、北京绿十字创始人、农道联众院长孙君一行，来到"仁义下关"主题文化社区调研指导。

多年来，孙君带领他的团队设计、实施、参与了多个乡村振兴建设项目，其中很多项目成为乡村振兴全国示范样板村，最具代表性的湖北堰河村、河南郝堂村、安徽三瓜公社，更是被当作中国乡建教科书式的经典范本。孙君老师提倡的"把农村建设得更像农村"设计理念，设计的作品"一村一原创　永不雷同"，运营的村庄"一村一模式不断创新"，得到农业农村部及省市领导的充分认可，很多领导称其为"乡建院士"。

孙君一行在下关村观摩了仁义二坝雕塑、仁义广场、村史馆、仁义主题单元楹联、名人名胜路名牌等文化阵地。在"我有芳邻"党群活动中心，他随机和老人拉起家常并询问获得感和满意度；在群众健身广场，他和年轻人聊起对家乡现在的看法和日后发展的想法。

座谈时，孙君一行认真听取了下关村干部群众介绍的下关做法和经验。孙君说："我今天眼中看到的下关村是'还原乡土文化、重塑乡村活力'的新时代城中村的典型村。今天的下关村两委党员干部，非常明白村民想要什么，始终在围绕村民需求来实施各项建设。下关村在留住乡愁、借力乡村文化方面，发挥了村民的主观能动性，激活了下关发展的各方力量，在全国城中村文化赋能和社区治理方面已经走在了前列。下关村的'党建引领 乡愁融情 发展强基 服务暖心'做法和经验，值得我们农道团队在日后的城中村打造中推广借鉴。"

孙君等专家建议：下关村下一步应制定多项乡贤扶持政策，感召更多乡贤回报家乡；进一步整合多方资源开发文创产品，留住更多的年轻人在家乡实现就业创业；进一步多举发展集体经济，为迈向共同富裕奠定强有力的基础。

孙君说："下关村有一个坚强的党总支，有一群文化志愿者，有一村崇仁重义的村民，坚信下关在实现乡村振兴和迈向共同富裕的征途中，定会创造更多令人惊喜的成就。"

第三节

校村携手融合共建，助力下关腾飞发展

淮阴工学院商学院近年来比较重视党建与基层社会实践的结合，一直努力致力于探索研究党建在基层经济社会发展中的引领作用。"仁义下关"主题文化社区建设的成果，很快引起了淮阴工学院商学院党委的高度关注，并积极与淮安区淮城街道和下关村党组织联系沟通，最终达成了以"仁义下关"主题文化社区建设为平台，与下关村携手进行校地党建融合示范基地共建工作的方案。

2020年5月30日，淮阴工学院商学院党委与淮安市淮安区淮城街道下关村党总支在下关村共同举行《校地党建融合示范基地共建协议书》签约仪式暨学术报告会。

签约仪式暨学术报告会由淮安区淮城街道党工委副书记贾武强主持；淮阴工学院党委副书记、副校长吴建华，淮安区委副书记、区长颜复出席签约仪式并讲话；淮阴工学院商学院院长张小兵等班子成员、各党支部书记、党员教师代表，淮安区淮城街道党工委书记钟马、人大工委主任马国斌等党政领导，下关村党员干部、群众代表、志愿者代表参加了签约仪式。

吴建华在讲话中指出，淮阴工学院党委认真贯彻落实新时代党的建设总要求，始终坚持围绕中心抓党建，抓好党建促发展，有力推进了学校各项事业发展。商学院党委以党建引领主动对接地方经济社会发展需求，是探索党建在社会治理中发挥积极作用的有益实践。相信通过双方共同努力，一定能够把校地党建融合共建推向新的高度，打造出淮安地区乃至全省党建融合创新优秀示范基地和新时代中国特色主题文化样板社区。

颜复在讲话中指出：淮阴工学院多年来一直大力支持淮安区各项事业发展，此次把校地党建融合共建示范基地项目融入校地双方中心工作，提升基层治理科学化和现代化水平，彰显了项目高度；省属高校与基层村居开展党建共建，校地融合，资源共享，彰显了项目跨度；各位专家学者心系淮安谋发展，根植基层接地气，彰显了项目深度。《校地党建融合示范基地共建协议书》的签署，标志着校地双方积极探索新时代党建融合共建助力高质量发展进入了新阶段。相信通过校地双方共同努力，砥砺前行，不断创新，一定能够取得累累硕果。

淮阴工学院党委常委、副校长陆为群为"校地党建融合共建示范基地"和"下关社区文化研究院"授牌；淮阴工学院商学院党委书记吴开军与淮安区淮城街道下关村党总支书记蔡峦共同签署《校地党建融合示范基地共建协议书》。

校地双方商定：以党建引领，校地联动，统筹兼顾，通过持续推进管理创新、文化创新和制度创新，努力打造特色鲜明、内涵丰富、运行良好、成果丰硕的江苏省优秀党建融合共建示范基地和主题文化样板社区；淮阴工学院商学院将定期指派有关专家团队在下关村挂职交流，开展党建业务知识、社会综合治理、经济管理技能培训和大学生村官培养工作，开展科创园调研、规划、设计与运营管理工作，开展下关社区文化建设应用型课题研究与项目开发工作等；下关村支持淮阴工学院商学院教师教育、教学、科研工作和学生实习实训、创新创业实践、就业工作，设立"下关奖教金"，用于奖励为下关文化研究、经济社会发展、基层党组织建设做出突出贡献的教师个人和团队；双方联合开展校园（基地）文化创建、主题党日、主题团日、青年志愿者服务活动，践行社会主义核心价值观，培育新型社区文化和志愿者文化。

淮阴工学院商学院下关社区文化研究院院长张延爱向社会公开发布了《新时代下关社区党建体制机制创新研究》《下关历史文化资源价值及其当代利用》《下关社区经济发展战略研究》和《基层治理创新背景下下关社区党群服务中心建设研究》等涵盖"党建研究""历史文化研究""经济社会发展研究"和"社区综合治理研究"4大模块8项研究课题。

淮阴工学院商学院党委书记吴开军和淮安区政协原副主席、淮安区历史文化研究会会长金志庚分别作社区党建和下关历史文化研究学术报告。

2020年7月16日，"淮阴工学院商学院党委与淮安区下关村党总支校地融合党建示范基地第一次工作会议"在淮阴工学院召开。淮阴工学院党委常委、副校长陆为群，淮安区政协原副主席、历史文化研究会会长、区委书记党建项目顾问金志庚，淮安区淮城街道党工委副书记、办事处主任徐爱春等出席会议并讲话。

淮阴工学院商学院党委书记吴开军主持会议。

陆为群代表校党委和行政向与会领导和嘉宾表示热烈欢迎，并介绍了学校近年来各项工作取得的新成就，对校地融合党建示范基地签约以来取得的新进展给予了高度评价。

他提到，校地融合党建示范基地建设是淮阴工学院"扎根淮安办大学，服务地方谋发展"的使命担当和具体实践，相信一定能够为推进下关村治理体系和治理能力现代化发挥好"智囊作用"，贡献出"淮工智慧"，一定能够激发淮工师生服务地方经济社会发展的激情和热情，为提升人才培养成效，推进学校事业高质量发展做出新的更大贡献。

徐爱春代表淮城街道党工委和办事处，对淮阴工学院给予校地融合党建示范基地建设提供的宝贵支持表示衷心感谢，并对基地未来发展寄予美好愿景。

他表示，校地融合党建示范基地坚持一致性和多样性相统一，把党建融合融入全局中心，把政治优势转化为发展优势，依托下关丰厚的历史文化资源和独特魅力，通过载体创新、内容创新、形式创新，讲述好"下关历史"，传播好"下关文化"，找出"最大公约数"，画出"最大同心圆"。相信通过校地双方共同努力，一定能够打造一座"以文化人、以德育人"的精神堡垒，探索出一条基层党建引领文化强村、提升社区治理的新路径。

金志庚对基地建设的目标、路径和方法提出了具体指导意见。他认为，下关是千年古镇，文化底蕴深厚，"仁义下关"主题社区建设是2020年淮安区委书记重点党建项目。把下关社区建设成为有特色、高品位的新型文化品牌社区，一要紧扣"仁义"主题，提升环境品质，建设仁义主题文化景观道路、主题游园等；二要利用历史记忆，挖掘文化内涵，以重要人物的史实与故事为主题，打造"不忘初心、牢记使命"主题教育新阵地；三要强化"党建＋文化"，创新治理格局，以文化品牌熏陶广大居民的日常行为规范，大力营造崇德向善、和睦共处的社区人文环境，逐渐形成"党建引领、文化教育、居民自治"的治理格局。

淮阴工学院商学院党委书记吴开军宣读了校地融合党建示范基地

建设领导小组和商学院下关社区文化研究院组成人员名单，并宣布委派营销系教工党支部书记张延爱同志挂职下关村，任党总支第一书记。

淮阴工学院商学院下关社区文化研究院组织有关专家，对 5 月 30 日签约仪式上公开发布的第一期下关社区"党的建设""历史文化""经济社会发展"和"社区综合治理" 4 大模块 8 个专项研究课题的《课题申报书》进行了评审。淮阴工学院商学院下关社区文化研究院将在全部三期研究课题结题验收后，把研究成果中 24 篇省级以上期刊公开发表的研究论文汇编成集，把 20 余万字的研究报告结集出版。作为村一级基层组织，下关村能够针对本村实际开展如此高层次、多领域、大体量课题研究，并将其研究成果用于指导具体工作实践，这在淮安市尚属首家，在全省乃至全国亦不多见。

2020 年 7 月 22 日，为落实"淮阴工学院商学院党委—淮安区下关村党总支校地融合党建示范基地"第一次会议精神，淮阴工学院"文"村品"化"乡愁大学生创业团队与下关村党总支，就"大学生参与示范基地党建工作""文化直播为乡村产品销售助力"事项进行了会谈。

淮安区政协原副主席、历史文化研究会会长、区委书记党建项目顾问金志庚，淮阴工学院商学院党委副书记、副院长邓国英，淮阴工学院商学院下关社区文化研究院院长、下关村党总支第一书记张延爱等出席了本次活动。校地双方确定，以党建为引领，校地联动，大学生接力，发挥大学生智力与技术优势，运用文化直播带货新模式为下关经济发展助力。

"文"村品"化"乡愁团队成员在下关村社区工作人员的带领下，参观了淮安市下关历史文化展览馆。通过参观交流，团队成员不仅了解到下关悠久的历史文化传统，感受了下关人民的传统生活方式，还认真学习并体会了下关的红色文化。"这样的历史文化展览馆，让我们很直观地感受到下关的文化底蕴。""'仁义下关'主题文化小区的建设，将下关传统文化融入居民生活中的方方面面。"团队成员一致表示，要全身心地投入到下关社区建设中，助力下关村形成"党建引领、文化教育、居民自治"的治理格局。

"文"村品"化"乡愁团队成员还与淮安区历史文化研究会会长、区委书记党建项目顾问金志庚，进行了一次近距离的接触与交流。金志庚以爱国主义为核心，分别从坚定的理想信念、中国传统文化——仁义礼智信、家风家教三个角度，向与会人员分享了"仁义下关"主题社区的建设。他强调，下关历史文化底蕴深厚，"仁义"文化已经深入村民内心，创业团队要将下关的优质产品与下关的历史文化相结合，讲好产品背后的文化故事。

淮阴工学院商学院下关社区文化研究院院长、下关村党总支第一书记张延爱说："校地党建事业要发挥全体党员的先锋模范作用，尤其要激发青年党员的干事热情。学生党员是推进党建工作的坚实力量与后备军，下关文化推动建设需要更多新鲜血液力量的注入。希望创业团队把握历史机遇，为下关村主题文化社区建设添砖加瓦。"

张延爱还介绍，"文"村品"化"乡愁团队成员，在下关村双福楼酒店开展了一次现场文化直播带货，团队主播从"下关牛肉"传统文化故事说起，以轻松愉悦的形式为观众科普"梁红玉斗疯牛"的历史文化故事。本场直播持续一个小时，点赞量达 2.6 万，吸引 1000 余人观看，其中 700 余人为淮安同城观众，现场销售近 200 斤牛肉。

2020 年 10 月 16 日，淮阴工学院商学院党委·淮安区淮城街道下关村党总支"校地融合共建党建示范基地"建设领导小组第二次工作会议暨淮阴工学院校城融合高质量发展大会商学院校地合作项目洽谈会在淮阴工学院商学院召开。淮阴工学院商学院党委书记吴开军，淮安区历史文化研究会会长、区委书记党建项目顾问金志庚，淮安区淮城街道党工委书记骆东华等领导和下关村党员干部出席了会议。

骆东华在会上说："自校地党建融合共建示范基地成功签约以来，校地双方坚持一致性和多样性相统一，把党建融入全局中心工作，在党的建设、文化教育、科研开发和创新创业等方面取得初步成效。'特色鲜明、内涵丰富、运行良好、成果丰硕'的优秀融合共建党建示范基地初具雏形，校地基层党组织的组织力、创造力、凝聚力和战斗力有效提升。期待双方坚持党建引领作用，完善工作机制，高效整合资源，把示范基地建设成为全国有影响、全省有位置、全市争先进的一流校地合作平台。"

下关村党总支第一书记张延爱介绍道，校地融合共建党建示范基地建设以来，取得了重要进展和一大批成果，社会各界给予了高度评价，主流媒体给予广泛关注。基地融合共建党建项目分别在淮城街道成功开展了"万企联万村，共走振兴路"企村推介会；横向研究课题进入中期研究阶段；"工商管理专业下关班"24名学员如期参加淮阴工学院自主招生考试即将顺利入学；营销系教工党支部在下关为百余名高考学子连续开展了8场高考志愿填报义务指导；以商学院学生党员干部和积极分子为主体的"第七次全国人口普查下关志愿者团队"100名志愿者在下关社区开展入户调查工作……

张延爱在担任下关村党总支第一书记伊始，便深入思考在学校高质量发展进程中，如何充分发挥基层党组织战斗堡垒作用和党员教职工先锋模范作用，提升基层党组织的组织力、创造力、凝聚力和战斗力。

张延爱对营销系党支部成员说："把基层党建活力转化为促进中心工作发展活力，要善于整合高校优质教育教学资源和地方优质社会经济资源，把高校党建与地方党建相融合，把党建优势转化为校地共同发展优势，推动校地双方各项事业不断迈上新台阶。"

在校地双方共建基地的过程中，下关村村民代表王爱兵深有感触，他说："淮阴工学院作为省属知名高校，能够与下关村基层党总支合作共建党建示范基地，领导与专家学者们深入社区，关心群众需求，帮助社区探索社区治理经验，为下关经济社会发展建言献策，这个基地真的讲正气、有才气、接地气。"

商学院党委书记吴开军说："下关校地党建融合共建示范基地，通过持续开展管理创新、制度创新、文化创新，积极打造优秀校地党建融合示范基地和主题文化样板社区，取得的成果令人鼓舞。其中，营销系教工党支部及党员教职工在基地建设过程中充分发挥战斗堡垒作用和先锋模范作用，为商学院广大师生树立了良好榜样……"

第四节

百年建党高歌远航，红色下关人民幸福

下关是一片红色的土地，下关村党总支每到中国共产党"七一"建党节之前，都要搞红色文艺演出活动，庆祝伟大的中国共产党的生日。

中国共产党成立 100 周年的光辉节日就要到来了！

为隆重庆祝中国共产党成立 100 周年，讴歌中国共产党百年来的光辉业绩，回顾中国共产党百年来的奋斗历程，继承和发扬党的光荣传统和优良作风，激发下关党群在新时代爱党、爱国、爱家的坚定理想信念和昂扬进取、阔步前行的责任意识、担当精神。下关村党总支提前谋划，决定利用这个重要的红色的日子，组织下关党群观看红色节目学党史，对党员干部群众进行红色文化的熏陶，带领下关群众永远跟党走。同时，也将党组织为群众办实事办好事的打算和谋划向群众公开，让群众从村两委所办的每一件实事和好事中，感受到中国共产党为老百姓谋福利谋幸福的努力和奋斗。

2021 年 5 月 18 日，由淮安区老区促进会、淮安区淮城街道办事处指导，由淮安区文化馆、淮安区阳光艺术团、淮安区淮城街道下关村主办，由淮阴工学院商学院下关社区文化研究院、淮安区融媒体中心下关新闻工作站、淮安区历史文化研究会下关分会、淮安下关书画院、淮安区淮城街道下关新时代文明实践站协办的"红色下关　阳光万丈 庆祝中国共产党成立 100 周年大型文艺演出"，在"仁义下关"主题文化社区隆重举行。

百年党史，百年辉煌。一百年前的中国革命从南湖启航，南湖红船，承载着一个民族的憧憬，开辟了一条中国特色的航线。一百年的峥嵘岁月凯歌高奏，一百年的波澜壮阔，一百年来，中国共产党人谱写了祖国江河的壮丽诗篇。活动分为：序篇《光辉的历程》；第一篇章《浴血奋斗》；第二篇章《激情岁月》；第三篇章《壮丽启航》。

活动在歌舞《人民是天》中拉开序幕。

通过音诗画《红》，情景表演《横沟暴动》，歌舞表演《游击队之歌》《映山红》《七律·长征》《东方红》，回顾了中国共产党的百年光辉历程，把下关党群仿佛带回到了那个浴血奋斗的战争年代。那一点一点的红，是革命烈士挥洒的一腔热血；那一片一片的红，是共产党人为实现崇高理想的奋斗；一点一点的星星之火，烧红了井冈山，烧红了太行山，烧红了大别山，烧遍了全中国。横沟武装暴动之后，淮安也燃烧起农民运动的熊熊烈火，打响了苏北大地上农民起义的第一枪。

大合唱《志愿军战歌》，再现了中国人民志愿军，肩负着人民的重托、民族的期望，雄赳赳、气昂昂，跨过鸭绿江，同朝鲜人民和军队一道，历经两年零九个月的浴血奋战，赢得了抗美援朝战争的伟大胜利。

大合唱《前进吧，中国共产党》，让很多党员干部群众热泪盈眶。

迎着风雨旗帜飘扬，

坚定跨越世纪沧桑，

我们是中国共产党。

时刻献身崇高理想。

我们奋斗我们牺牲，

只为民族复兴梦想。

人民的向往，是我们唯一的方向，

哪里有人民，哪里就有坚强的党。

前进吧，亲爱的同志们；

前进吧，中国共产党；

前进吧，亲爱的同志们；

前进吧！前进吧！

前进吧，中国共产党！

向着胜利，拥抱太阳，

光荣迈向，百年辉煌，

我们是中国共产党，

永远走在创新路上。

……

　　歌表演《红船红》，承载着人民的重托和民族的希望。当年的红船，早已成为领航中国行稳致远的巍巍巨轮。今天，中国共产党永葆百年初心，胸怀千秋伟业，继续乘风破浪、扬帆远航。下关群众永远感恩中国共产党，《唱支山歌给党听》，男声合唱《祖国不会忘记》，就是他们赤诚热烈的心声。

　　戏曲联唱《淮安朝前走》，歌舞组合《淮安人走上小康路》，表达了淮安人民信心满怀走上小康路、意气风发踏上新征程的奋斗精神；歌舞《思念》，承载着家乡人民对伟人周总理永久的思念；歌舞《江山》，意味深远：老百姓是山，老百姓是海，老百姓是共产党生命的源泉；老百姓是地，老百姓是天，老百姓是中国共产党人永远的挂念。

没有共产党就没有新中国

没有共产党就没有新中国

共产党辛劳为民族

共产党他一心救中国

他指给了人民解放的道路

他领导中国走向光明

他坚持了抗战八年多

他改善了人民生活

他建设了敌后根据地

他实行了民主好处多

没有共产党就没有新中国

没有共产党就没有新中国

……

　　隆重热烈的演出活动，最后达到了高潮，阳光艺术团的艺术家们和下关村近千名党群全体起立，在《没有共产党就没有新中国》的高亢激昂的大合唱中完美谢幕……

　　除"七一"建党节的庆祝活动之外，下关村每年在春节、端午节、中秋节、重阳节、建军节、国庆节，还有学雷锋纪念日等时间节点，都会举行各类红色的活动，增强下关群众的幸福感、获得感、荣誉感、自豪感和民族自信心……

　　1963年3月5日，为号召全国人民学习雷锋的共产主义精神，伟大领袖毛泽东主席亲笔题词"向雷锋同志学习"发布。刘少奇、周恩来、朱德等老一辈无产阶级革命家也相继为雷锋同志题词。从此，全国掀起了学习雷锋的热潮，雷锋精神传遍神州。

　　无论时代如何变迁，雷锋精神永不过时。雷锋，这个平凡而伟大的名字，他为祖国和共产主义而奋斗的精神，在岁月长河里永远闪烁着光芒。雷锋精神，是一座永恒而不朽的丰碑，在时代变迁中永不褪色，在当今的时代依然熠熠生辉。

　　2023年3月5日，为纪念毛主席"向雷锋同志学习"题词发表60周年，弘扬平凡而伟大的雷锋精神，培养群众一心向党、乐于助人的优良品格，倡导党员干部一心为民、无私奉献的公仆精神，下关村特别举行了一场隆重的"学习周恩来崇高品质，弘扬新时代雷锋精神，2023年学雷锋志愿服务表彰大会"。

　　自"仁义下关"主题文化社区建设以来，下关村党群志愿者积极传承崇仁重义传统，践行雷锋精神，学雷锋做贡献蔚然成风，志愿者队伍在服务中不断壮大，在社区治理中发挥着榜样的作用。下关村在表彰大会中对突出贡献者予以表彰。

这次学习表彰大会很隆重，分为两大部分内容。第一部分，在民歌《绣金匾》中拉开大会序幕，深切缅怀周总理为党、为人民、为国家和人民军队建立的卓著功勋。

诗朗诵节目《周总理，你在哪里？》，深切表达了人民对周总理深深的思念，再现了周总理波澜壮阔的一生，讴歌了他一生奉献国家的丰功伟绩和鞠躬尽瘁为人民服务的高尚品格。

党总支书记蔡峦介绍活动的第二部分，主要表彰"下关好居民""下关好青年""下关好党员""下关好大妈"。通过树立先进典型，鼓舞民心，为建设更加美好的"仁义下关"、谱写新时代"仁义下关"的华章而努力……

2023年5月18日，下关村按惯例举行了每月一度为80岁以上老人集体庆生祝寿的喜气洋洋的仪式。

蔡峦等村干部亲手为5月份过生日的25位老人，送上祝愿长寿的蛋糕，献上祝福健康的鲜花，递上寓意添岁的红包；下关村民卜庆梅，带领全家在现场送上她连夜亲手炸制的馓子作为慰问品，向25位寿星表达一家人尊老敬老的一份孝心。

全场为老人们唱起了欢乐的《祝寿歌》：

鞭炮响　心欢畅

福禄寿来喜满堂

亲朋好友来相聚

添光添彩嘛添吉祥

儿孙孝　家运旺

欢声笑语好风光

养育之恩得回报

后福无边嘛又无疆

祝您年年似今朝

祝您岁岁享安康

祝您春秋永不老

祝您天天呀喜洋洋

祝您生日快乐

祝您家和人丁旺

祝您福如大东海

祝您寿比呀南山长

祝福您　祝福您

祝福您　祝福您

寿比南山长

......

在欢乐喜庆的歌声中，下关村每月一度为老人庆祝生日的隆重仪式结束了。这样的活动，带给老人精神和心理上的愉悦和幸福，是无法用这些物质和形式描述的，它让这些历经沧桑的老人感受到了党和政府无微不至的亲切关怀，感受到了社会主义中国发展的成果，感受到了后代下关人尊老敬老孝老的浓浓亲情、乡情和温暖。

这些年来，在为老人们庆生活动中，有好多特别感人的镜头：

2019 年 5 月 28 日下午，下关村进行了"仁义下关"主题文化建设启动仪式和每月一度的为老人庆生日仪式。骄阳之下，年轻的志愿者们为这些参会的老人，每人撑起了一把遮阳的伞，让他们在灼灼的阳光之下享受到特别温馨的清凉。而所有前来参加活动的社会各级领导、村干部、志愿者，或就座或站立在阳光之下，这样的场景，特别令人感动。

有一位行动不便的老寿星，坐在轮椅里被下关年轻的志愿者，一步一步抬着走进了会场。这位姓张的老人，面对此情此景激动万分，他在会场里激动地大声呼喊：共产党好！共产党万岁！共产党好！共产党万岁！

老人发自肺腑的呼喊，感动了全场，让很多人热泪盈眶……

岁岁有重阳，重阳复又至。

2023 年的重阳节就要到来了，下关村孝老敬老的氛围越来越浓，他们以集体经济红利的释放，推动民生实事的落实，为尊老孝老做出真真切切的贡献。

2023 年 10 月 20 日，由淮阴工学院商学院下关社区文化研究院、淮安区历史文化研究会下关分会承办的淮城街道下关村第四届孝文化主题日——"尊老孝亲·爱在重阳"活动，在下关村香溢花城社区群众文化广场的音乐声中拉开了帷幕。

在这个美好的传统节日里，村民们以一种特别的方式表达了对老人的尊重和关爱。"剪剪头发更精神，修修指甲更干净"。下关志愿者们忙碌的身影在人群中穿梭，他们帮助先到的寿星们剪头发、修指甲、量血压，陪着老人们唠唠家常，热情洋溢的氛围中充满了对生活的热爱和对老人的关爱。在这一过程中，他们的行动深入民心、凝聚人心、强化信心、铸造同心，起到了积极的暖民作用。

当天下午两点，由爷爷奶奶们组成的"仁义下关艺术团"的开场舞《祝福祖国》，将活动推向了高潮。紧接着，是为下关村 80 岁以上老寿星举行集体庆生仪式。只见 28 位寿星安坐前排，下关村社工首先给寿星们戴上寿星帽，献上象征吉祥的红围巾和祝福健康的鲜花，然后送上祈福祝寿的大蛋糕和孝敬老人的大红包。

孝子朱炳华唱着《拉着妈妈的手》，充满深情和敬意，引领着 99 岁的母亲走向舞台。在志愿者的搀扶下，母亲迈着颤巍巍的步伐，朱炳华唱着歌紧紧跟随守护着老母亲。

他的歌声，每一个字都充满了对母亲的深深眷恋和敬爱：

想想小时候

常拉着妈妈的手

身前身后转来转去没有忧和愁

上学的那一天

站在校门口

哭着喊着妈妈哟

我要跟你走

拉住妈妈的手

泪水往下流

这双手虽然粗糙

可是她最温柔

拉住妈妈的手

幸福在心头

千万别松开这份最美的守候

长大了以后

还拉着妈妈的手

想起儿时的不孝顺

我的心里好难受

妈妈的腰也弯了

妈妈她白了头

受苦受累的妈妈哟

我要背着你走

拉住妈妈的手

泪水往下流

这双手虽然粗糙

可是她最温柔

拉住妈妈的手

幸福在心头

千万别松开这份最美的守候

千万别松开那份最美的守候

全场被朱炳华的歌声所感动，掌声如潮水般翻涌，一次次高潮迭起。朱炳华深情动人的演唱，不仅仅是唱一首歌，更是一份赤子情感的传递，一份对母亲的敬爱和孝顺，也是一份对下关所有老人的敬爱和孝顺。

紧接着，是对"下关孝子""下关孝女""下关孝媳""下关孝婿"的隆重表彰。其中，给"下关孝子任志盛"的颁奖词是这样写的：古往今来，所有为国建功立业者，皆谓大孝。任志盛，下关人，现役军人，他带领着一个既能守边防、更能打胜仗的过硬集体，为坚决捍卫国家主权和领土完整，在边防一线管控斗争中，英勇打击非法越线挑衅者，先后荣立个人三等功 2 次，以此来孝顺父母、回报家乡、报效祖国。

年轻的村干部刘昆副书记很有感慨地说："通过连续 5 届孝文化主题日活动的举办，我们下关村已经唱响'尊老孝亲'的主旋律，'谈孝行孝'蔚然成风。在'仁义下关'主题文化社区建设和推进中，下关村党员干部人人积极做好服务工作，切实为老人办实事、解难事、做好事，以实际行动传承中华民族孝老敬老的传统美德，团结每个村民每个家庭为下关村的发展做贡献。"

年轻的村干部王彦云副书记有些激动地介绍，现在的下关村，集体经济实力不断增强，2023 年，已经实现集体经济收入 300 多万元。下一步，下关村将继续发挥党建引领的作用，从外部环境改造、文化元素展示、党建品牌深化、社区和谐治理等四个方面着手，主动作为，服务群众，全面提升"仁义下关"主题文化社区建设水平，给下关老百姓办更多的实事好事，不断提升精神文明建设的成果，将"仁义德馨"的仁义下关村，建设成为老百姓生活美满、和谐安康、文化丰富、精神昂扬的文化村、文明村、幸福村。

第十一章

江山就是人民，人民就是江山

　　作为下关村党总支书记，蔡峦对下关村这些年来翻天覆地的变化，特别是对下关人携手并肩抗击疫情的战斗有非常深刻的感受，她对下关村民有特别的认知和感情。她曾感慨而言："习近平总书记曾说，江山就是人民，人民就是江山。中国共产党领导人民打江山、守江山，守的是人民的心。作为共产党的基层干部，只要我们一心为群众服务，坚持为群众办实事办好事，把为人民服务做到每一件事关群众利益的事情上，人民群众就会从心底说共产党好，就会拥护中国共产党的领导。"

第一节

敬仰英雄，寻下关烈士杨善文

在下关这片红色的土地上，下关人崇尚英雄、敬仰英雄、善待英雄。

杨成荣的二叔是下关的烈士之一。1951 年，杨成荣的二叔牺牲在朝鲜战场。2019 年 6 月，在下关村举行的"仁义下关"主题文化小区建设座谈会上，村里的老党员回忆说，曾在杨家看到过烈士证，很快，杨成荣就接到了村里的电话，了解他二叔的有关情况。

杨成荣出生于 1965 年，因为二叔在他出生前就牺牲了，所以关于二叔的记忆，他都是从奶奶和父亲口中得知的。杨成荣说："二叔叫杨夕文，十几岁就离家参军了，牺牲在朝鲜。二叔牺牲后，政府给家里送来了 400 斤玉米，给奶奶每月发 4 元的抚恤金。我们全家人知道的就这些。"

杨成荣还回忆说："早前，家里收有一张二叔的烈士证，证上记录了二叔的姓名、出生年月、参军时间、牺牲时间、所在部队的番号、部队领导的姓名。奶奶去世后，那张烈士证就交到了他手里。那时，证件已经随时间变成了泛黄的样子，看不清上面的字样了。再后来，家里几次搬家，就连那字迹模糊的证件，也不小心遗失了。

虽然证件遗失，但一家人对二叔的思念从未停止。杨成荣说自己小时候，一家人围坐在一起聊到二叔时，都是眼泪汪汪的。二叔牺牲前经历了什么，究竟在哪场战役里牺牲的？现在安葬在哪里？成了一个个谜团，一直困扰着家人。1976 年，他奶奶去世，奶奶临终时，含泪嘱咐他父亲和大伯，一定要想办法找到二叔安葬的地方，去看看二叔。1989年和1993年，他大伯和父亲相继去世，遗愿也是让他们小辈找到二叔，大伯和父亲是带着无法向奶奶交代的遗憾走的。几十年来，找到在朝鲜战场上牺牲的二叔，是家里三代人的心愿。过去家里太穷，没有能力去找，现在生活好起来了，奶奶和父辈的遗愿，他们这代人有责任去完成……

烈士证遗失，也不知道所在部队的番号，仅知道籍贯和姓名，寻找烈士的任务非常艰难。为了圆杨家三代人的愿望，2019年7月初，下关村启动了寻找抗美援朝烈士杨夕文的工作。

7月2日，下关村向淮安区档案局发了一份委托函，请求档案局查找杨夕文烈士的相关信息。档案局在查阅了相关档案后，没有找到杨夕文的档案，并及时回复了下关村。但在回复时，工作人员的一席话，点醒了负责对接此事的村文化志愿者王爱兵。

工作人员说："如果杨夕文是烈士，发放过烈士证，是不是区烈士陵园会有档案？"于是，王爱兵又带着委托函来到淮安区烈士陵园，查询淮安区革命烈士名录。下关村属于淮城街道，但奇怪的是，在淮城街道的烈士名录里，最终也没有找到杨夕文的名字。

王爱兵是一个脑子活、有历史知识的村文化志愿者，他突然想到下关过去并不属于淮城街道，过去也没有淮城街道。他诚恳地对工作人员说："过去下关属于城郊公社，城郊的烈士名录里，能不能再查查？"果然，在王爱兵的建议下，他们在城郊名录里发现了一位名叫杨善文的烈士的相关档案，基本信息和杨成荣的二叔杨夕文非常吻合。

淮安区方言"善"和"夕"音相似，20世纪四五十年代，识字的人少，凭发音记录文字，很可能存在姓名中个别字记录有误的情况。杨成荣说："档案里也记录了一位叫'杨善斌'的亲属名字，我父亲叫杨夕斌，家庭地址是下关大队第四生产队，的确是我们家当年的地址。应该是我二叔没错！"

2019年7月9日，在经过反复核对确认后，杨成荣二叔杨善文的烈士档案终于被如愿找到了！

　　杨善文，1933 年出生，淮安区下关大队第四生产队人，1948 年参军，1950 年入朝参战，二十军六十师一八〇团战士，1951 年 6 月 10 日在朝鲜一次阻击战中牺牲。

　　时隔整整 68 年的日日夜夜，历经几代人的苦苦寻找，今日杨成荣终于再次获悉了二叔杨善文烈士的档案信息。那一刻，杨成荣激动万分，热泪盈眶。

　　他泪流满面地说："我们今天的幸福生活，离不开像二叔这样的英烈的流血牺牲。我二叔是我的父辈，也是我的榜样，现在我们全家都在期待，期待下一步能找到我二叔在朝鲜安葬的地方。如果有可能，我们想去祭拜，完成我奶奶和我父亲他们兄弟留下的遗愿。如果能够到朝鲜祭拜我二叔，我一定要撮一把家乡的泥土，撒在二叔的墓前，告诉我二叔，我们都很想念他，下关村世世代代人，也都会记得他保家卫国的英雄事迹。"

　　作为主要负责联系有关部门寻找杨善文烈士的下关村文化志愿者，王爱兵介绍说："目前下关村已经将杨善文烈士的情况，呈报给了江苏省民政厅并转呈上报国家民政部，请求帮助查找杨善文烈士在朝鲜的安葬之处。如果有知道关于杨善文烈士相关信息的各界人士，希望能够及时跟我们联系，帮助我们下关村早日找到杨善文烈士的安息之地。"

　　为了让下关人世世代代敬仰英雄，学习英雄保家卫国的献身精神，下关村两委征求群众意见后，决定为杨善文烈士塑像。2020 年清明节之前，在下关村东北角的重要位置，一尊擦了"金身"的杨善文烈士塑像被立了起来。每年的清明节和八一建军节，蔡峦书记都会带领村两委干部和群众代表，来到塑像前祭奠下关英雄杨善文烈士。

　　下关人对烈士的爱戴和敬仰，感动了杨成荣和整个杨氏家族，他们的内心对村两委干部和下关群众充满了感恩之情。

为了表达内心的感恩之情，疫情时期，杨成荣不要村里一分钱报酬，自觉加入村民志愿者队伍，一个人承包了下关10个小区的喷药消毒工作。每天，他天不亮就开始背着药箱喷药消毒，为保护村民的健康无怨无悔地工作，受到了下关村村民点赞。

杨成荣说："作为下关村的一个村民，我在这里有自豪感、荣誉感、幸福感；作为烈士的后人，我感受到下关党员干部群众对英雄的敬仰，对我们烈士后人的特别关爱。特别是在寻找我二叔烈士证明和档案的过程中，我们下关村蔡书记亲自过问，下关热心村民王爱兵等人跑前跑后，受苦受累，终于找到了我二叔的烈士证明和档案。我和我全家，和我们整个杨氏家族的人，都特别感动。作为一个普通市民，我也没有什么大的能耐，疫情来了，我不怕苦，不怕累，不怕什么疫情传染，我就是要为我们下关人尽可能多地做一点事，报答村两委干部和村民们对我们家事情的热心帮助。"

因为在抗疫中的突出表现，2022年年底，杨成荣在2000多人参加的下关抗疫胜利表彰大会上，受到蔡峦书记的热情表扬。

蔡峦书记说："我们下关村之所以能取得抗疫的胜利，就是涌现出了像下关大妈这样众多的抗疫榜样，还有像杨成荣这样不怕苦、不怕累、热心为村民服务的村民志愿者，下关人在这场疫情中表现得特别令人感动，表现出了前所未有的团结，涌现了一位又一位抗疫的英雄。我相信在下关今后的发展中，这种昂扬向上的战斗精神和无私的奉献精神，一定会让下关在新时代插上腾飞的翅膀。"

蔡峦书记的话，赢得了村民们阵阵热烈的掌声……

第二节

"老淮安"，奉献社会结缘下关

2023年4月的一天上午，在春日的阳光里，我与下关村文化志愿者王爱兵一起，来到了位于下关村的一家名叫"老淮安"的饭店，如约见到了这家饭店的创办人孙洪梅女士。

"老淮安"和创办人孙洪梅，在抗疫之中与下关村结下了深厚的情缘，她的酒店员工多次到下关村慰问抗疫的志愿者和下关村民，下关人说到孙洪梅女士都赞不绝口。

孙洪梅是淮安区淮城街道城东乡孙徐村人，距离下关村只有3公里。现在她是十五届淮安区政协常委、淮安区工商联兼职副会长、淮安市老淮安餐饮管理服务有限公司董事长，从2002年创业至今，已经有22年的奋斗历程了。

孙洪梅是位"70后"的创业者，青春、热情和美丽，自然而然地洋溢在她的脸上；优雅诚挚的言谈举止，透着一位成功女性的修养、知性和人生的宝贵阅历；听她娓娓道来的创业经历，让你在微笑、清新的倾听之中，感受到一位女性创业者可贵的学习精神、奋斗精神和回馈社会的奉献精神。

她说，自己从学校出来工作后，先是在学校开了小商店，平时经常给教职员工做做饭，教师们都说我做的饭菜口味好。有一次进城购物，中午在一家小饭店就餐，饭店虽然不大但很清洁卫生，菜的味道也很不错，老板是位女同志。当时她就想，人家女同志都开了饭店，她为什么不能？回去后，开家饭店的想法就越来越强烈。

2002年，淮安东长街恰好有一家饭店要转让，当时这家饭店的转让费是7万多，可她手里没有钱，东挪西借，最后才筹集到了23000元。好在人家信任她，就先预付了这么多钱，将饭店转让给了她。

就这样，28岁的孙洪梅，勇敢地走进了淮安城，在漕运菜场对面开了第一家叫"浪涛沙"的饭店。由于饭菜味道好，价格合理，顾客络绎不绝，孙洪梅创业的第一步走得很成功。

孙洪梅说："一直以来，淮扬菜世界闻名，但很少有人还记得地道淮安菜的味道。创办老淮安餐厅，就是希望留住这'家'的味道，我要让这淮安味道沿着大运河流淌八方。"

年轻的孙洪梅不满足于眼前的成功，她要把淮安菜发扬光大，也要把自己的事业一步一步做大，要让自己的人生更出彩。

2005年，她经过考察后，在淮安美食街果断选址创办了"楚香阁"酒店。随着酒店的开办，她发现自己越来越喜欢餐饮服务行业，喜欢和顾客打交道的那种感觉，还特别喜欢美食。相对于其他行业来说，做餐饮工作，她更加专注和投入，也更加有热情和激情。

孙洪梅总结说："顾客永远是上帝，顾客就是我们的衣食父母。能让顾客在每次消费过后，对我们饭店有依依不舍的眷顾，这就需要为顾客着想，为顾客打造出优质环境＋优质产品＋优质服务的就餐饭店。"

如今，通过20多年在餐饮业的拼搏奋斗，孙洪梅已在淮安创立了"楚香阁""老淮安天承喜宴""老淮安三店淮阴区店""老淮安楚州区店"四家酒店，而且家家生意兴隆。她所创立的每一家酒店，环境都是优美、整洁、轻松、舒适，有回家般的感觉，更有多种多样富有特色的淮安饭菜和服务员永远热情周到的服务。

孙洪梅总结自己创业的经验说："无论你做什么，在面对顾客时，首先应该是优质的服务，你服务好了，顾客才会有消费的欲望。即使你的产品或环境等某些客观因素让顾客不甚满意，但你优质的服务也会让他感动，或许他还会给你一些好的意见或者建议，从而让你找出不足，继而不断地改进和完善。在菜肴方面，孙洪梅采取走出去、请进来的方法，定期组织厨师到苏南、沿海特区等大城市酒店，学习菜肴的技术。把餐饮界有名望的有着特级厨师水平的厨师请到店内现场指导，提出宝贵意见。还定期组织4个大酒店的所有厨师集中学习菜肴的技术，组织厨师现场操作比赛，评出一、二、三等奖，经常召开品尝会请美食专家和顾客品尝，提出宝贵意见。

"要使顾客满意并不十分困难，只有我们平时在面对顾客时，做到微笑多一点、服务多一点、态度好一点，让就餐的顾客获得热情、舒心与良好的服务。即便我们在服务之中有一些不足，顾客也会从心里原谅我们、理解我们。"孙洪梅说,"真诚、热情、好客,是中华民族的美德。当客人离开时,员工应发自内心并通过温暖礼貌的语言,真诚邀请客人再次光临,给客人留下美好深刻的印象。现在的竞争,是服务的竞争,是质量的竞争,在餐饮业竞争日益激烈的今天,服务的重要性是不言而喻的,我们必须要以各种优质的特色服务,形成自身的服务优势和品牌,在激烈的市场竞争中创造更高的满意度、美誉度,使我们的餐饮服务立于不败之地。"

在淮安抗击疫情战斗中,孙洪梅和她的酒店员工展现了自己的大爱情怀和可贵的奉献精神。

疫情期间,按照有关部门的抗疫要求,她经营的4个酒店全部关停。酒店关停后,孙洪梅一边在线上积极宣传暂时关停酒店的原因、目的和意义,要求所有员工待在家里不要出门等候通知;一边组织酒店高层员工向社会发起献爱心活动,4家酒店的员工纷纷捐款捐物。他们先后向人民医院、山阳社区送去方便面100箱、防护眼镜30副,向社会捐送口罩10000只,捐款2万多元。

她还专门抽调3名身体健康的厨师做好美味佳肴,每天向瞻岱社区、勺湖社区等奋战在疫情防控一线的领导、服务人员、志愿者送上爱心快餐,对恩来社区天天免费送快餐,坚持了一个多月,让抗疫人员吃饱吃好干好工作,受到社会各界的一致好评。

非常时期担起非常之责,关键时刻凝聚关键之力。

抗疫之中,孙洪梅每天组织自己的团队,投入到疫情防控工作。她一方面组织员工恢复生产、保障供应;一方面积极组织公司员工参与社区防控志愿服务工作,帮助社区查验健康码,做好疫情防控工作;与此同时,还积极联系社区和疫情防控点,关心一线防疫人员的生活保障情况。

疫情之中,她采购了500多万元的菜品,全部捐献了出去。她带领团队不辞劳苦,不惧危险,连续走访慰问环城社区、恩来社区、下关社区、淮安火车站、盐洛高速收费站疫情查验点等12个疫情防控点,为疫情防控人员送上员工亲手制作的包子以及牛奶等物资。

人家对孙洪梅说，你这是做的公益啊，做的大善事啊！孙洪梅说，自己并没有考虑这些问题，只是觉得应该做，自己的企业这样成功，离不开淮安人民的支持。疫情来了，自然应该回馈社会，报答淮安人民对自己事业发展的支持。

在被问到向抗疫一线捐献爱心物资的想法时，孙洪梅说："疫情防控关系千家万户的生活。我们既要关心企业里三百多号员工的生计，保障员工工资正常发放，组织大家自产自销自救，也要在力所能及的范围内，去关心慰问一线防疫人员，为他们送上温暖，与他们一起努力做好防控工作，保护大家小家的健康平安。"

孙洪梅介绍说，疫情时期，他们实行外卖自救。酒店没有放假，基层员工全部拿的是满额工资，其中有一个月，只有一个月，他们的高层，每人拿 1800 元的工资，中层拿一半的工资，但基层员工全部满额工资。在最困难的时期，他们承担风险困难，努力不让基层员工承担生活的压力。

孙洪梅满含感情，特别介绍了她与下关深深的缘分。

她说自己小时候就知道下关村，很向往下关村的各种各样好吃的美食，尤其是对老下关的猪肉、牛肉、肉皮、皮肚情有独钟，对下关的老巷子，印象也深得很，感觉美得很。这次抗疫中，下关的大妈又给她留下了很深很特别的印象，很佩服她们。

在三年的抗击疫情战斗中，下关人真是展现了他们的仁义精神，他们那么团结，那些下关大妈从舞龙队员，自觉转变成了抗疫的志愿者，每天早早晚晚、风风雨雨，战斗在下关社区。下关的仁义文化，已经渗透到了这些大妈身上，她们的自信、绽放、力量、精神，让人很感动，他们酒店所有的员工都很感动。所以，就去慰问她们，给下关人力所能及的支持，与下关人在抗疫中战斗在一起……

2022 年 3 月 22 号，孙洪梅与酒店的蒋总一起，再次去看望可爱可敬又勇敢的这些下关大妈和下关村民，带去了一大堆慰问品。她满怀激动、热情洋溢地讲了自己的心里话：

尊敬的下关村领导，了不起的战"疫"在一线的下关党群志愿者们：

大家上午好！

我是淮安老淮安餐饮管理服务有限公司董事长、江苏老淮安餐饮品牌创始人孙洪梅。我们的企业开在下关的土地上，在这周边疫情严峻时刻，在这下关全民共同抗疫关键时刻，必须承担我们企业家的社会责任。

今天，我们准备了一点慰问品，表达我们始终与下关人在一起抗疫的决心。现在，我代表今天到场的企业家们，读一首小诗，向奋战在抗疫一线的下关党群志愿者致敬：

今天，我头上还照着阳光，
是你，在巡逻中付出多少健康。
今天，我的脸上依然灿烂，
是你，在战"疫"中淌了无数滴汗。
今天的我，还能在微笑中前行，
是因你，在白天黑夜里防控抗疫。
今天，我们带来的只是一点点心意，
是表白我们，与你们始终同在，风雨同舟。
是表白我们，对下关这块土地，永远热爱。
今天的我们，健健康康，感谢有你。
今天的我们，平平安安，感谢有你。
谢谢你，所有的抗疫志愿者！
……

第三节

平凡人物，铸就下关榜样力量

以春风化雨的党建引领，实施以文化人的工程；以弘扬优秀的历史传统文化，为新时代社区发展赋能。"仁义下关"主题文化社区项目的建设，激活了村民们的内生动力，爱我下关、奉献下关的雷锋式人物纷纷涌现，志愿者队伍健康蓬勃发展，社区治理水平跨越式提升，群众的获得感、幸福感、安全感不断提高，使下关村经济文化社会发展实现了弯道超车，下关成为名扬苏北的"文明村""示范村""网红村"。

2021年3月7日，下关村为弘扬雷锋精神，推动下关志愿服务行动蓬勃发展，表彰去年以来涌现出来的学雷锋标兵和优秀的志愿者、优秀的村民，隆重举行了"回首百年启航新征程，共绘仁义下关新蓝图"2020年度下关村学雷锋活动总结表彰大会。

本次表彰会特邀淮安市广播电视台主播华中先生做主持。参加表彰大会的有：淮城街道党工委组织宣传统战委员刘美林，淮城街道办事处副主任王海，淮城街道下关村结合领导胡建军，下关村驻村第一书记、淮阴工学院商学院教工支部书记张延爱，下关村监督委员会主任王彦云和200多名下关志愿者和数百名村民。

下关拥有一支名扬淮安的志愿者队伍，他们践行崇仁重义精神，在新时期下关建设中，用爱心谱写了一篇篇"爱我下关"壮丽华章。下关村所属的淮阴工学院商学院下关社区文化研究院、淮安区历史文化研究会下关分会、淮安下关书画院、仁义下关艺术团等社会团体，及10个小区推选的志愿者先后接受了表彰。

学习雷锋好榜样

忠于革命忠于党

爱憎分明不忘本

立场坚定斗志强

立场坚定斗志强

学习雷锋好榜样

放到哪里哪里亮

愿做革命的螺丝钉

集体主义思想放光芒

集体主义思想放光芒

学习雷锋好榜样

毛主席的教导记心上

紧紧握住手中枪

努力学习天天向上

努力学习天天向上

……

活动在仁义下关艺术团的志愿者们的大合唱《学习雷锋好榜样》的歌声中拉开了帷幕。

首先表彰的是"第一批十名下关优秀文化志愿者"。第一位是淮安市地方志办公室原副主任、下关乡贤、80岁的陈凤雏。组委会的颁奖词：80岁的高龄，满腔热忱，甘献真情撰写锦绣华章；80次的车马劳顿，无怨无悔，乐于奉献铸就绵绵乡愁。

第二位是淮安区历史文化研究会常务副会长、淮阴工学院商学院下关社区文化研究院执行院长徐爱明。组委会的颁奖词：他桃李满天下，杏坛之外情牵下关。他续史传文，编审《下关史话》，挖掘下关文化，专注新时代下关治理研究，从老下关的街街巷巷，到新下关村史展馆、研究院，整整6年，他以真情和学识，让下关干群领略了他别样的风采。

第三位是淮安区诗词协会副会长、书法家陈定国。组委会的颁奖词：点燃知识的火把，点亮文化的明灯，开启心灵之窗，让希望开花结果。他满腔热情，下关获得"江苏省楹联文化小区"金灿灿的牌匾上，凝聚您无数滴汗水。

第四位是中国诗歌学会会员、淮安区作家协会秘书长咸高军。组委会的颁奖词：一支笔，就是一杆枪，一杆发令的枪。笔动枪响，他的笔让下关干群集结在铁锤和镰刀的旗帜下，高歌猛进，在新时代前行的大道上，一路铿锵。这支笔，为奋进的下关鸣笛启航。

第五位是淮安区诗词协会副秘书长、《下关赋》作者赵庆生。组委会的颁奖词：佳思妙构，千言下关一赋，字字珠玑，赢得掌声阵阵；精校细对，千年下关一馆，言之凿凿，古镇芳华毕现。

第六位是江苏省书法家协会会员、《盛世下关图》作者张万松。组委会的颁奖词：筹备3年，历时半载，九易其稿，用赤诚的情怀，无私的精神，呕心沥血，再现下关盛景，留下无尽乡愁。

第七位是国家高级摄影师、淮安区摄影家协会副主席方向东。组委会的颁奖词：6年来，相机、摄像机的镜头就是他的眼睛。他用这样的眼睛观察下关的前世今生。从古街老巷到金陵国际的高楼，从万达商场的繁荣到走向全国的红小，不管酷暑还是严寒，不管疾风还是骤雨，他用镜头记录下关。

第八位是《下关史话》主编陈勇。组委会的颁奖词：一颗热诚的心，勾起下关千人乡愁，收获一部《下关史话》，这部史，蕴含着下关2500年的记忆，点燃下关文化发展的梦想。

第九位是淮安运河书画院院长蔡国华。组委会的颁奖词：他的身影像他热爱的下关一样朴实无华，他用镜头坚韧不拔地为下关坚守，下关的每一个文化符号上，都有他的闪光灯在熠熠生辉。

第十位是淮安区作家协会副秘书长、淮安城市网总编李将，组委会的颁奖词：笔下有波澜壮阔，笔下有使命万千。立足下关一线，以笔为媒，采写编发，让下关与时代、与世界连通。

接着表彰的是"下关最美抗疫志愿者"的 9 名村民代表，他们是赵俊、杨成荣、殷德彬、殷俊、沈翔、陈燕、徐晨爱、朱庆华、陈玉蓉。组委会的颁奖词：2020 年抗击新冠疫情最艰辛的时刻，作为普通村民，你们情系乡亲身体健康与生命安全，各自用不同的形式与一线社工一起携手抗疫。殷德彬、殷俊叔侄自发参加疫情防控；杨成荣主动要求每天定时定点开车到各个小区喷洒消毒；赵俊、沈翔等想方设法将口罩、帐篷、护目镜、消毒水等严重短缺物资捐赠家乡，为我村的抗疫取得决定性胜利，奠定了一定的物质基础，谱写出一篇我们下关党群"众志成城·共克时艰"的感人篇章。

下午 2 : 30，大会为"下关雷锋式好人"熊占武、杨顶顺颁奖。组委会给予熊占武的颁奖词是：老吾老以及人之老。2020 年的冬天，他用 1136 张澡票，温暖了下关的耄耋老人。他承诺：只要下关老浴室开一天，家乡 80 岁以上的老人永远免票。在他身上，昭示着当代下关人的仁义精神。他就是"下关雷锋式好人"熊占武。组委会给予杨顶顺的颁奖词是：他始终坚守家园的大门，大家认定他是小区的门神。2020 年的他曾经连续蹲守 5 个昼夜，终于将 3 个盗贼捉拿归案，保护了父老乡亲的财产安全。他就是"下关好人"杨顶顺。

下午 2 : 38，大会开始表彰 5 名"下关最美巾帼"荣誉获得者。第一位是"下关最美媳妇"李洪梅。组委会的颁奖词：许多年前，丈夫离家出走。她本可以远走高飞，另组新的家庭。但面对着年迈的公婆与年幼的孩子，她却于心不忍。把公婆视为父母，替丈夫尽孝心，精心培养孩子。这么多年来，用柔弱的身躯，支撑起这个破碎的家。她就是下关最美媳妇李洪梅。

第二位是"下关最美媳妇"唐亚娟。组委会的颁奖词：五年来，公公的烧饼摊上，她总是忙来忙去；婆婆生病时，她总是忙前忙后。家里生活开支、孩子上学花钱，她总是风里来、雨里去，为这个和睦的家庭不停地奔波着……她就是下关最美媳妇唐亚娟。

第三位是"下关最美物管员"陈小花。组委会的颁奖词：去年秋天，御景城一期小区一户因为煤气泄漏，发生火情。她接到险情，不畏艰险，拎起灭火器直奔现场，果断处置，避免了一场重大事故的发生，保护了群众的生命财产安全。她就是下关最美物业管理员陈小花。

第四位是"下关最美保洁员"韩菊花。组委会的颁奖词：三年来，每一个楼梯踏步，她都认真地打扫；每一个楼梯扶手，她都仔细地擦洗。拂去一片尘埃，净化多少心灵。平凡的工作岗位做出不平凡的成绩。她就是下关最美保洁员韩菊花。

第五位是"下关最美统计员集体"，淮阴工学院百名党员志愿者代表林依萱。组委会的颁奖词：新下关3.2万人，1万余户，第七次人口普查入户统计工作量何其大！关键时刻，我们的党建共建单位淮阴工学院派出百名大学生党员志愿者来到下关，帮助我们顺利地完成任务。她就是淮阴工学院百名党员志愿者代表、"下关最美巾帼"林依萱。

表彰大会最后举行了一个特别之特别的"感动下关人物"表彰环节。金杯，银杯，不如咱老百姓的口碑。在当代下关实现崛起的征途中，在区委书记党建项目——"仁义下关"主题文化社区建设中，有一位老人，他为下关的每一步发展把脉问诊、指点迷津。数年来，他冒着严寒酷暑，近百次亲临下关指导，他的足迹遍布了下关的每一寸土地，一心一意为卜关人民谋福祉。今天的下关，能成为这样幸福美满的家园，得益于老人家的拳拳之心和赤诚关爱。这位可敬的长者，就是下关的最大志愿者——淮安区政协原副主席、淮安区委书记党建项目顾问、"仁义下关"主题文化社区项目总顾问金志庚老爷子。

今天，下关3.2万名群众发自内心一致推荐他为"感动下关人物"，并选派组合出最隆重的颁奖团队：86岁的张树桐、52岁的徐武林、30岁的朱靓和8岁的陈煜航，分别作为老年、中年、青年、儿童代表，共同为金志庚颁奖。

下关村人民群众深受仁义文化的熏陶和浸染，他们从不忘怀每一个为下关的发展做出贡献的人。今天，他们以最隆重的礼仪，选派四代人为一位老人颁奖。这是绝无仅有的事情，这是何等的荣耀荣光！

组委会的颁奖词是：文化是他的武器，社会是他的舞台，以有情眼光观察社会，关注民生小事，风雨兼程，勇往直前，在古稀之年，专注下关，策动《下关史话》的诞生，奠定"仁义下关"的主题，打造"宜居宜游"的社区，让下关更具历史感、文化感，让下关人更有获得感、幸福感，也让下关有趣和美丽的故事，传播得更广、更远。

仁义下关文化底蕴深厚，文明新风不断。在本次表彰大会上，村民郭雨生、郭汝会，分别向村里捐赠下关老物件"牛角钩"与《2009年保护下关古镇建议书》原件。

回首建党百年，走过历史沧桑。现在的下关人，已经顺利步入了小康生活，豪情满怀地踏上了新时代的新征程，正在为实现下关村第二个五年目标而奋斗。表彰大会即将圆满结束，下关村社工朗诵队的志愿者们，以铿锵的声音，朗诵了诗歌《擎起铁锤和镰刀的旗帜，我们在下关前行的大道上一路铿锵》……

此时此刻，下关村党总支书记蔡峦十分激动。

她说："在两个百年的交汇点上，我村从前五年的践行'崇仁重义'阶段，向'德馨下关'新阶段高歌迈进。仁义下关建设只有起点，没有终点，希望今天的总结表彰大会，能成为下关村学雷锋志愿服务活动新的起点，在各位优秀志愿者的示范引导下，相信下关村志愿者队伍会如雨后春笋，志愿服务将不断掀起新的高潮，为仁义下关的美好未来奉献力量。"

百年沧桑，百年辉煌。下关群众在社会发展之中知党恩、感党恩、跟党走，深深感受到：没有共产党，就没有新中国；没有新中国，就没有今天的幸福生活。

活动最后，全场起立，500名党群齐声高唱《没有共产党就没有新中国》的歌曲。来自500名党群心中的歌声，雄浑激昂，如潮如浪，久久回荡在下关的天空大地之上，燃烧着激荡着每一位下关人滚烫的心，很多在场的下关人在铿锵有力的歌声里，激动得热泪盈眶……

第四节

志愿行动，抗击疫情无私奉献

在长达 3 年的疫情阻击战中，下关村党员干部群众齐心协力、并肩战斗，打响了一场轰轰烈烈的人民战争，涌现出了许许多多感人的人物和故事。

下关村在抗疫初期最艰苦的阶段，曾经发生了 3 万村民一同写感谢信致敬社工的事情。淮安新华访谈网当时以《淮安下关 3 万村民一起写封感谢信致敬社工》为题，报道宣传了这一感人事件：

2020 年 3 月 12 日上午，在淮安香溢花城小区，举行了一场闻所未闻的"颁奖典礼"。下关村的 10 名村民分别代表所在的 10 个小区，代表下关 3 万村民，向参加抗疫的社工赠送一封《感谢信》。

哪里有什么从天而降的英雄，这场疫情国难里，有的都是挺身而出的普通凡人。庚子鼠年，在来势汹汹的新冠肺炎疫情防控阻击战中，下关势态相当严峻，3 万村民人人自危，而村里的 13 名社工在仅用一只口罩作为防护盔甲的情况下，始终坚守最后 1 米，一个个挺身而出，一位位浴血奋战。

村民目睹"街道人大工委主任马国斌靠前指挥坚强领导""街道结合干部胡建军驻守一线，奋勇当先到病例发生的楼道单元安装隔离设备""村党总支书记蔡峦每天 24 小时在岗严阵以待，不惧危险到隔离村民家做心理安抚工作""社工宋金林、任海华、葛武、王勇等应急突击队带着被子全天候值守 46 天不回家""社工江敏忍受脚骨头发炎的穿骨疼痛坚持带病参战""党总支副书记董志学，社工方洪顺、葛武、白云云、王楚萌、祁小红、赵洪华、胡建丽，每天及时做好发热患者和孕妇等其他患者的移送工作""社工李晓童、韦雪松全天在岗服务前来咨询办事的村民"，他们每天及时为隔离村民送去新鲜蔬菜及米面油等生活必需品，每日按时关注村民身体状况，为慢性病患者、婴幼儿、孕妇做好药品代购、产检就诊准备，耐心做好疫情防控宣传。

经历了血与火的考验，3万村民的敬意是来自劫后平安的赤诚感谢。时至今日，在各级部门的坚强领导下，下关3万党群历经46天的共克时艰，疫情防控势态持续向好，取得了阶段性的胜利。住在新城市广场曾经被隔离的村民蒋超，在自己的朋友圈发出了"只有共产党好，只有共产党才能救中国"的微信，来表达自己感恩党的声音。村民徐晨爱对社工们的大无畏精神深为感动，她与邻家大姐朱庆华、陈玉蓉商议决定，特殊时期不能集聚，我们利用微信发起一场"百名村民联合签名代表10个小区3万村民写信致敬社工"活动。

3月10日，她们通过各自的朋友圈及下关的微信群发布签名信息，得到了该村所辖10个小区村民的积极响应，当天就征集到91名村民的签名，还有村民提出要捐献书法作品、锦旗、鲜花、红围巾等；3月11日，她们将《感谢信》等制作好，并在微信群要求每个小区只能派出一位代表第二天一起去村部；3月12日上午，徐晨爱带领小区代表找到正在值守的村党总支书记蔡峦说明来意，请她组织社工到场，接受村民们这份敬意。

感恩是中华民族的传统美德，致敬是下关人始终在践行崇仁重义的传统美德。《感谢信》正文如下：

致参战抗疫的下关村全体社工：

我们感谢您，你们始终坚守最后1米，用身躯垒砌一堵厚实的城墙，英勇无畏地为我们挡住病毒侵袭。我们感谢您，你们在最危险的日子奋战46天，用血汗铸造一座安全的港湾，义无反顾为我们的健康与生命护航。

你们辛苦了，多年来你们一直负重前行，为打造和美下关，谋求村民福祉，在全力以赴地建设着我们共同的家园。

下关平安！我们平安！

当天，3名发起人徐晨爱、朱庆华、陈玉蓉代表下关3万多村民，郑重地向蔡峦书记赠送了这封《感谢信》；下关书画家张万松向胡建军赠送了书法作品《九尽疫败　春回下关》；村民李春耀向马国斌赠送了《不忘初心记使命　党恩普惠下关村》的锦旗；村民严飞、郭汝会、杨顶顺、郭正东、陈勇、刁炳立、沙玉英等，分别向所有到场的社工献上了祝福健康的鲜花及象征吉祥的红围巾。最后，在徐晨爱的带领下，村民们向全体社工深深地鞠了一躬，表达深深的敬意和谢意。

蔡峦在代表社工接受《感谢信》时，数度哽咽，她说："总书记谆谆教导我们，'老百姓是天，老百姓是地'。老百姓就是阅卷人，老百姓的赞誉，就是给我们村干部的最高荣誉。"

……

此时此刻，此情此景，下关人难忘抗疫中的那些人与事：

33岁的李晓童，是下关村的一名社工。下关社区是个大社区，有3万多口人，疫情防控的任务非常艰巨，需要大量的志愿者服务。他的媳妇叫赵丹，是一名老师，也是一名党员。看到李晓童在村里抗击疫情那么忙，她就趁着学校放暑假的时间，主动要求来下关村当志愿者。李晓彤就跟蔡书记说这个事情，蔡书记非常高兴非常欢迎。

于是，赵丹就来到下关村当了志愿者，在村里负责扫码、登记等事情。赵丹的姐姐叫赵文峰，赵文峰听说妹妹在下关村做志愿者，也来做了志愿者，跟妹妹一起在下关村不辞劳苦地工作。

疫情防控工作强度高非常累，几乎没有休息的时间。一星期之后，姐姐赵文峰累病了。她的儿子贾一凡，是个高中学生，放暑假了在家里学习，他知道母亲和小姨都在做志愿者，心里很感动，当看到母亲累病时，他就主动要求来下关村替母亲做志愿者。

李晓彤回忆道，无论是做村里的社工，还是志愿者，工作都非常累。当他们"扫楼"（一栋楼一栋楼、挨家挨户登记核查）时，有些群众被疫情搅得心里烦，有点不理解、不配合，有的就会说："站门口吧，这时候还来登记啊，烦不烦啊，你们走，你们走。"有时候有的家庭找不到人，一家就要跑四五趟，才能完成登记核实的工作，回来后又要将纸质的表格录入电脑上传，真是累得很。

那时，来村里工作的志愿者大概有一两百人，他们每天都是表格啊表格，核查啊核查，每一次看到表格，大家都有种想吐的感觉，但是还要把工作做下去，为的就是村民们的安全。

有一次，一个人开车走乡道，回到了下关村，结果他是从南京一个高风险地区跑回来的！问清楚情况后，他们赶快送他去隔离。那段时间，酒店因为隔离的人太多，已经爆满，他们做好隔离工作，做了很多艰难困苦的工作，保证让每一个需要隔离的人能够安全地得到隔离，不让村民们受到感染的威胁。

赵文峰今年 42 岁，她清楚地记得 2021 年夏天来下关村做志愿者抗疫的情形。她说，那时听妹妹赵丹讲，下关社区缺义工，她就报名来村里做了志愿者，没承想工作太累了，一个星期后就累倒了。儿子贾一凡看到她累倒了，就问："妈，我能不能去做志愿者？"小孩在疫情中应该是被照顾的对象，他还是个学生，可是他说这话的时候，自己很感动。后来又想，孩子也应该锻炼一下，体验一下社会的生活，这对于孩子的成长也是一种历练。然后，她就答应儿子去做了志愿者。一个星期后，她的身体恢复了，就又来到下关村，跟儿子和妹妹一起继续做志愿者，尽自己的能力为社会做一点有益的事情……

在整个抗疫期间，下关大妈舞龙队的表现也特别感人。队长张玉梅说："疫情最严峻的时候，我们下关大妈舞龙队决定全员参加抗疫。我们身穿志愿者黄马甲，手臂戴着红袖章，由舞龙队队员变成了勇敢的抗疫志愿者。当时我们几十个人分为西仁桥组、仁字坝组和义字坝组三个小组，每天从早到晚，巡查、宣传、登记、维持秩序，无怨无悔、不辞劳苦地工作在下关村的各个居民小区里。"

下关大妈李国云说："有一次，骑电瓶车巡逻时，我摔了一跤，起来看看没有啥事情，就继续骑着电瓶车巡逻。一路上，还要向社区的人们宣传：'出门戴口罩，戴好口罩再出行'，'在家常洗手，出门不聚集'……"

下关大妈石金林说："有时我们去入户登记，上午找不到人，就中午找，中午找不到人，就晚上找，不管怎样，都要完成负责的登记任务，这是对自己家人和下关村负责。"

淮安区有位领导知道下关大妈的事情后，激动地说：我们都要向下关大妈学习，学习她们敢于冲在危险第一线，勇往直前、不怕牺牲、无私奉献的精神。

淮安的多家新闻媒体，多次对下关大妈志愿队进行宣传报道。

2022年4月7日，淮安区融媒体中心以《"下关大妈"志愿服务队助力疫情防控！》为题做了如下报道：

连日来，在淮城街道下关村的防疫人员中，有这样一支志愿服务队伍，她们自发组成，主动参与小区防疫宣传、测温扫码等工作，助力村居疫情防控。

"在家勤洗手，戴好口罩再出门。出门不聚集，扫码测温必须的……"身穿黄马夹、头戴小黄帽、喊着响亮的口号，一大早，"下关大妈"组成的志愿队，就在香溢花城小区里开始忙活开了。

张玉梅是服务队里年龄最大的，已经71岁了。她告诉记者，自己平时爱跳广场舞，为配合疫情防控不聚集的要求，发动一起跳广场舞的老伙伴们组成一支疫情防控志愿者服务队，助力小区做好疫情防控工作，目前服务队已经有26名志愿者了。

据介绍，"下关大妈"志愿服务队中年龄最大的成员71岁，最小的52岁，平均年龄66岁。服务队还建立了服务章程，明确服务内容、服务时间和服务人员，确保志愿服务常态有序、严格规范。

每天，村居、小区中都能看见她们的身影，回响着她们亲切的声音。大妈们举着队旗，打着标语，用大喇叭宣传防控知识，帮助社区工作者一起张贴疫情防控告知书、倡议书。参与小区门口查验，提醒居民佩戴好口罩。在小区居民眼中，她们还是"谣言粉碎机"，大家有拿不准的消息，都会第一时间询问她们。"大妈们都是身边熟悉的人，她们讲的东西我们愿意听，容易记住。"市民徐丰飞笑着说。

　　疫情防控，需要社会力量的广泛参与。"下关大妈"的积极参与，带动了一批人主动做好疫情防控工作，形成了人人重视、人人参与的良好氛围……

　　在这里，还有必要介绍一位下关大妈的老公。

　　下关大妈石金林的老公叫冯玉成，是个多才多艺的人，会摄影，能绘画。疫情期间，他义务为下关大妈们拍照、绘画，并自费出了一本精美的《下关大妈相册集》。

　　这本相册制作得非常用心，根据下关大妈的感人事迹，分别以"组织引领，群防群治""老有所学，老有所为""大妈团队，英勇无畏""风雨彩虹，铿锵玫瑰""大妈精神，下关榜样""鼓足精气神，昂首新征程""可亲可爱的大妈们""话说大妈""莫道桑榆晚，为霞尚满天"九部分内容，将下关大妈舞龙队的精彩表演和做志愿者的事迹，以图片和绘画的形式呈现出来，展示了下关大妈无私奉献的精神，受到下关党员干部群众的好评。

　　最后，再讲一个"大国送饼"的小故事。

　　在"仁义下关"主题文化社区的北门，有一个"大国烧饼摊"，摊主凌晨 3 点准时出摊，早上 7 点左右收摊。他家的烧饼既保持了老烧饼的味道，又在传承中创新融进了苏式烧饼的工艺，酥、甜、脆、香的特色口味，深受人们的喜爱，每天买他家烧饼的客人络绎不绝，很多时候排队等候，真是一饼难求。

摊主大名叫陈庆国，已经固守这个传统老技艺42年了。他小名叫"大国"，人称他的烧饼为"大国烧饼"。为确保烧饼的工艺、质量、口感，他始终坚持手工制作、炉火炭烤。这些年来，他带领儿子儿媳一家3口人坚守传承这个烧饼摊，每天只做40斤面450个烧饼。

疫情时期，他多次免费给下关村抗疫前线的志愿者们送烧饼，不允许人家不收，人们称赞他是"大国送饼"。他说："我不管到哪里，都是下关人，都是仁义下关人。抗击疫情，人人有责，我是下关一分子，我送饼也是一份责任，义不容辞，谁要不收下我的烧饼，我都感觉没面子，我都不算是仁义下关人。"

陈庆国是特别乐观的人，他自有他的境界。

他常笑呵呵地对人讲他的道理："人要有梦想，活着才有希望。我虽然是小老百姓一个，但是我就是有梦想，我不求大富大贵，干好小事，我自得其乐。有人说打烧饼太苦了呀！我说不苦，我不苦，我一点不苦。我不与人比，知足常乐，走路时要跳，说话时要笑。我爱我的烧饼，虽然每天劳动，累是累点，但我不觉得苦。特别是作为仁义下关人，我能为下关村抗疫做一点事情，我很幸福，很光荣。"

作为下关村党总支书记，蔡峦对下关村这些年来翻天覆地的变化，特别是对下关人携手并肩抗击疫情的战斗，有非常深刻的感受，她对下关村民有特别的认知和感情。

她曾感慨而言："习近平总书记曾说，江山就是人民，人民就是江山。中国共产党领导人民打江山、守江山，守的是人民的心。作为共产党的基层干部，只要我们一心为群众服务，坚持为群众办实事办好事，把为人民服务做到每一件事关群众利益的事情上，人民群众就会从心底说共产党好，就会拥护中国共产党的领导。"

第五节

赤子情怀，满腔热爱讴歌下关

古镇下关，从公元前 486 年吴王夫差开凿邗沟起诞生，迄今已有 2500 年历史，是古末口雄镇，是淮安城市最早的发源地。唐时的朝鲜、日本等国与中国政府的正常交往，都从下关进出。下关在明清时期，在中国海运、漕运史上具有"漕运津梁""镇海中枢"之战略地位。

明洪武三年（1370）起，淮安知府姚斌、平江伯陈瑄，先后在位于古末口的古运河与古淮河连接处的下关段，建"仁、义"二坝，漕船从该处盘坝入淮。650 多年来，仁、义二坝为中国漕运、海运发展做出了重要贡献，也滋养了世世代代的下关人民。

下关人民世代传承于血脉的仁义精神，在当今时代也哺育出很多崇仁重义的下关好村民，下关众多村民多年来一直以一腔热忱，为下关的经济建设特别是文化发展做着自己的贡献。陈勇、陈月松、王爱兵等一批人无私奉献编纂了《下关史话》这部村史，画家张万松呕心沥血创作巨幅《盛世下关图》并捐献给村史馆，朱炳华老人积极组织下关老人成立了仁义下关艺术团，冯玉成自费为下关大妈制作精美画册宣传她们的精神，80 多岁的陈庆元老人热情帮助大家编纂《下关史话》并提供大量鲜活素材……

强村有道，文化先行。下关村筹办的大型乡土文化网络视频系列节目《老王聊乡土》开播前夕，王爱兵专程拜访 83 岁高龄的著名书法家李锡贵老先生，向这位德高望重的老艺术家汇报了《老王聊乡土》节目致力乡村振兴的初衷和方向。李锡贵老先生听后非常高兴，热诚为这个即将开播的节目提出了自己建设性的意见，然后欣然挥笔为节目题名。

此后，作为节目主播的王爱兵，坚持发挥《老王聊乡土》节目的乡村振兴功能，不断总结"下关经验"，创新"下关实践"，输出"下关智慧"，传播"下关文化"。最终，王爱兵推动下关村在淮安生态文化旅游区富城路办事处金牛村，成功援建了"忠孝金牛"主题文化村，在淮安区复兴镇朱庄村，成功建成了"忠勇朱庄"主题文化村及"纤夫运南"主题文化社区，使"仁义下关"主题文化社区的影响力在淮安越来越强大。

崇仁重义的下关人，他们很多人近年来还用快板、诗歌等文艺形式，热情讴歌下关的厚重历史、仁义文化、发展成就，那份源于骨子里的对下关村的热忱、热爱、无私和忠诚，那份源于内心深处对下关村的骄傲、自豪、信心和希望，特别令人感动。

在此，将村民郭汝会老先生、老党员朱炳洪和村文化志愿者王爱兵的作品摘录于此，字里行间可见下关人的那份仁义和赤诚。

仁义二坝颂

郭汝会

漕运之都老淮安，源头要地在下关。

坐落邗沟末口畔，史称古楚下关渡。

下关开筑仁义坝，通江达海贯运河。

中华漕运第一港，海运河运到京都。

哺育古楚铸辉煌，始唐盛兴明清初。

明清朝廷设驿站，接转公文呈皇上。

派驻京官督漕政，验船纳税后放航。

岁岁漕粮百万担，下关过坝达京邦。

朝朝船泊千帆过，南船北马商贸旺。

邻国商人造船匠，经营下关新罗坊。

走进下关东仁桥，石板街道青瓦房。

商铺林立杉木门，南北杂货贩五洋。

客栈酒楼洗澡堂，布店药店粮食行。

铁木铜银衣鞋匠，当铺钱庄豆腐坊。

世代宰杀猪牛羊，下关百姓老本行。

五香牛肉誉沪杭，猪鬃皮毛销西洋。

戏院茶馆猪牛行，耍猴卖艺杂八行。

人杰地灵下关渡，文化底蕴史悠长。

女杰红玉擂战鼓，抗击金兵御番邦。

元朝开筑藏军洞，下关东至季桥乡。

山阳县志详记载，三匹战马并行畅。

漕运总督陈瑄公，呈奏朝廷拨银两。

大兴土木建庙宇，祭海供奉妈祖像。

下关古镇矗牌楼，镇海中枢悬牌坊。

道光御师汪廷珍，亲书镌刻石匾上。

红玉救童伏疯牛，事发下关宰牛巷。

匡胤下关除黑恶，地霸罚跪杀猪巷。

耐庵淮城写《水浒》，出城采风访民间。

书中拳打镇关西，谐音下关镇西也。

清末下关武进士，侍候光绪龙体旁。

淮扬名厨金德方，领掌袁府御厨房。

下关尚武誉四方，单手石锁甩过墙。

昔日淮城比武术，擂台立下生死状。

下关拳师谢碧魁，上台击倒小东洋。

日本武士遭惨败，捷报淮安各街巷。

千载漕运源头处，仁义二坝下关渡。

哺育开创兴古楚，崛起淮安功千秋。

下关托起新广场，今朝再创新辉煌。

恩来故乡更亮丽，笑迎天下客多游！

说下关

朱炳洪

打竹板，竹板响

我们几人走上场

今天不把别的说

专把下关讲一讲

讲一讲

说下关，道下关

下关实在不简单

众筹群策撰大作

《下关史话》终出刊

终出刊

两千多年东周时

江南吴国渐强大

开挖邗沟到淮河

欲到中原来称霸

运兵运粮运货物

卒夫蚁涌人喧哗

下关始建仁义坝

堆放货物达天下
　　达天下

下关从此好繁华
商贾云集出名家
韩人住地新罗坊
就在下关义坝下
下关好多名先贤
才臣杨靖数第一
下关自古好武术
力大功高好武德
康怀义，陈凤元
传颂百年名显赫
革命烈士江来甫
甘洒热血把身献
　　把身献

下关宗教香火旺
关帝庙，昭恤院
东晋庵，已千年
火星庙，已重建
　　已重建

下关美食传多省
黄鳝舌头爆淮笋
虎皮扣肉狮子头
土产制出美味珍
下关茶，全牛宴

下关馄饨阳春面

价廉物美人留恋

技术独特人称绝

人称绝

城市发展搞拆建

千年古镇已不见

众人心中有眷念

乡愁心中不可灭

站出一批小青年

立志村史做贡献

自筹资金搞编纂

《下关史话》终出版

全国高校图书馆

图书目录均有编

均有编

下关千年沧桑史

当年漕运今再现

如今下关更繁华

十个小区新规划

错落有致有风格

高楼林立新景象

新景象

梦落下关　留住乡愁

王爱兵

今年，距吴王夫差开凿邗沟整整 2500 周年，
在全国历史文化名城——淮安的古末口边，
黄河与淮水的交汇处，有一座古镇叫下关，
她曾经见证了当年邗沟的起源。
伴随着古末口的兴衰，古镇街坝相连河埠百坊，
青砖黛瓦道不完风华气韵，万商云集说不完的繁盛荣昌。

望海楼边瞭望台的烽烟，报告了倭寇来侵的消息，
那沉睡的地下长城——藏军洞，静静地讲述着
当年状元沈坤与李遂英勇抗倭的传奇。

那一座中市口的镇海中枢牌坊，镇住了海上的风浪，
镇住了倭寇的侵犯，保卫着老百姓的家园。
淮阴驿站的马蹄在此踏响了整整一个甲子，
五千年前的滩涂不仅留下一个螺蛳街，
海外贸易的兴盛至今尚有遗址——新罗坊。
《水浒传》中，鲁智深拳打镇关西的故事原型发生在这里；
巾帼英雄梁红玉，为护百姓降疯牛的故事也在这里；
1910 年的一声春雷响过，一只"大鸢"从古城翱翔天宇。

数万盐搭手的汗水，浇灌了这片肥沃的土地，
直通大海的市河水，哺育了世世代代勤劳的下关儿女。
纤夫呐喊的号子声，建设新城挖掘机的轰隆声，
唤醒了下关人的灵魂和千年漕运海运重镇的觉醒……
梦落故土　留住乡愁，

以下关文化志愿者为首的下关人行动起来了，
前后历时一年有余，一部凝聚社会各界爱心，
传承古镇传统文化的《下关史话》终于诞生，
成为千年古村镇下关村和下关人的文化之根……

第六节

下关大妈，舞龙盛典感动中国

龙是中华民族的图腾，中国人自称是龙的传人。可以说，龙在中国文化中无处不在。

下关的舞龙，更是享誉两淮大地，绵绵千年而传承。

中国最早的大运河与淮河交汇点的地方叫末口，末口的东侧有个誉满江淮的古镇，就叫下关古镇。从前，下关河里行龙船，公园里有龙亭，石闸木桥上有雕龙，房屋的木、石、砖构件上有刻龙，栩栩如生的龙图案，在下关大街小巷随处可见。尤其是下关的舞龙，更是享誉两淮大地，绵绵千年而传承。

下关人世世代代，主要以做渔民、搬运工、铁匠、屠夫、镖师等与传统体力劳动相关的职业为生，他们闲时喜欢练武，逢年过节更喜欢的是舞龙。相传，下关舞龙风俗，始于秦汉时对龙图腾崇拜，源于唐宋时耍草龙，在明清时期发展成自为一派的"下关舞龙灯技艺"。初始起下关龙头尾共为七节，后增至九节，继而发展为平年十二节、闰年十三节。

明隆庆六年（1572）三月十八日，漕运总督王宗沐在朝廷敕建的下关镇海金神庙隆重举行"漕粮海运首航祭祀仪式"。翰林院编修陈栋撰的《淮郡镇海金神庙记》中记录了当时下关舞龙灯盛景。在此期间，柳淮关（今下关）下设舞龙会，常驻镇海金神庙，平时训练在下关关

帝庙。清朝中叶，镇海金神庙塌毁，下关舞龙会移驻下关关帝庙。

据现年104岁的"原下关镇余家巷人"于袁氏回忆，下关舞龙灯是淮安第一块牌子。下关舞龙会遵循每年"春节过大年""二月二龙抬头""四月初十镇海金神庙会""五月初五端午节"四大民俗日舞龙惯例，每次舞龙前都会在镇海金神庙、下关关帝庙举行盛大祭拜祈福仪式，先从庙中请出龙头供在香案，上供猪头三牲、糕点、果品等，集体行大礼，再由乡贤士绅为龙眼点睛，礼成后燃放鞭炮驱邪避煞，接着锣鼓齐鸣，舞龙队伍沿东仁桥至下关大街、新城、夹城、老城舞龙灯巡游。

舞龙者举着巨龙上下穿行，时而腾起，时而俯冲，变化万千。按照千年形成的舞龙民俗惯例，城内沿街商户纷纷争抢着点放鞭炮接下关龙，店主早已候在门口向舞龙队员发喜钱、香烟、糖果、糕点等，期望龙舞门前带来吉祥，带来生意兴隆、财源广进的好运。自古以来，只要下关龙灯经过的地方，沿街围观者如云，水泄不通。

由中国文史出版社出版的《下关史话》记载：近现代以来，在由山阳县、淮安县主办的"1912年推翻清朝建立民国""1945年庆祝抗日战争胜利""1948年庆祝淮安城解放"等大型活动中，下关舞龙会皆受邀参加助兴。每年举行的"平桥小人会""车桥庙会""清江浦庙会"等，无不以请到下关舞龙会捧场为荣。

在淮安府、山阳县举行的历次舞龙灯比赛中，下关舞龙灯年年夺魁。民国年间，民间有这样的传说："下关龙队不参会，此场比赛全作废。下关龙队来参会，各家只争第二位。"

1959年，淮安县筹办"庆祝新中国成立十周年"大型集会，上级部门提前通知下关舞龙会要精心做好准备。下关舞龙技艺代表性传承人、舞龙珠的陈洪飞，舞龙头的康怀义、吴殿英，舞龙尾的余锦富，他们既是舞龙的"扛鼎人物"，亦是踩高跷的"主要骨干"。为表达对新中国的热爱、对中国共产党的感恩，他们下定决心排练出一个代表下关舞龙队自古以来最高水平的表演。他们大胆将"下关舞龙技艺"

与"下关踩高跷技艺"融于一体，创新排练出"踩高跷舞龙技艺"。

10月1日，活动在淮安县体育馆（今漕运部院遗址公园）举行。当下关舞龙队集体出场时，号角长鸣、旌旗猎猎、锣鼓喧天，一条金龙和一条火龙好似从天而降，几十位壮汉舞者，统一头扎红巾、身着彩服、脚踩高跷隆重出场。但见前面一人手持龙珠引导挥舞，龙首龙躯龙尾紧随其后，舞龙者随着激越的锣鼓声飞舞翻腾，不断地展示扭、挥、仰、跪、跳、摇、摆、扬、顶9种姿势，烘托出龙睡醒、龙起水、龙腾云、龙作揖、龙巡游、龙卷浪、龙布雨、双龙舞、龙戏珠9个造型，整体动作刚劲有力、节奏明快、威武雄壮，如行云流水，一气呵成，将龙的飞腾气势，表现得淋漓尽致、活灵活现。其难度之高、动作之险、技术之精，令人目不暇接、叹为观止。这种气势雄伟的场面，极大地振奋和鼓舞了人心，把庆祝活动推向了高潮。

下关舞龙活动，能够在历史上各个时期长盛不衰，与下关这块土地上的人民，世代传承的"敢为人先、敢于创新、战天斗地、无往不胜"的拼搏奋斗精神密不可分。

2020年，在"仁义下关"主题文化社区建设的热潮之中，下关大妈们不甘落后，她们也要为"仁义下关"的建设增光添彩，奉献自己的一份光和热。60多岁的张玉梅大妈，在淮安区老年大学任教，她还是淮安区民间舞协的会长，下面有1000多个会员。她在与村文化志愿者王爱兵和蔡峦书记的沟通中，萌发了要带领下关大妈成立一支大妈舞龙队的强烈愿望，大家都很支持她。

2020年正月初九，由张玉梅大妈牵头，共有29位下关大妈参加的"下关大妈舞龙队"正式成立了。当年春节和二月二，下关大妈舞龙队表演了她们的舞龙节目，举行了第一届"龙巡下关盛典"，赢得了大家的喝彩。

2022年3月4日（壬寅年二月初二），在下关举行的第二届"龙巡下关盛典"上，下关大妈舞龙队的表演，达到"千人参加、万人观看、百万受众"，盛况轰动大江南北。江苏卫视、《淮安日报》、淮安电视台、淮安区融媒体中心等省、市、区主流媒体，纷纷予以报道。

龙舞盛世万民同乐，文化铸魂勇毅前行。

2023年2月21日，下关村隆重举行第三届"龙巡下关盛典"活动，祈福国泰民安、人民幸福，激发广大干群拼搏奋进的精神力量，全力推进"文化强村、实干兴村"的"仁义下关"主题文化社区建设工程。淮安区历史文化研究会会长金志庚、淮城街道办事处主任陈晨、宣传委员嵇道武、区文化旅游局副局长陶扬、党委委员吉凤山等领导与下关村近千名干群观看了舞龙盛典。

下关村党总支书记、村委会主任蔡峦，在舞龙盛典上致辞时提到，近年来，下关村坚持以2500多年村史文化铸魂育人，形成"崇仁重义"的核心要义，持续创新社会治理，发展壮大集体经济，深化民生服务，呈现出一幅"宜居宜业皆风景、和美家园入画来"的新画卷，连续五年在街道年终考核中荣获一等奖。

追忆历史，明清时期，下关舞龙名扬淮安府。

每年农历二月二龙抬头那日，下关的十几支舞龙队就会巡舞全村，然后再赶去山阳县城的主要大街巡回舞龙，围观者人山人海，场面十分壮观。为使舞龙传统文化发扬光大，从去年起，下关村党总支决定每年"二月二"，村里都要举行巡回舞龙活动，以此讴歌盛世，提振党群精神，为实现下关村高质量持续发展，探索新时代中国城中村社区和谐治理经验加油鼓劲……

2023年的"龙巡下关盛典"活动，是由一群平均年龄63岁的下关大妈自编自导自演的。她们在现场先后举行了"请龙入场""龙眼开睛"等仪式，分别展开了睡龙、腾龙、拱龙、游龙、盘龙、五星龙、S龙造型等形式的舞龙表演。龙在大妈们手里，时而腾起，时而俯冲，变化万千，在焰火穿越中，大有腾云驾雾之势，伴着锣鼓齐鸣、人声鼎沸，好不热闹。随后，舞龙队沿梁红玉路、翔宇大道、区政府广场、沈坤路、下关路进行"龙巡下关"全境巡回表演。

龙巡下关盛典热烈昂扬的场面，极大地提振和鼓舞了下关人敢为人先的龙马精神，使他们对下关更加美好的发展图景充满了信心。

如今，下关大妈舞龙队的队员已经发展到了118人，设9个舞龙分队、1个锣鼓分队。下关只是淮安市淮安区的一个城中村，竟有群众自发组成9条龙队，而且是大妈舞龙队，她们年龄最大的已经70多岁，年龄最小的也有50多岁，这实属罕见，绝无仅有，令人敬佩。

2024年是中国的甲辰龙年，龙年吉祥，龙年万事如意，龙年龙腾天下，龙年光耀中华……2024年的龙年，寄托着中华民族最美好的心愿。

为了在龙年表达对全国人民的祝福，表达下关人民在崭新时代的精神风貌，下关大妈舞龙队的9条龙早早地就在做着"二月二，龙抬头"的舞龙准备。

在淮安区委、区政府和淮城街道办的支持下，在淮城街道党工委书记胡长荣的多次过问关心下，下关村两委和下关大妈舞龙队几个月前就开始积极筹备"2024年第四届淮安（下关）万众朝龙盛典"。下关人要以九龙共舞的盛大表演，让淮安人民和来自全国各地的人们，在欣赏传承千年下关精湛舞龙技艺的同时，也把下关源远流长的舞龙传统文化发扬光大。

2024年，农历二月初二上午9：30，盛大的"2024年第四届淮安（下关）万众朝龙盛典"，如期在淮安区委、区政府办公大楼前的广场隆重举行，社会各界5000多人观看了这次盛大的舞龙活动……

此次淮安下关万众朝龙盛典活动，得到了淮安乃至江苏省各界媒体的关注，江苏省电视台当日中午就在江苏新闻中报道了这次舞龙盛典。

2024年3月12日，《淮安区报》以《2024第四届淮安（下关）万众朝龙盛典隆重举行》为题，更是详细报道了"淮安下关万众朝龙盛典"的相关活动：

3月11日，农历二月初二。我区隆重举行2024第四届淮安（下关）万众朝龙盛典，与台湾省世界和平亲善会一起，共同祈福新的一年风调雨顺、国泰民安。区委常委、统战部部长、宣传部部长彭凯，台湾省世界和平亲善会理事长余淑琴等众多知名人士参加了活动。

彭凯致辞并宣布活动开幕。他说，龙是中华民族独特的文化标识，象征着力量与勇气、吉祥与幸福，承载了中华民族源远流长、璀璨多元的文化。淮安区"下关舞龙"历史悠久，远近闻名，自明朝隆庆年间以来，每逢传统佳节和祭祀庆典活动，下关人都是通过舞龙的形式来祈求风调雨顺、国泰民安。感谢从宝岛台湾远道而来的嘉宾和企业家朋友，希望你们常来淮安区走一走、看一看，亲身感受淮安区的悠久历史和人文风情。我们愿与大家一起，共赏古城美景，共谋合作发展，共创美好未来。

龙鼓一响，乾坤浩荡。祝福祖国，繁荣富强。活动现场，九台龙鼓一字排开，在铿锵激昂的鼓声中拉开了万众朝龙盛典的帷幕。区政协原副主席、区历史文化研究会会长、万众朝龙大典主执事金志庚先生颂《朝龙文》。参会代表们手持金笔，点睛祥龙，象征着沉睡的祥龙被唤醒，行云布雨，把吉祥如意带给这片天空和土地。

在喜庆欢闹的氛围中，大型舞龙表演"九龙共舞"热烈开演。睡龙、腾龙、拱龙、游龙、盘龙……九条巨龙跟着龙珠上下翻飞，时而腾空跳跃，时而摇头摆尾。惟妙惟肖的舞龙表演，既展现了传统民俗文化的独特魅力，又寄托了人民群众对新一年美好生活的期盼与向往。在龙腾盛世的鼓乐声中，大家共同祈福风调雨顺、国泰民安。

活动中，淮安市淮安区、台湾省世界和平亲善会共同为"两岸文化交流淮安（下关）联络处"揭牌，并围绕"促进淮台文化交流　两岸和平融合发展"主题，进行了民间文化交流活动。双方互赠书法作品，世界和平理事会理事长余淑琴女士作了《山水同路　台淮相亲》主题演讲。

"这次来到淮安下关，看到了龙文化的精神传承，感到非常高兴。我也愿意将此龙的精神，我们中国美好的传统文化的象征，带回台湾，让台湾的乡亲更了解我们中华龙文化，更了解到我们祖国的繁荣昌盛。"余淑琴表示。

……

此次 2024 第四届淮安（下关）万众朝龙盛典，取得了圆满成功，相关新闻在网络上的点击量超过两亿次，成为淮安人街谈巷议的事情，人们提起下关大妈舞龙队和下关村，点赞不已。

在这次盛大的舞龙活动中，下关人再次以自己的奉献和付出，为弘扬中华民族的传统文化，为丰富淮安人民群众的文化生活，奉上了浓墨重彩的一笔，做出了自己特别的贡献，赢得了淮安人民的尊重。同时，伴随着淮台文化交流的一系列丰富多彩的活动，仁义下关村的名字与其源远流长的传统文化，已经被热情热烈地传到了祖国的宝岛台湾，也传到了世界上更多更远的地方……

下关舞龙盛典，再次展现了人民群众的力量和智慧，表达了下关人对这个国家和这个时代最美好的希冀和祝福。

九龙共舞，万众朝龙；龙腾虎跃，佑我中华！

和谐共治，下关之路彰显时代价值

2016 年以来，"仁义下关"村在广大干群的共同努力下，在社会各界人士的支持下，探索出了一条"党建领航＋乡愁融情＋文化铸魂＋发展共治＋服务暖心"的城中村社区和谐治理的下关之路，使一个濒于文化断层、经济衰落、人心涣散的城中村，在几年之间涅槃重生为"仁义德馨"的新时代文化名村、文明新村、经济强村、平安好村。人民群众在这里享受到了社会安定、经济繁荣、和谐发展的各项建设成果，深深感受到了中国共产党的好和社会主义新时代的好。

近年来，下关村党员干部群众，在"仁义下关"建设实践中，成功探索出了一条"党建领航＋乡愁融情＋文化铸魂＋和谐共治＋服务暖心"的强村之路。

淮安区委书记党建项目顾问、"仁义下关"主题文化社区总顾问金志庚说："实践证明，下关村的和谐治理和强村之路，就是下关村党群齐心协力在新时代形势下努力实践探索的结果，具有很强的示范意义和典型价值。"

我们在这里看看"仁义下关"所走过的发展路径，看一看下关村成功的发展经验，相信一定能给中国更多的城中村的治理与发展带来启发：

一是，党建领航。身为下关村党总支书记，蔡峦肩负着上级党组织交付的重任。如何在新时代城中村发展中探索一条和谐治理、繁荣发展的下关之路，既关乎着能否圆满完成党组织交给自己的任务，更关乎着下关村的前途命运和下关老百姓的福祉。

在长期的基层工作中，下关村村两委特别了解老百姓的所想所求。蔡峦书记认为，要想做好下关村的工作，在这里探索一条和谐治理、繁荣发展的下关之路，有必要做到以下几方面：深入群众，走访群众；从群众中来，到群众中去；依靠群众，信任群众；一切以群众为中心，全心全意为群众服务。

这就是治理好下关村的根本基础，也是最好的路径。

人们说，下关村有一个好的带头人，有一个坚强的党组织。这个好的带头人，就是党总支书记蔡峦；这个坚强的党组织，就是下关村党总支。

应该说，在下关村近年来的巨大发展中，特别是在新时代城中村社区治理的探索实践中，村两委发挥了非常好的引领作用，发挥了全村党员干部的模范带头作用，激发了下关群众的内生动力。

作为村党总支书记，蔡峦始终以共产党员坚定的信仰和不渝的初心，带领村两委党员干部投入到为人民群众服务好的工作中，想群众所想，急群众所急，为群众解忧，为群众谋利，受到了下关群众的信任和赞誉。

探索一条适合下关发展的路径，在村两委党员干部中很快达成了共识，形成了一股激动人心的合力，成为下关人开拓进取的澎湃之力，在新时代城中村和谐治理中爆发出了无穷的力量。于是，下关村党总支和村委会围绕和谐治理的原则，从乡村文化入手，从乡愁乡情入手，从服务暖心入手，扎扎实实、行之有效地开展了一系列活动。

二是，乡愁融情。2013年以来，下关村因为城市建设而进行整体拆迁。手里钱多了，生活变好了，下关人的认同感却变淡了，矛盾纠纷、信访事件、阻工闹事不断，下关村的发展和形象受到严重影响。2016年7月，党组织选派蔡峦担任下关村党总支书记。她在走访群众中获知，陈勇、王爱兵、陈月松等下关村的文化志愿者，正在自发众筹编撰《下关史话》，记述当地的历史人文，以此留住下关的乡情乡愁和根脉。

蔡峦在与村民的密切接触中，深深感受到下关人发自心底的荣誉感、自豪感和割舍不断的乡愁乡情。村民王爱兵说："我们祖祖辈辈都是下关人，我们想通过编纂《下关史话》这部书，让下关的后代不忘仁、义二坝的惠泽，让下关人传承'仁义'精神，也让下关人对未来充满信心。"

为了帮助下关人留住乡愁留住根，蔡峦带领下关村村两委党员干部，积极引领参与并培植下关村文化志愿者队伍，以支持众筹编纂《下关史话》一书为桥梁，增强下关村民的文化自信，凝聚大家的乡愁乡情。除此之外，下关村每年还举办下关孝文化节和文明新风表彰活动，通过不断倡导善行义举的文明乡风，下关村涌现出的模范人物举不胜举，一曲曲"崇仁重义"的乡愁乡情感动人心。

三是，文化铸魂。下关有仁、义二坝，历史上也曾涌现出很多崇仁重义的仁人志士。既有不忘救济乡邻的武进士陈凤元和悬壶济世的仁医江杏农、汪济良等前辈，又有辛亥革命烈士江来甫、中国共产党土地革命时期的第一位女县长孙兰和抗美援朝烈士杨善文，以及将日本武士打下擂台的武师谢碧魁，还有支前义商黄永生及其义捐百亩良田的遗孀鞠济梅……下关的仁义精神，源远流长，得天独厚。

在村两委的带领下，2019 年，下关村以"仁、义"二坝的历史文化为切入点，开始创新打造"仁义下关"村。通过挖掘传承下关村优秀的历史文化和乡土文化，将之与社会主义核心价值观相融合，凝练出了"崇仁重义、尚德尊贤"的下关精神，使"仁义下关"成为亮丽的文化名片，使之成为江苏省乃至中国第一家具有特色主题文化的一个城中村社区。同时，下关村建设了具有地域文化符号的下关村史馆、党群活动中心、群众文化广场、革命烈士雕塑、仁义二坝大型景观雕塑、下关文化墙等一批党建文化和乡土文化阵地，以此凝聚了群众的人心，提升了群众的荣誉感、自豪感，干群关系也因此越来越和谐。

四是，和谐共治。下关村立足城中村实际，以党建为引领，以市场为导向，不断推进集体所有制产权管理。对内整合集体资源，公开评估村集体资产，进行公开招租；对外与淮阴工学院商学院联合成立校地融合示范基地，促进了集体经济实力的不断增强。截至 2023 年，下关村集体经济收入已突破 300 万元，下关群众的获得感、幸福感、安全感不断得以提升，为高质量建设社会主义新下关奠定了坚实的基础。

在"三治融合"的乡村治理探索之中，下关村充分发挥乡贤、人大代表、政协委员、志愿服务者、物业公司和业主群众等各类群体的力量，尝试让各界人士共同参与社区治理。下关村还发动群众积极参与治理，实行下关村"逢四说事"协商议事机制，在每月4日、14日、24日三天，针对微网格员收集的矛盾纠纷、风险隐患和群众反映的问题，集中开展协商议事，并在议事中提高村民的思想认识，实现相互理解、相互服务、相互支持的和谐稳定氛围。

通过自治、法治、德治"三治融合"的力量，下关村化解了一大批重点信访积案老案，使下关村呈现出"党群关系和谐""邻里关系和谐""老下关人和新下关人和谐"的和谐发展的新局面。

五是，暖心服务。下关村始终坚持"以人民为中心"，把群众满意作为服务的落脚点，建成了"我有芳邻"党群活动中心，通过"我为群众办实事"等活动，真心实意为群众解难事、办实事。

村里每年为60周岁以上的老人报销医疗保险费用；为80周岁以上的老人过生日；向大学新生发放奖学金；对留守儿童、困难群众进行结对帮扶。还充分发挥"关爱集市""下关大妈舞龙队"的作用，在端午、中秋、重阳、春节等传统节日举办丰富多彩的文艺汇演，提升了下关全体居民的认同感、获得感和幸福感。

2016年以来，"仁义下关"村在广大干群的共同努力下，在社会各界人士的支持下，实践探索出了一条"党建领航 + 乡愁融情 + 文化铸魂 + 发展共治 + 服务暖心"的城中村社区和谐治理的下关之路，使一个濒于文化断层、经济衰落、人心涣散的城中村，在几年之间涅槃重生为"仁义德馨"的新时代文化名村、文明新村、经济强村、平安好村。人民群众在这里享受到了社会安定、经济繁荣、和谐发展的各项建设成果，深深感受到了中国共产党的好和社会主义新时代的好。

下关村70多岁的书法家陈定国老人，这些年见证了下关的沧桑巨变，他以自己的认识和见解，总结了下关村成功打造"仁义下关"主题文化社区的十条重要保证，也是成功秘诀：

有党和国家致力乡村振兴、文化发展的大好形势基础；

有一位有远见、善谋划、愿意为老百姓服务的带头人；

有一批有凝聚力的村两委班子和干事创业的党员干部；

有一部由邗沟与仁义二坝积淀的两千多年的历史文化书；

有一群识大体顾大局、勤劳智慧、崇仁重义的下关村民；

有一批无私奉献、一腔赤诚热爱下关的文化志愿者；

有一帮能文能武的文人墨客助力仁义下关村的文化建设；

有一个敢作敢为、头脑睿智又热心公益的村民王爱兵；

有淮安区文史研究会会长金志庚多年来的大力支持；

有淮安区委、区政府和淮城街道办在发展中一直做坚强后盾。

陈定国老人的总结，从侧面揭秘了下关村主题文化社区能够成功建设的根源，也说明了下关群众都在时刻地参与着、关注着下关村每一步的发展，他们对下关村的未来充满了希望和信心……

随着"仁义下关"主题文化社区项目的成功建设，下关村以党建引领乡土文化、赋能社区治理的探索，爆发出了强大的生命力，使下关广大村民从郊区农民平稳过渡到了城市居民，并把一个文化断层百年的下关古镇，建设成了一个名扬苏北的新时代文化名村。

下关村在新时代城中村社区治理中的成功经验，得到了社会各界和上级领导的充分认可，全国各地前来下关村学习交流的村干部和考察团也纷至沓来。

2022 年 7 月 25 日，江苏省政协主席张义珍与时任淮安市委书记陈之常和淮安区委书记颜复等领导一起，专程来到下关村调研下关主题文化村社建设工作，高度肯定了下关村主题文化社区的建设模式和所取得的成功经验，认为下关主题文化社区建设模式和社区治理经验可以在淮安乃至更多的地方推广。

这些年来，为履行社会责任，彰显下关的担当精神，向兄弟村社分享"仁义下关"主题文化村社项目在探索实践中所取得的成功经验，下关村两委发动文化志愿者王爱兵等热心村民，于2020年成立了"淮阴工学院商学院下关社区文化研究院"，并在线上开通了"新时代村社网"；2021年，下关村成立了"主题文化村社项目对外协作中心"；2022年，由王爱兵负责开始录播《老王聊乡土》这一服务乡村文化建设的短视频。

通过一系列强有力的举措，下关村有针对性地开展"主题文化村社项目建设"的研究工作，分析城市文化和乡土文化在村社治理中的互补作用，探索主题文化村社项目对外援建的可行性，为兄弟村社复制建设"仁义下关"的"强村有道，文化先行"的主题文化村社项目，提供线上线下一站式解决的公益服务方案。

截至2023年，下关村以派出志愿者协作援助的方式，已经成功对外援建了淮安区复兴镇"忠勇朱庄主题文化村"、淮安生态文化旅游区富城路办事处"忠孝金牛主题文化村""纤夫运南主题文化社区"等代表性项目，还有"儒乡楼东主题文化社区""文蕴勺湖主题文化社区""崇善陶桥主题文化村"等主题文化村社建设蓝图正在浓墨绘就。

下关村以主题文化社区援建的方式，传播了下关"发展靠群众，群众靠发动，发动靠活动，活动靠文化"的新发展理念，推广了下关"以文化人、以文惠民、以文兴业、以文强村"的新文化理念，提炼了下关"做强党建引领，做实群众主体，做精以文强村，做细三治融合，做好共建共享"的五大实践经验。

目前，淮安市有多个主题文化村社建设项目，正在与下关村商谈援建的具体方案。在新时代城中村社区治理和助力乡村振兴方面，"仁义下关"主题文化社区建设项目，正在发挥积极的示范性作用，为建设美好淮安贡献生机勃勃的下关力量。

淮安区委书记党建项目顾问金志庚说："目前，'仁义下关'主题文化村社建设项目，作为淮安区委书记党建项目，在整个淮安市乃至江苏全省，正在成为一个干在先、走在前的领跑者。'仁义下关'的发展模式，已经成为淮安新时代城中村和谐治理的一个成功范例，尤为可贵的是，这个范例可以复制推广，影响更多的村社在新时代乡村振兴的伟大进程中健康发展、蓬勃发展。"

仁义下关，靠的就是人民群众的力量

　　江山就是人民，人民就是江山。在下关村，广大人民群众与下关的党员干部像鱼水一样和谐。在这里，道路坏了，群众会自己自觉自愿地修整；在这里，村里有事情，群众会争先恐后自觉自愿去做；在这里，只要有需要，党员干部群众很多人都争相去当志愿者；在这里，有下关村大妈舞龙队，有下关村老年艺术团，这些下关村的老人，也都在努力发挥着余热为下关村服务。在整个下关村，人民群众的智慧和内生动力被充分地激发出来了……仁义下关，靠的就是人民群众的力量。

一

2021年农历八月，我第一次应邀到淮安下关村采风。赶赴淮安途中，心怀激动，曾写下这样的感慨之言：

> 天高云淡日，正是仲秋时，
>
> 乘风下江南，千年古淮安；
>
> 人杰地灵兮，代代有画卷，
>
> 乡村行大道，且把下关看；
>
> 人民多幸福，沧桑看巨变，
>
> 金阳做彩笔，待我著华章。

由此，我来到了千年古城淮安，来到了淮安主题文化社区建设的示范村——仁义下关村，开始了第一次印象深刻的采风。

因为文学，我与古城淮安结下了深厚的缘分，成为淮安下关人民欢迎和信赖的朋友。

这是一片古老、神奇、富饶而美丽的土地。

无论是古末口、下关渡、柳淮关，还是下关村、下关驿、下关古镇，都演绎着、证明着下关悠远的沧桑的历史。

这片土地湖泊相连，江河奔流；鱼虾肥美，稻香千里；号子声声，船帆如云；既有雄浑辽阔之水，亦有隽秀大美之地。放眼望去，天高

仁/义/下/关

地阔，大地如诗，江河如画，真乃上天恩赐人间的一块宝地。

2500 多年前，随着闻名于世的中国最早的古运河——"邗沟"的开凿，下关就得天时地利，在苏北这片土地上应运而生了。下关这片土地，是奉天承运、应运而生的那个伟大而动荡的时代的宠儿。

自春秋战国时代，绵绵不绝直到今天，下关村已经有 2500 多年的历史，它比 2200 多年历史的淮安古城，还要久远数百年。自然而然，代代相传，下关人从骨子里、血液里，就深藏着那份对悠远而厚重的历史文化的骄傲和自豪。

历史上，下关村或者说下关古镇，在淮安有着极其重要的军事和漕运地位，有"南船北马""镇海中枢"之称。可以说，特殊的地理位置和厚重的漕运文化，奠定了下关在淮安历史发展中不可替代的重要地位。

因为下关古镇军事位置重要，驻军多，下关人历史上养成了崇仁重义、豪侠尚武之风，而且这种风尚代代相传，演绎了无数传奇故事和人物。所以，下关有"武下关"之赞誉。

下关是在春秋战国那个伟大时代，因古运河之水的孕育而诞生的一个古村落、一个古镇，是一个注定有着厚重文化和历史的地方。

下关这片土地得天独厚，物华天宝。因为历史的机缘，从一片荒无人烟的河岸之地，成为兵家必争之要地，成为朝廷漕运之重地，成为通江达海之宝地。天时地利人和，成就了下关南船北马、长津古渡的历史地位，并在岁月的长河中，滋养了下关街街巷巷的烟火、熙熙攘攘的繁华。

下关的荣辱兴衰，与邗沟密不可分，有着深深的厚厚的缘分。在漫漫长长、曲曲折折、盛衰荣辱的沧桑巨变中，下关一路铿锵跌宕地走过了 2500 多年的岁月之旅。直到今天，它由淮安一个知名的城郊村，一步一步变化发展，成为苏北名城淮安的一个知名度很高的城中村。

下关这样的村庄、古镇，或者说城中村，注定有写不尽的历史、文化、人物和故事……

二

冥冥之中，我与中国的乡村振兴事业结下了不解之缘。

这些年来，我积极响应中国作家协会的号召，深入生活，扎根人民，采访创作了一批反映脱贫攻坚和乡村振兴的报告文学，在文学界、读者中和社会上引起了较大的反响。

我采访创作的长篇报告文学《庄严的承诺：兰考脱贫记》一书，是中国作家协会重点扶持作品、河南省文艺精品工程扶持项目。作品于 2017 年由中共中央党校出版社出版发行，同时由《中国作家》杂志"纪实版"刊发。此书出版发行后反响非常好，被列为焦裕禄干部学院、大别山干部学院等多所干部学院培训学员的学习书。

长篇报告文学《小村大道》，2019 年由中原出版集团古籍出版社出版发行，成为河南省农村书屋配送书，并由中共河南省委组织部赠送全省驻村第一书记学习；长篇报告文学《光明的道路》，2020 年由中国出版集团研究出版社出版，荣获中国出版集团主题出版好书奖，是2022 年全国农村书屋配送书。

长篇报告文学《互助：中国乡村振兴的力量》，2022 年由中原出版集团河南文艺出版社出版，2023 年被列入河南省农村书屋配送书；长篇报告文学《老君山人》，2022 年由中原出版集团河南文艺出版社出版发行，是书写"新时代山乡巨变"的一部作品，被"学习强国"平台推介宣传，并于 2023 年荣获第 25 届北方优秀文艺图书奖。

正是因为对乡村振兴、山乡巨变题材的创作和开拓，让作家的名字随着作品的传播而远播，赢得了淮安读者的关注和肯定，他们真诚地邀请我，想让我这个作家来淮安看看，看看淮安下关村的发展。

他们告诉我，淮安有一个下关村，是一个有 2500 多年历史的古村镇，是今日淮安古城的一个城中村，这里的人民崇仁重义，骨子里、血液里流淌着赤诚的情怀。

下关群众骄傲地说：我们下关村近年来在党和政府的关心支持下，在村两委的带领下，全村党员干部和群众齐心协力谋发展，不仅成功建设了江苏省第一个主题文化社区——"仁义下关"主题文化社区，还在下关村实践探索出了新时代城中村和谐共治的发展之路，被社会各界称为"下关实践"之路。

今日的仁义下关村，是淮安的一颗璀璨明珠，是苏北大地上的明星村，是江苏省主题文化社区建设的楷模和引领者。

三

我曾经先后多次到淮安下关村采访。

2021 年秋八月，我第一次来到淮安，因为疫情等原因，中间暂停了在下关的采访；2023 年春三月，疫情远去，我又第二次来到了淮安，这次在下关村进行了深入的采访，此后又多次来到下关……

由此，就有了《仁义下关》这部长篇报告文学的诞生。

我在这里采访了一批下关村的党员干部，采访了下关村众多的普通群众，采访了淮安区和淮安市文史界和政界的知名人士，先后共有90 多位采访对象走进了我的视野。

我在这里用心倾听，听到了党员干部扎扎实实为人民服务的感人心声，听到了人民群众对村两委党员干部无比信任的心声，更听到了老百姓对党和国家的满意和感恩的心声。

我在这里用眼睛看，看到了洋溢在老百姓脸上的喜悦和笑容，看到了党员干部与普通群众一起为下关发展奋斗的行动，看到了高楼林立车水马龙中下关的沧桑巨变和时代发展。

我深深地感受到，下关是一个有悠久历史文化的村庄，这片土地传承着博大厚重的历史文化，并在崭新的时代迸发着生机勃勃的活力；

下关人是一群有赤子情怀的崇仁重义的人们，他们骨子里、血液里流淌着浓浓的乡愁和乡情，每个人都为自己是下关人而感到骄傲和自豪，他们很愿意为下关的发展而贡献自己的力量。

今日的下关，和谐安定，人民幸福，老百姓对社会、对国家、对未来充满了希望，对党和政府满怀深深的感恩之情。

下关的一位 70 多岁的老人，有一次在会场上被感动了，他激动地大声地对着人群喊道："共产党好！共产党万岁！……"

下关的很多群众说："没有共产党，就没有新中国，就没有下关人民今天和谐幸福的生活。"

四

下关群众在生活中并不是没有一点矛盾、没有一点问题，但下关人不怕矛盾、不怕问题。下关人有了矛盾和问题，群众和党员干部都会积极去处理化解，除了街坊邻居和志愿者主动帮助解决外，每个月下关村还有"逢四说事"服务。

在下关村，无论群众有事没事，每个月逢 4 号、14 号、24 号三天，村干部和群众代表都要坐下来，在一起研究村里关乎老百姓的事情，有事说事，没事防患于未然。

下关村党总支副书记王彦云说："我们村的党员干部，在建设仁义下关的过程中，一直实实在在为老百姓做事，实实在在为老百姓服务，尽最大努力让老百姓满意……"

淮安区政法委副书记朱继业说："下关是一个改革开放以来，经历了城郊村到城中村这样一个历史变迁的村庄。下关的党员干部是在扎扎实实地为人民服务，下关村今天的发展成果，是党员干部群众携手并肩努力奋斗的成果。为什么下关村会有这种和谐的干群关系？那是因为下关的党员干部与老百姓坐到了'一条板凳'上。"

江苏省宿迁市泗阳县作协名誉主席余义伟，曾经与我同行数次来到下关村采访，蔡峦书记给他留下了非常深刻的印象。余义伟在他的全国乡村振兴纪实系列采访之下关村的采访笔记里这样写道：

2024年11月25日，我们再次来到了淮安市淮安区淮城街道下关村走访，见到了村党委蔡峦书记与驻村第一书记、淮安工学院张延爱教授及村两委干部一班人。我们一起兴致勃勃地参观了下关村史馆、下关村为民服务中心、"仁义下关"主题文化社区——香溢花城。

我和蔡峦书记面对面交流。她说，自己快要退休了，要交班给年轻人干了。其实，她看起来比实际年龄要年轻很多，脸上几乎看不到皱纹，说话语速平缓，中气很足。

她平静而淡定地介绍说，一开始来下关村任职的时候，心里也是忐忑，没有底儿，只知道下关是一个文化底蕴深厚、尚武历史久远，是千年下关，是仁义下关，但现在也是矛盾重重、上访不断的"问题下关"。

"我刚来的时候，整个下关村的拆迁已经结束，但是几千户村民房屋被拆迁，土地被征收开发，要产生多少矛盾？要留下多少没有解决的棘手问题？矛盾和问题都和下关的村民们息息相关，怎样理顺，如何化解？"蔡书记用她那干脆利落的语气说着，像问我们，也像自言自语，"我也没有底儿啊！"

"后来，您是用什么妙法化解了那些矛盾？"我忍不住问她，很为她捏把汗，好像这些问题就在眼前。

"没有妙法，没有什么套路，就是以心换心，把自己当成下关村的一员，把老百姓当成自家人，忘记自己的干部身份。工作中，不要和老百姓讲大道理，谈政策、谈法律、谈情怀，他们比你还会说！"

蔡书记一下子打开了情感的闸门。在下关村辛勤奔波的日日夜夜、与老党员、老干部、文化乡贤、问题上访人、普通老百姓倾心交谈、诚心相处、共同工作和生活的一幕幕又浮现在她的眼前……

是的，用心相处，哪有不能处的老百姓？以理服人，哪有不讲道理的老百姓？帮他们解决了实际问题，哪还有什么刁民？……

中国乡村特别是城中村和谐治理的关键问题、核心问题是什么？也许，我们从下关村社区和谐治理的实践中，能够得到不少有益的启发……

江山就是人民，人民就是江山。

在下关村，广大人民群众与下关的党员干部像鱼水一样和谐。在这里，道路坏了，群众会自己自觉自愿地修整；在这里，村里有事情，群众会争先恐后自觉自愿去做；在这里，只要有需要，党员干部群众很多人都争相去当志愿者；在这里，有下关村大妈舞龙队，有下关村老年艺术团，这些下关村的老人，也都在努力发挥着余热为下关村服务。在整个下关村，人民群众的智慧和内生动力被充分地激发出来了……

老百姓说："我是下关人，我骄傲！爱我下关，无怨无悔！"

仁义下关，靠的就是人民群众的力量。

五

深入生活，扎根人民，生活远比文学更加精彩。

我一直认为，一个作家的内心和灵魂，唯有安放于这片厚重而广阔的土地之上，倾听来自劳动人民淳厚而质朴的声音，才能真正感受到大地的心跳、山川的呼吸、人民的智慧；作家唯有赤诚地倾听百姓的声音，行走广阔的土地，感受生活的厚重，文学才会抒写出更加生动更加精彩的作品。

在下关的多次采访，让我在这里获得了大量鲜活感人的第一手资料；让我从下关村党总支书记蔡峦的身上，看到并感受到一名共产党员坚定的信仰和奋斗的力量；更让我从下关村人民群众的奋斗历程中，感受到人民群众潜藏的无穷的智慧和力量。

报告文学是一种有思想、有灵魂、有时代意义的文学，是最有生活底色、最能代表时代呼声的一种书写，因而报告文学也是一种有责任、有担当的文本。作为一位作家，每一次深入的采访和写作，我都竭尽全力把湿漉漉、滚烫烫的心交给生活，交给文学。而每一部作品的诞生，也都是我为生活而歌、为时代而歌的最好体现。

深入生活，扎根人民，作为一名报告文学作家，我有责任为这个火热的巨变的时代放歌。现在，我有义不容辞的职责，去为我看到的新时代城中村和谐治理的"下关实践"倾情书写，让下关人和下关村的奋斗历程呈现于文学广袤的世界里，让一个充满历史传奇、人文精神、奋斗故事的"仁义下关"，以文学的力量广为流传，传递一种鼓舞人心、令人激荡、昂扬向前的正能量。

那天，在下关采访结束的时候，我心潮澎湃，怀着激动的心情，为仁义下关村写下了一副对联，表达我对下关党员干部群众的感佩之情：

崇仁重义百代荣光浩浩荡荡沐风雨春秋古今一脉相承壮丽蝶变写画卷；

德馨下关千年绵延长长久久浴烟云沧桑上下勠力同心涅槃重生谱华章。

临别之时，我将这副对联赠给了下关村党总支书记蔡峦同志，表达我对下关村最美好的心愿和祝福。

今天，这副对联已经悬挂于下关村香溢花城的北大门。

感谢下关人民对一介书生的厚爱，吾将孜孜以求，奋力耕耘，写好仁义下关村，让他们奋斗的精神广播八方。

六

我愿《仁义下关》这部书，所讲述的新时代中国城中村和谐治理的下关之路和成功经验，能够为中国更多的城中村社区治理和繁荣发展带来启示和参考的作用。

我愿《仁义下关》这部书，所书写的关于下关村的历史文化、奋斗精神、仁义力量、感人故事，能够打动每一位读者的心；愿每一位关注时代的读者，能够从本书中那些普通群众的身上，感受到一种感动人心的榜样的力量，收获一种质朴而高尚、平凡而伟大的精神。

我更愿意并期待每一位读者，能够通过《仁义下关》这部长篇报告文学的真诚书写和表达，从下关村党员干部的身上，感知始终奋斗在基层一线的真正优秀的共产党员，以及他们所拥有的、所坚守的初心和使命；也由此感知下关广大群众被激发内生动力和责任使命后，所焕发出的昂扬激荡的建设"仁义下关"的智慧和力量。

本书即将由作家出版社出版发行，在此之际，真诚感谢淮安社会各界人士在采访、创作、出版过程中给予的肯定、支持与鼓励。同时，特别向数次陪同我到下关采访，并在创作出版过程中给予指正帮助的余义伟先生表达诚挚的谢意！

我愿意永远做一位扎根生活、扎根人民的作家，永怀文学的初心，书写人民的力量和智慧。

（2024 年 12 月 31 日定稿于郑州）